T0179006

El cielo a tiros

Jorge Franco

El cielo a tiros

ALFAGUARA

Título: *El cielo a tiros*
Primera edición: noviembre de 2018

© 2018, Jorge Franco
© 2018, de la presente edición en castellano para todo el mundo:
Penguin Random House Grupo Editorial, SAS
Cra. 5A. N°. 34A-09, Bogotá, D. C., Colombia
PBX (57-1) 7430700
© 2018, de la presente edición en castellano:
Penguin Random House Grupo Editorial USA, LLC.
8950 SW 74th Court, Suite 2010
Miami, FL 33156

Diseño de cubierta: Penguin Random House Grupo Editorial/
Patricia Martínez Linares
Imágenes modificadas de cubierta: © Gettyimages.com

www.megustaleerenespanol.com

Penguin Random House Grupo Editorial apoya la protección del *copyright*.
El *copyright* estimula la creatividad, defiende la diversidad en el ámbito de las ideas y el conocimiento,
promueve la libre expresión y favorece una cultura viva. Gracias por comprar una edición autorizada
de este libro y por respetar las leyes del *copyright* al no reproducir, escanear ni distribuir ninguna
parte de esta obra por ningún medio sin permiso. Al hacerlo respalda a los autores
y permite que PRHGE continúe publicando libros para todos los lectores.

ISBN: 978-1-949061-35-2

Impreso en Estados Unidos - *Printed in USA*

Penguin
Random House
Grupo Editorial

In memoriam.
Para Humberto, por quien soy lo que soy.

1

Nelson no necesita leer la letra de la canción en el karaoke. Se la sabe de memoria y la canta con los ojos cerrados. *La soledad es miedo que se teje callando, y el silencio es el miedo que matamos hablando.* La música va por un lado y Nelson va por otro, pero no le importa. Me había dicho, voy a cantarte la canción que más le gustaba a tu papá, y yo lo escucho con atención. *¡Y es un miedo el coraje de ponerse a pensar, en el último viaje, sin gemir ni temblar!*

—En este punto, Libardo ya estaría llorando —me susurra al oído uno de sus amigos de antes.

—A cada mujer le tenía su canción —me dice otro.

O no entendió quién era yo cuando nos presentaron o, como ya soy adulto, no le importa mencionarme a las amantes de Libardo. O así son siempre los mafiosos: desbocados al hablar.

Me sirven más whisky sin preguntarme si quiero y a pesar de que apenas me he tomado la mitad. El que está a mi derecha, dice:

—Pero esta canción era la de él, la de él solito, y era un lío porque ningún músico se la sabía. Yo le advertí que esa canción lo delataba porque uno no puede confesar que le tiene miedo al miedo.

Lo interrumpen los aplausos para Nelson. Yo sigo preocupado por mis amigos allá afuera, que no me vayan a dejar porque mi maleta quedó en el carro de Pedro. Además no tengo la dirección de Fernanda.

Nelson se acerca y me dice:

—Aquí estaría tu papá doblado, llorando a moco tendido.

—Sí, eso me dijo él. —Señalo al que está mi lado.

—¿Y qué te pareció? —me pregunta Nelson.

—Muy bien, cantan muy bien todos —le digo.

—Qué va —dice—. Lo hacemos por *hobby*, nos juntamos cada quince días, para desahogarnos. —Suelta una carcajada, luego se queda mirándome y dice—: A tu papá le habría encantado venir a cantar en karaoke. Era muy melómano.

Es cierto. A Libardo le fascinaban los equipos de sonido, siempre tenía el último modelo, no solamente en la casa sino también en las fincas y en los carros. Si estaba de buen humor oía la música con el volumen muy alto, música popular de la que Julio y yo nos burlábamos.

—¿Y no invitan mujeres? —le pregunto a Nelson.

—Qué tal —responde—. La única vez que las trajimos se apoderaron del micrófono y no nos dejaron cantar.

Otro hombre se acerca, gordo y risueño, con un papel en la mano, y pregunta:

—¿Ya escogieron las de la segunda ronda?

—Yo voy con «¿Y cómo es él?» —dice el que está a mi izquierda.

—No jodás, Baldomero —le reprocha Nelson—. ¿Otra vez?

—La vez pasada no la canté.

—Porque no viniste. Pero la antepasada, y la anterior, y la anterior a la anterior…

—Vean pues a este —se queja Baldomero—. Ahora le dio por decidir qué cantamos y qué no.

—Vení a ver pedimos la lista de canciones para que mirés qué más tiene —le propone el gordo, y se van los dos.

—Yo también me voy —le digo a Nelson.

—Pero si está tempranísimo —me dice—. Aquí nos echamos hasta cinco rondas de canciones. En una de esas te animás a cantar también.

—¿Cantar yo?

Parecen niños. Se mueven inquietos de un lado a otro, de silla en silla, de mesa en mesa, hablan fuerte, sueltan carcajadas. No distingo a ninguno de los que visitaban a Libardo, pero es que han pasado doce años, tal vez son los mismos pero están viejos. ¿A qué se dedicarán ahora? ¿Seguirán traqueteando? ¿Saldaron sus cuentas con la ley? Siguen armados, aunque eso no quiere decir nada en Medellín. ¿Será que ellos sí se morirán de viejos?

—¿Cómo siguió tu mamá? —me dice Nelson, y la pregunta me confunde.

—¿Cómo siguió de qué?

Nelson titubea, bebe, aplaude al gordo que ha comenzado a cantar. Este es bueno, me dice, este sí sabe. ¿Cómo siguió de qué?, le repito. Este es el de mostrar, un bolerista ni el berraco. Nelson, ¿cuándo viste a mi mamá por última vez? Hace mucho, mijo, hace más de dos años que no la veo, seguirá igual de hermosa, me imagino, dice. Me imagino, le digo yo. ¿Cómo así?, no te entiendo, me dice Nelson. Llevo doce años sin venir, apenas llegué hoy, le explico. Ah, carajo, dice Nelson, entonces todo te debe parecer muy distinto.

—¿Qué tiene mi mamá, Nelson?

—Las tetas más hermosas del mundo —dice y suelta una carcajada con tufo a trago—. Perdóname, mijo, es que eso le decíamos a tu papá para gozárnoslo.

Los otros acompañan al gordo con el coro. *Y me muero por tenerte junto a mí, cerca, muy cerca de mí.* Nelson levanta el vaso y también se pone a cantar. Luego me dice:

—Libardo tenía buen oído, pero mala voz —y repite—: Lástima que no le tocó esto, le habría fascinado.

Me tomo lo que me queda de whisky con la última imagen que tengo de Fernanda en Skype. No le pasa nada, no tiene nada, estaba igual que todas las veces. ¿Y si me están ocultando algo? De solo imaginar lo peor sigo el impulso de servirme otro trago.

—Eso, Larry —me dice Nelson, sonriente—. Anímate que hoy es la Alborada.

De pronto, se oyen golpes fuertes en la puerta y gritos de pelea. Algunos de los hombres se levantan, otros siguen cantando. ¿Qué pasa?, pregunta uno de ellos y toma una de las pistolas que estaban en la mesa de centro. Otro hace lo mismo y ordena, ¡apaguen la música! Afuera, los gritos y los golpes van en aumento. Junto a mí, todos van sacando sus armas de la pretina, de las chaquetas o de sus bolsos de cuero. El único que no se ha dado cuenta de lo que pasa es el que canta. ¡Que apaguen la música! ¿Quién está cuidando afuera?, pregunta otro. La música se corta y el gordo queda cantando a pulmón, *eres mi luna, eres mi sol.* Afuera está John Jairo, dice uno. Y también está Diego, dice Nelson, seguramente refiriéndose al portero fornido que casi no me deja pasar.

Yo temo lo más grave: un ajuste de cuentas entre bandas, o la policía que viene a cobrarles cuentas a estos, con doce años de retraso. Uno al que le dicen «Carlos Chiquito», pequeño pero corpulento, va hacia la puerta con la pistola oculta tras la espalda. Los otros se quedan, como decía Libardo ante una alarma, en acuartelamiento de primer grado.

Carlos Chiquito abre la puerta y encuentra a varios hombres forcejeando. También hay mujeres. Al primero que distingo, con la cara enrojecida y desfigurada por la ira, es a Pedro el Dictador. Detrás de él, la Murciélaga manotea, también furibunda. Carlos Chiquito levanta la pistola y yo levanto la voz para decirle:

—¡Espere, yo los conozco! Son mis amigos.

Todos bajan la guardia, aliviados. Voy hacia la puerta mientras Carlos Chiquito sigue intentando imponer el orden.

—¡Cálmense, culicagados! —les dice.

Pedro alcanza a verme y grita:

—¡Suéltenlo, déjenlo ir!

—¿A quién? —pregunta, despistado, Carlos Chiquito. Me escurro entre los escoltas y le pregunto a Pedro:

—¿Qué pasa? ¿Por qué estás armando este escándalo?

—¿Estás bien? —me pregunta Pedro.

—Larry, ¿qué te hicieron? —me pregunta la Murciélaga.

Junto a ellos están Julieth y otros que no había visto antes. Nelson se asoma a la puerta.

—¿Qué pasa, mijo?

—Nada, Nelson, mis amigos que me estaban buscando.

Carlos Chiquito ordena cerrar la puerta. Yo quiero despedirme de Nelson, pero ya dos escoltas formaron un muro impenetrable. Pedro me abraza. Pensamos lo peor, marica, me dice. ¿Quiénes son esos tipos?, me pregunta Julieth. Pedro nos asustó, dice la Murciélaga, con todo este rollo de la aparición de tu papá, pensamos que… Te lo juro por Dios, la interrumpe Pedro, que pensé que te habían secuestrado. ¿Cómo supieron que yo estaba ahí?, les pregunto. Yo te vi, responde Julieth, y les dije a estos que te había visto entrar ahí con un par de tipos muy malucos. Pues resultaron ser amigos de mi papá, les explico. Mejor vámonos para otro lado, propone la Murciélaga. Sí, dice Pedro, paguemos la cuenta y nos vamos. Siento que alrededor todo el mundo me mira, como si dijeran, otra vez estos, otra vez el hijo de Libardo metiéndose en problemas.

En el carro voy recuperando cada músculo y cada hueso que se me había desenganchado del esqueleto por culpa de la agitación. Con cansancio vuelvo a pedir lo mismo:

—Quiero irme a mi casa, Pedro. Quiero saludar a mi mamá.

—No es para tanto, hombre —me dice él—. Todo fue un malentendido.

—No, si no es por eso —le digo.

Estoy muy cansado para repetirle lo que ya le he dicho tantas veces. No es por eso, es por todo.

13

—¿Seguro que estás bien? —me pregunta Julieth, que va sentada a mi lado con su mano puesta en mi muslo.

No estoy bien, pero tampoco voy a decírselo. Tal vez más tarde se lo cuente a Fernanda y le confiese la tristeza de saber que Libardo les abrió el corazón a esos viejos más que a nosotros, que ellos sabían más cosas de mi papá que ella, que Julio y que yo mismo.

2

Libardo hizo de tripas corazón para no derrumbarse cuando vio el cadáver de Escobar sobre el techo de una casa cualquiera, en la que se escondía el hombre más buscado del mundo. El rumor le llegó antes de que pudiera verlo en televisión y él, al igual que todos, creyó que se trataba de otra muerte inventada, como las tantas veces que Escobar había muerto en su vida. Pero no pasó ni media hora cuando empezó a escuchar los avances en la radio. Movido por una corazonada, llamó a Fernanda para que nos recogiera en el colegio.

Aunque soy menor que Julio, los dos estábamos en el mismo curso, el penúltimo año de bachillerato, pero nos tenían en salones diferentes. Mi hermano había perdido noveno y yo, en cambio, era buen estudiante. Siempre nos recogía el chofer y esa tarde nos sorprendimos al ver dos camionetas: en una venía Fernanda y en la otra, los muchachos. Ella estaba distraída fumándose un cigarrillo y le daba golpecitos al timón con los dedos, como si acompañara una canción. Julio y yo nos acercamos desorientados. Fernanda no fue muy clara, nos dijo que iba a haber manifestaciones al final de la tarde y que por eso había pasado a recogernos. Julio le preguntó quiénes protestaban y ella le respondió que los estudiantes. Otra vez los estudiantes, dijo con displicencia. Pero yo ya sabía. La secretaria del rector había interrumpido la clase de Biología para decirle algo en secreto al profesor. Al final, él nos contó lo que ya se confirmaba en las noticias. Yo sentí que todos en la clase se voltearon a mirarme.

—Mataron a Pablo —le dije a Fernanda, ya en el carro.

Ella me miró por el retrovisor, y Julio, que iba adelante con ella, preguntó sorprendido:

—¿Qué?

—Es un rumor —dijo Fernanda.

—Por eso viniste a recogernos —dije.

—¿Es verdad eso, ma? —le preguntó Julio.

—Es un chisme, todavía no han confirmado nada —insistió ella.

Julio prendió el radio, Fernanda lo apagó, Julio volvió a prenderlo y ella le dijo, apaga eso que me está doliendo la cabeza. No quiere que nos enteremos, dije desde atrás. Julio movió el dial para buscar alguna emisora de noticias. Fernanda me miró otra vez por el retrovisor y dijo:

—No me interesa saber absolutamente nada de esto.

Apretó el encendedor en el tablero del carro, sacó del bolso una cajetilla, la sacudió, pero no le salió ningún cigarrillo. Julio detuvo el dial en una de las tantas emisoras que comentaban la noticia. El locutor, muy exaltado, decía que la zona estaba acordonada, militarizada, que el cadáver de quien se presumía era Escobar seguía tendido en el techo, y que algunos soldados levantaban los brazos mostrando con los dedos la ve de la victoria. Fernanda golpeó con más fuerza la cajetilla contra su pierna y maldijo. El encendedor saltó y ella le dijo a Julio, apaga eso y sácame un cigarrillo de aquí. Julio dijo, esto se va a prender, refiriéndose a la noticia.

Fernanda no volvió a hablar y Julio cambiaba de una emisora a otra. En todas reinaban la exacerbación y las hipótesis, cada informe era anunciado como una primicia. Fernanda estuvo a punto de chocarse contra otro carro. Yo miraba por la ventanilla, cerrada a pesar del bochorno de la tarde, y me pareció notar en la gente, y en cada cosa que veía, la convulsión que narraban en la radio. De ser cierto lo que ya se daba por hecho, ese jueves de aquel diciembre iba a partir en dos nuestra historia reciente. Lo presentimos, Fernanda entre frenazos y giros bruscos, mientras chupaba el cigarrillo con fuerza, y Julio, que no le quitaba la mirada al radio, como si de ahí salieran las imágenes que narraban casi a los gritos. Y yo, que seguía mirando afuera y en cada cara que me encontraba sentía que me reprendían como si tuviera la culpa de lo que comenzaba a suceder.

Fernanda entró a la casa por la puerta de la cocina, subió y se encerró en su cuarto. Desde afuera se escuchaba el televisor de la sala. Encontramos a Libardo concentrado en la noticia, mascullando y blanco como un papel. Apenas nos vio buscó rápidamente el control y apagó el televisor. Nos sonrió como si lo hubiéramos descubierto en una de sus trampas.

—Veníamos oyendo las noticias —dijo Julio.

—No va a pasar nada, muchachos —dijo Libardo, pero tenía la voz nerviosa.

—Se va a armar un mierdero, pa —dijo Julio.

—El mierdero estaba armado desde antes —aclaró Libardo y nos preguntó—: ¿Y la mamá?

—Está arriba —le dije.

Me acerqué a la mesa de centro, tomé el control y volví a prender el televisor. Ahora intentaban bajarlo del techo en una camilla que se bamboleaba al vaivén de los brazos que la sostenían. Ahí estaba él, tendido, barbado, ensangrentado y con la barriga al aire; en otras palabras, muerto. Abajo lo esperaban más brazos estirados para recibirlo, para tocarlo o para comprobar que no se trataba de un engaño. La bala que le había entrado por el oído ya le había hinchado la cara y deformado las facciones. No se podía jurar, en ese instante, que fuera él.

—Apaga eso, Larry —me ordenó Libardo.

—¿Por qué no quieren que nos enteremos? —le reclamé y apreté contra mí el control del televisor.

—Porque están diciendo cosas que no son.

—¿No está muerto o qué? —lo desafié.

Libardo vaciló. La imagen temblaba en la pantalla mientras la camilla desaparecía entre el tumulto. Los periodistas intentaban seguirlo, jadeaban y tropezaban o se enredaban en los cables de las cámaras. La conmoción en vivo y en directo puso nervioso a Libardo.

—Apaga eso, carajito —me dijo entre dientes y luego gritó—: ¡Fernanda, Fernanda!

—Que tiene dolor de cabeza, pa —le dijo Julio.

El teléfono comenzó a timbrar.

—¿Para qué ver más? —insistió Libardo—. Ya se lo van a llevar.

—¿Entonces qué? —le pregunté—. ¿Está vivo o está muerto?

El teléfono siguió timbrando.

—¡Contesten! —vociferó Libardo hacia la cocina—. Está muerto —nos dijo, finalmente, y otra vez le tembló la voz.

Se restregó la cara y apagó el televisor. Al fondo siguió repicando el teléfono hasta que alguien lo contestó.

—Todo va a salir bien —nos dijo Libardo.

Yo boté el control sobre el sofá y Julio corrió escaleras arriba hacia su cuarto.

—Se nos jodió el diciembre —le dije a Libardo, pero él negó con la cabeza.

Se sentó en su poltrona de cuero y dijo:

—Aquí el único jodido es el muerto.

Ese resto del día, Libardo se la pasó haciendo llamadas. No salió de la casa y se encerró varias veces en el garaje para hablar por el teléfono del carro. De su voz potente apenas quedó un murmullo de respuestas cortas, de frases amenazantes y de preguntas sobre qué opinaban los otros, o dónde estaba fulano, o por qué algunos no contestaban las llamadas. Se paseaba de un lado a otro, siempre atisbando por la ventana hacia las esquinas de la calle.

Había vuelto a prender el televisor aunque lo tenía casi sin volumen. Seguían mostrando la casa del barrio Los Olivos, el techo con las tejas rotas, las manchas de sangre, la multitud contenida por policías y militares en revuelo. Habló el ministro de Defensa, el de Gobierno, el alcalde, el gobernador, el jefe de la policía, el del ejército y, por último, habló el presidente. Libardo los escuchó a todos con atención, aferrado a un vaso de ron que volvía a llenar cada vez que lo terminaba.

Fernanda no salió del cuarto en el resto del día ni en toda la noche. Una de las empleadas le subió una jarra de agua y, más tarde, una sopa. Julio y yo bajamos cuando nos llamaron a cenar. Seguimos viendo las noticias en el televisor de la cocina. Estábamos solos cuando Libardo entró a sacar más hielo.

—Ya habló Juan Pablo —nos contó.

—¿Y? —preguntó Julio.

—Dijo que se iba a vengar y los iba a matar a todos.

—¿*Los* o *nos*? —pregunté.

—Los —aclaró Libardo—, o al menos eso fue lo que entendí.

—¿Mañana hay colegio? —preguntó mi hermano.

—Claro que hay colegio.

—¿Y nosotros vamos a ir? —volvió a preguntar Julio.

—Pero claro, aquí todo va a seguir igual.

Cuando se dio la vuelta, nos dimos cuenta de que tenía su pistola metida en la pretina del pantalón, atrás, sobre la cadera. Luego miré la pantalla y abrí los ojos, petrificado.

—Miren —dije.

—¿Qué pasa? —preguntó Libardo.

Señalé el televisor con la boca. Ahí estaba Escobar otra vez, tendido en lo que parecía una mesa de autopsia, aunque por la pesa que colgaba del techo parecía que lo hubieran puesto en el mesón de una carnicería. Tenía los pantalones bajados hasta la mitad de los muslos, calzoncillos blancos, seguía con la panza al aire, la barba poblada como la de un profeta, y su pelo rebelde, mojado, sudado y ensangrentado. Lo que mostraban era apenas una foto que había tomado alguien de sangre helada, pero que fue suficiente para que Libardo se desplomara sobre una silla y, por primera vez desde que supo la noticia, llorara desconsolado. Yo huí a mi cuarto, no por lo que mostraban en la televisión sino porque nunca había visto llorar así a mi papá. Alcancé a ver cuando Julio, torpe y novato en estas cosas del dolor ajeno, le puso una mano sobre el hombro, pero Libardo siguió arañándose la cara, moqueando y soltando palabrotas entre los dientes apretados.

A esa hora, y en otros lugares de Medellín, ya tronaban los voladores en el aire para celebrar la muerte del malvado.

3

Los cuatro nombres en el pasaporte de María Carlota Teresa Valentina Rivero Lesseps confundieron a la empleada de British Airways, hasta cuando descifró el primer apellido y comenzó a tratarla como *Miss* Rivero. La registró, le entregó los comprobantes de las maletas que había aforado, los documentos y el pase de cortesía para la sala VIP. En la familia siempre la llamaron María Carlota, o Carlota a secas, y fue después, en el colegio, cuando comenzaron a llamarla Charlie. Lo del nombre largo fue un capricho de sus papás, que no se pusieron de acuerdo en un solo nombre.

Después de pasar los controles de emigración, Charlie arrastró su maleta de mano entre las góndolas del *duty free*. Cada cosa que miraba ya la tenía. Se echó más perfume de un frasco de muestra para reforzar el que se había puesto por la mañana. Repasó en la cabeza la lista de los regalos de Navidad, con la sensación de que alguien le estaba faltando. En otra tienda compró dos revistas de chismes y una caja de chicles. Camino a la sala VIP le entró un mensaje de Flynn en el que le preguntaba cómo iba todo y si ya había pasado los puestos de emigración. Charlie le puso un OK, y Flynn le devolvió un corazón.

En la sala se sirvió nueces y pidió agua con gas, con una rebanada de limón. Se echó en una poltrona que miraba hacia la pista y, mientras veía aterrizar y despegar aviones, pensó en qué podría ser eso que tenía Flynn que no la llenaba del todo. O qué sería lo que le faltaba. Parte de la intención de pasar la Navidad en Colombia era ver si la distancia producía algún efecto en lo que sentía hacía él.

Estuvo hojeando un rato las revistas y de cuando en cuando revisaba la pantalla con la lista de vuelos próximos a salir. Apenas comenzó a parpadear el de Bogotá, tomó sus cosas y se fue al baño. Una última inspección frente al espejo la dejó satisfecha. Le gustaba el combinado de la gabardina Burberry con los bluyines rotos. Salió para la sala de embarque dominada por la ansiedad que le producía volver. Tomó su teléfono para escribirle a Flynn el mensaje que le había prometido: ya voy a abordar. Una llamada entrante, de un número desconocido, le interrumpió la escritura del mensaje. Estaba dudando, además, si le agregaba un te quiero. Aceleró el paso porque la puerta 27, la que le correspondía, quedaba lejos y la terminal estaba congestionada. Te quiero, puso al fin. Otra vez le timbró el teléfono con un número largo y el prefijo de Colombia. También entró otro mensaje de Flynn. Yo también, buen vuelo, me llamas cuando llegues. Se le cruzaron varias imágenes de la noche anterior. Flynn practicándole sexo oral, la verga de Flynn, las palmadas que él le dio en las nalgas al momento de ella venirse, el vacío que sintió después. En otro mensaje Flynn le dijo que la extrañaba desde ya, y en otro le preguntó si ya estaba dentro del avión. Una tercera llamada comenzó a irritarla; todavía le quedaban diez puertas para llegar a la de su vuelo. En medio del afán entró otra petición de Flynn. Mándame una foto ya, en este mismo instante, quiero ver cómo estás. Luego otra llamada del número desconocido y justo cuando llegó a su sala, cuando ya quedaban muy pocos pasajeros para abordar, le entró un mensaje que no era de Flynn, sino de Cristina, su hermana, que le decía, contesta por favor, papá ha muerto.

4

La Murciélaga aletea en el asiento del acompañante al ritmo de una música que no va con el momento ni con la situación. Todavía es muy temprano para retorcerse tanto. Una cantante con voz robotizada vocifera, *papi, dame duro, dame duro contra el muro, duro, duro contra el muro, papi.* Mientras maneja, Pedro el Dictador nos cuenta la historia de un amigo suyo que se cayó a una alcantarilla y pasó allí toda la noche porque nadie oyó sus gritos de auxilio. Interrumpe para reírse a carcajadas. En realidad, solo cuenta la historia para sí mismo porque la Murciélaga anda metida en su música, Julieth anda texteando y a mí poco me importa el cuento.

Explayado sobre el asiento de atrás, cierro los ojos y pido que el trayecto sea largo para intentar dormir un poco a pesar del volumen del radio, de la alharaca y las carcajadas de Pedro y de los sonidos interplanetarios que hace la Murciélaga.

Todavía no ha terminado la hora pico del tráfico y avanzamos despacio hacia un sitio donde, según ella, venden marihuana cultivada en agua, más potente y menos nociva.

—Son cultivos hidropónicos con agua pura de nacimiento y los mineralizan con piedras volcánicas —nos había explicado.

—Wow —había exclamado Pedro.

Pues hacia allá vamos, a pesar de que les dije que conmigo no contaran porque no podía acompañarlos toda la noche. En cualquier momento llamará Fernanda para decirme que ya puedo ir. Pero ¿y si ella no está en la casa, preparando mi llegada, sino que anda en el casino, atrapada en una mesa de juego? Le pregunto a Pedro qué casinos está frecuentando Fernanda.

—Ninguno —me dice—, hace rato dejó eso.

—Mentiras —le alego—, si hubiera dejado de jugar ya me lo habría contado.

—¿Quién es Fernanda? —pregunta la Murciélaga.

—Mi mamá —le digo.

—Yo la conozco —exclama Julieth, casi con orgullo.

—¿Y por qué le preguntás sobre ella a él? —dice la Murciélaga, señalando a Pedro.

—Porque yo no vivo acá y él sí.

—No entiendo —dice ella, moviendo el brazo al ritmo de unos tambores, como una serpiente de feria.

—Ahí donde lo ves, con esa cara de güevón, Larry es todo un economista de la London School of Economics —dice Pedro.

La Murciélaga se voltea y me pregunta:

—¿De verdad?

—No. Empecé a estudiar en la City University of London —le aclaro—, pero no terminé.

—Pues tu mamá dice que fue en la London School —dice Pedro.

—Ella no las distingue —digo—. Además no estaba estudiando Economía sino *Banking and International Finance*.

—Eso suena chévere —opina Julieth.

—Igual se nos acabó la plata y no pude seguir.

—¿Cómo así que se les acabó la plata? —me pregunta Julieth, sorprendida—. Me acuerdo de los carros que tenían y de la ropa que te ponías.

—Él sí tiene plata, Juli —dice Pedro—. No le hagas caso que ahora se las da de pobre.

—¿De verdad? —vuelve a preguntar la Murciélaga.

Dependemos de lo que pueda hacer Julio en la finca. Hay meses buenos y otros malos. Yo aguanto en Londres con el trabajo en la inmobiliaria y en los meses productivos me giran algún dinero extra. Y no es que me las dé de pobre, solo que alguna vez fuimos muy ricos.

—Oigan esto. —La Murciélaga le sube el volumen al radio y se zangolotea en el asiento. Pedro sigue el ritmo con las palmas sobre el timón, Julieth vuelve a su texteo y yo solo pienso en darme una ducha y después dormir.

—Marcale a Fernanda, por favor —le pido a Pedro.

—Llamala vos —dice.

—Mi celular no funciona aquí en Colombia.

—Ella dijo que llamaba.

—Ella es muy despistada. Llamala, por favor.

Pedro marca de mala gana. Le arrebato el celular y solo oigo que repica.

—Esos no son modales de un inglés —me reclama Pedro.

Fernanda no responde. Le dejo un mensaje en el buzón: Ma, soy yo. Dame una llamada al celular de Pedro. Quiero ir ya a tu casa. Hace mucho que llegué y quiero descansar.

Pedro se sale de la avenida y toma unas calles estrechas y empinadas. Primero avanzamos entre edificios y luego entramos a una zona comercial.

—¿Dónde estamos? —les pregunto.

—Sistema solar, planeta Tierra, tercero a la derecha —dice la Murciélaga, y Pedro le celebra el apunte chocando su mano con la de ella.

En el radio, un hombre suplica en una canción, *tócamelo mami, tócamelo mami, tocamelotocamelo, tócame el corazón, mami*. La Murciélaga pega un grito de euforia y sigue contoneándose impulsada por el bochinche del reguetón.

De pronto, Pedro frena en seco y echa reversa.

—¿Qué pasó? —pregunta la Murciélaga.

—Mirá a estos maricos —dice Pedro y se parquea frente a una tienda de muebles modernos, saca la cabeza por la ventanilla y grita—: ¡Ustedes sí son muy dañados, bebiendo desde tan temprano!

Detrás de la vitrina hay un grupo y uno de ellos se levanta y sale con los brazos abiertos. La Murciélaga lo reconoce y pega un grito de emoción, como si llevara años sin verlo.

—¡Ro! —Y repite—: ¡Ro, Ro, Ro!

—El viejo Ro —lo saluda Pedro, mientras Ro le agarra la cabeza bruscamente y le dice:

—Dictador de mierda, dónde te habías metido, cabezón.

No ubico a Ro en mi memoria. Cuando me fui apenas estábamos dejando de ser adolescentes y ahora nos acercamos a los treinta. Cuando me fui no habíamos acabado de crecer, no se nos había terminado de formar el cuerpo, la barba era incipiente y hablábamos soltando gallos. Ahora todo parece estar en su lugar, así sea por poco tiempo. Y nos comportamos como si fuéramos a ser jóvenes siempre.

La Murciélaga se estira por encima de Pedro para darle un beso a Ro. Julieth baja la ventanilla y saca la cabeza para darle otro beso. Ro me ve junto a ella y achica los ojos para adivinar quién soy yo.

—Es Larry —le dice Pedro.

—¿Larry?

—Larry no sabe dónde está —dice la Murciélaga y suelta una risita.

—Larry —repite Pedro—. El que estaba en Londres.

Ro me mira con atención, se queda pensativo mientras yo le digo:

—Yo tampoco me acuerdo de vos.

—Larry —dice él y pregunta—: ¿El hijo de Libardo?

—Sí —Pedro responde por mí.

Ro cambia el gesto por una expresión fría, aunque estira la mano para saludarme. Pedro me recuerda quién es Ro. Rodrigo Álvarez Ospina, hijo de un exgobernador, exsenador, exembajador, vecino de barrio de nuestra casa de antes. Aunque no estudiamos en el mismo colegio, éramos medio amigos porque nos veíamos afuera, en la época en que uno jugaba en la calle.

—Larry llegó hoy de Londres —le dice Pedro—. Es economista de la London School of Economics —insiste, y esta vez la Murciélaga lo acompaña con una risita rastrera.

—Qué bien —comenta Ro, sin mucho entusiasmo.

—¿Y qué hacen? —le pregunta Pedro.

Ro mira al grupo, adentro, y una mujer levanta una copa de aguardiente para saludar.

—Tere trajo una bolsa de mangos verdes y no tuvimos más remedio que abrir una botella de guaro para probarlos —dice Ro, en tono de queja.

—Qué rico un mango —dice Julieth.

—Qué rico un aguardiente, más bien —dice Pedro.

Ro suelta una carcajada para darse tiempo de volver a mirarme. Después hay un silencio corto pero punzante en el que deseo, con todo mi corazón, que Ro siga callado y no nos invite a bajarnos. Pero no ocurre y se decide, finalmente:

—Vengan, bájense un rato y después nos vamos a ver la Alborada. Todavía queda trago. Y tiempo.

Yo suelto un resoplido inconforme. Pedro se da vuelta y me dice:

—Tranquilo, *brother*, bajémonos un ratico que todo está fríamente calculado. Conmigo la felicidad está garantizada.

Se baja, me abre la puerta y exagera una venia de cortesía. Y me pregunta:

—A propósito, parcero, ¿ya te di la bienvenida al infierno?

5

Lo que sonó como un estallido de vidrios, en la puerta 27, resultó ser el grito de Charlie. Los pocos pasajeros que faltaban por abordar quedaron paralizados. Ella alargó el grito hasta convertirlo en un lamento desesperado y desesperante. Cualquiera habría pensado que se trataba de una enferma mental que querían subir a la fuerza al avión, o de alguien que sufría de un ataque de pánico. Un par de operarios de la aerolínea corrieron hacia ella, que ya estaba doblada en el piso, junto a una hilera de asientos, con la cara enrojecida y abotagada por el llanto. La ayudaron a levantarse y la acompañaron hasta una silla. Charlie no paraba de lamentarse, con el celular pegado al pecho. Le preguntaron qué tenía, qué sentía, y ella solo negaba con la cabeza.

Desde el mostrador hicieron el último llamado para abordar. Uno de los operarios le preguntó si iba en ese vuelo. Charlie asintió. Le preguntaron si estaba segura de querer viajar y ella dijo que sí y les suplicó, no me vayan a dejar, yo tengo que irme en ese avión. El operario le hizo una seña a su colega en el mostrador para que esperara un momento y le pidió a Charlie el pasaporte y el pasabordo. Ella, temblando, los buscó en su bolso. El operario corrió con los documentos al mostrador y el que se quedó acompañándola, le dijo, lo siento, pero tiene que abordar, ya hicieron el último llamado. Y le preguntó de nuevo, ¿está segura de que quiere hacerlo?, podemos arreglar su viaje para otro día. Charlie se paró electrizada, no, dijo, me voy, tengo que irme. ¿Ha bebido?, le preguntó el operario. Ella lo miró extrañada. ¿Qué? Que si ha bebido, le repitió él. ¿Licor?, le preguntó Charlie. Sí, licor. En medio del llanto soltó una risa y negó con la cabeza. Entonces vamos, le dijo el hombre.

En el túnel había un pequeño grupo que todavía esperaba para entrar al avión. Cuatro o cinco pasajeros, nada más. Charlie arrastraba una pequeña maleta, aunque parecía que era la maleta la que la empujaba a ella. Larry era el último que esperaba en la fila y se volteó a mirarla. Ella empuñó el pasamanos del túnel cuando se le doblaron las rodillas. Cayó sentada en el suelo, sola, en la mitad del pasadizo, bajo una lámpara de luz blanca. Los que faltaban por entrar se voltearon a mirarla. El llanto desgarrado de Charlie les desprendía la piel de los huesos. Nadie aparecía detrás para ayudarla, nadie se le acercaba. Dos más de la fila entraron al avión y afuera solo quedó Larry. Él miró hacia dentro por si algún tripulante se había dado cuenta de la situación, pero parecían ocupados en acomodar a los pasajeros. Entonces se fue hasta la mitad del túnel, donde estaba Charlie, y le preguntó en inglés:

—¿Está bien?

Ella negó con la cabeza.

—¿Puedo ayudarla?

Ella asintió y le respondió en español:

—Ayúdeme a entrar.

Larry le ayudó a levantarse. Una azafata se paró en la puerta del avión y les pidió que se apuraran. Él llevaba a Charlie del brazo y con la otra mano arrastraba la maleta de ella.

—¿Qué le pasó? —le preguntó él.

—Mi papá se acaba de morir.

—Lo siento mucho.

Los dos entraron al avión. La azafata le indicó a ella dónde encontraría su puesto. Larry se fue detrás. Charlie se detuvo en la cuarta fila de primera clase y se dejó caer en el asiento. Él le preguntó si su puesto era ahí y ella asintió. Él abrió el portaequipajes y le guardó la maleta.

—Si necesita algo, estoy atrás, en la treinta y cinco —le dijo, pero ella estaba otra vez llorando, con la cara entre las manos.

Él siguió hasta el fondo del avión, entre la gente que no había terminado de acomodar sus cosas. Maletas, sombreros, muñecos de peluche, bolsas de Selfridges llenas de perendengues. Larry quiso devolverse para decirle a Charlie que él también iba a un funeral. Tal vez eso le daría un poco de consuelo. No se sentiría tan sola, pensó él, como si el dolor pudiera compartirse. Pero además era diferente, él iba a un funeral con doce años de atraso. Otra azafata le pidió que ocupara su asiento, que el vuelo ya tenía un retraso y por culpa del abordaje se estaba demorando más. Larry obedeció y buscó su hueco, entre dos desconocidos. Ahí pasaría las próximas once horas. Cierra los ojos y piensa.

No puede existir un peor vuelo en el mundo que el que lleva a alguien a despedir un muerto...

6

Solo tres días después de la muerte de Escobar volvimos a juntarnos en la mesa. Antes, cada uno iba por su lado, Julio y yo para el colegio, o nosotros dos con Fernanda, o ella con Libardo, pero tuvieron que pasar tres noches para que nos encontráramos los cuatro en la mesa del comedor y, por primera vez, tratáramos el tema en familia. En ese tiempo, Libardo estuvo entrando y saliendo de la casa, hubo una noche que incluso no llegó a dormir, pero Fernanda no se preocupó. Yo sí. El país estaba agitado, para bien o para mal había pasado algo decisivo, tan trascendental que nadie hablaba de otra cosa. Incluso hoy no hay quien no recuerde qué estaba haciendo en el momento justo cuando se enteró de la muerte de Escobar. Desde ese instante, entonces, yo estuve muy pendiente de lo que hacía Libardo. Interpretaba sus gestos, su actitud, para suponer lo que sucedía. Tranquilo, mijo, decía a todo momento, sin que yo le preguntara nada. Pero mientras más me lo decía, yo más me preocupaba. Intenté acercarme para oír sus conversaciones por teléfono, pero se encerraba en su cuarto de trabajo, hablaba en voz baja o persuadía al otro para verse personalmente. Cuando conversaba con Fernanda lo hacían a solas y con monosílabos. Ella no nos compartía mucho. Nos pedía que dejáramos a Libardo hacer sus cosas, que siempre las había hecho bien y ahora no iba a ser distinto.

Por los noticieros y la prensa me enteré de lo importante. O de lo que yo intuía que era importante para nosotros. En medio de la confusión nunca tuve nada claro y hasta llegué a contagiarme del júbilo nacional. Creía, lo creí siempre, que sin Escobar nuestras vidas cambiarían para bien. Guardaba la esperanza de que Libardo reconsiderara su camino, que no tuviera otra opción que volver a la normalidad, que era como vivían los demás. Eso, sin embargo, nunca estuvo dentro de sus planes y así lo dejó claro esa noche cuando nos encontramos, finalmente, sentados a la mesa del comedor.

—Vamos a irnos de vacaciones como todos los diciembres —dijo, sin mirarnos a la cara. Tenía los ojos fijos sobre el plato de comida, que lucía triste esa noche.

—¿A la finca? —preguntó Julio, que adoraba pasar vacaciones allá.

—No —dijo Libardo—. Esta vez nos vamos un poquito más lejos. Estoy cuadrando para irnos a República Dominicana, a uno de esos hoteles que tienen de todo.

—Pero ¿vamos a volver acá? —le pregunté.

Levantó la cabeza y nos miró callado, sin el ímpetu ni la velocidad con que respondía antes. Libardo tenía cuarenta y ocho y se mantenía musculoso y activo, pero me pareció que en esos tres días había envejecido veinte años. Fernanda revolvía infinitamente el café con una cucharita, también con la mirada sobre el plato, como si supiera de antemano lo que Libardo escondía.

—Pues claro que vamos a volver —dijo.

—Pues yo no creo —le alegué.

—¿Por qué dices eso, Larry? —me preguntó, conteniéndose.

—Porque creo que quieres escondernos.

Fernanda siguió con la cabeza clavada en la mesa y Libardo agarró los cubiertos, removió un poco la comida con el tenedor, pensativo, hasta que habló, pero no a su manera, sino como repasando un sermón.

—No les voy a negar que ellos quieren asustarnos. No les basta con que haya caído Pablo. Quieren volver polvo las ruinas y que no quede una pieza que se pueda pegar a otra. Nada que nos sirva para apoyarnos y levantarnos.

Fernanda alzó los ojos y lo miró. Tal vez le parecía patético el tono, poco apropiado para explicarnos la situación a dos adolescentes. Él le devolvió la mirada, parpadeaba nervioso y tenía sudor sobre el labio.

—¿Quiénes son ellos? —le pregunté.

—En casos como este —dijo— nadie se mantiene firme. Se voltean, se tuercen con tal de salvarse o de beneficiarse. Todos andan cagados del susto, pero ustedes me conocen —nos miró a Julio y a mí y se señaló con el dedo—, saben que yo no soy de los que corren, ni mucho menos de los que se tuercen. No soy ningún sapo.

Fernanda y Libardo comenzaron a hablar al tiempo. La mesa del comedor era muy grande para nosotros. Los veía a ellos, incluso a Julio, a una distancia inalcanzable. Sentí que si no gritaba no me iban a oír. Aunque me faltaba aire, me puse de pie y por encima de todos le grité a mi papá:

—¡Nos van a matar por tu culpa, nosotros no te importamos, solamente te interesa la plata y te importa un culo lo que nos pase!

Fernanda apoyó los codos sobre la mesa y se cubrió la cara con las manos. Libardo me miró perplejo, le temblaban los labios. Julio me interrumpió:

—Cállate, Larry.

—Aunque no volvamos, aunque nos escondamos nos van a matar —seguí diciendo—. Si lo mataron a él, matarnos a nosotros les va a quedar más fácil.

—Vamos a reforzar la seguridad y vamos a dar la guerra —dijo Libardo—, hemos trabajado mucho durante años y esto no se borra así como así.

—Esa es tu guerra —le dije—, no la mía.

—Ah, culicagado —dijo—, para tus motos, tu ropa, tus viajes, tus relojes, para eso sí te quedas callado, pero cuando se nos vienen encima, ahí sí corres.

—Libardo, Larry —dijo Fernanda—, no compliquen más las cosas.

—Claro que voy a correr —dije—, no voy a dejar que me maten por tu culpa.

Un puño en la cara me mandó al piso. Fernanda gritó. Cuando abrí los ojos esperé encontrarme de frente con Libardo, pero había sido Julio el que me había pegado. Yo resoplaba en el suelo y él lo hacía acaballado sobre mí, golpeándome cada vez que yo intentaba atacarlo. Libardo lo levantó de los brazos y él pataleó en el aire, intentando pegarme cada vez que sacudía el pie. Libardo lo apartó y le ordenó que se fuera para su cuarto.

Yo me levanté despacio, adolorido y atolondrado, me apoyé en la silla y vi a Fernanda que seguía con los codos sobre la mesa y la cara entre las manos. Pensé que lloraba pero estaba quieta y muda. Libardo caminaba alrededor del comedor. Estaba encendido y soltaba bufidos cortos como un animal hostigado. No me miraba. También me fui a mi cuarto. Oí que discutieron un buen rato. No entendía lo que se decían, pero era fácil suponerlo. A lo mejor no iban a matarnos los que perseguían a Libardo. Ya sabrían que íbamos a destruirnos entre nosotros mismos.

7

Las explosiones de la pólvora se repiten cada vez con más frecuencia y el cielo se alumbra con destellos en una noche cargada de nubes bajitas y rápidas. Pedro el Dictador saca la cabeza por la ventanilla, mira hacia arriba y dice, extasiado:

—Bendita sea la Alborada.

—¿Para dónde vamos? —Nadie me responde. Estoy por creer que cada vez que hago esa pregunta quedo por fuera del radar. La Murciélaga y Julieth cantan a todo pulmón y Pedro mira mensajes en el celular. Un taco de pólvora explota muy cerca y la Murciélaga suelta un grito de terror.

—No —se queja—, yo nunca me voy a acostumbrar a esto. Hoy me va a dar un infarto.

Julieth se ríe y dice:

—Yo sí soy muy polvorera. Compremos voladores, Peter.

—Por aquí están prohibidos —dice Pedro—, toca ir hasta Envigado o quién sabe hasta dónde.

—¿Cómo así? —pregunto—, ¿entonces todo esto que explota dónde lo consiguen?

Algo vuelve a estallar muy cerca, la Murciélaga grita de nuevo y nadie me responde. La pólvora revienta aquí y allá y, según Pedro, habrá mucha más cuando vaya llegando la medianoche. Volará Medellín en pedazos una vez más, así como voló cuando Escobar y sus secuaces, entre ellos Libardo, la levantaron de sus cimientos y la dejaron patas arriba.

—¿Te gusta echar voladores, Larry? —me pregunta Julieth.

—Nunca he echado un volador en mi vida —le digo.

Lo que no le confieso es que he disparado muchos fierros: Colt, Long Colt, Smith & Wesson y hasta fusiles de asalto, y todo antes de cumplir quince años. No porque quisiera sino porque desde que nací, Libardo insistió en que teníamos que aprender a defendernos y montó un polígono en la finca. En las vacaciones nos obligaba a disparar. Fernanda nos miraba sin decir ni sí ni no, pero saltaba con cada disparo, resignada, porque en el fondo sabía que sí íbamos a necesitar defendernos, pero mortificada porque a esa edad no teníamos que estar disparando armas de verdad. También llegué a cargar una nueve milímetros con los ojos cerrados, cuando todavía no me había cambiado la voz.

Después lo olvidé todo, cada instrucción de Libardo, cada recomendación sobre cómo apuntar, cómo respirar y contener el aire al momento del disparo. Olvidé hasta los aplausos cuando atinaba en el blanco y los destellos de orgullo en su mirada cuando se vanagloriaba del valor, de la buena puntería y la berraquera de sus hijos. Y lo olvidé desde el día en que, en medio de una fiesta, Libardo quiso ufanarse de nuestra puntería y ordenó que soltaran un ternero de dos meses de nacido, uno que ni siquiera había sacado morrillo, y pidió que lo soltaran lejos, a más de cien metros, y mandó a que le trajeran su arsenal y anunció que la comida de esa noche iba por nuestra cuenta, es decir, por la mía y la de Julio, porque nosotros, anunció, íbamos a matar limpiamente al ternero con un tiro en la cabeza.

A Julio le entregó una escopeta semiautomática y a mí, que era más hábil con armas cortas, una Glock. Nunca antes nos había pedido que le disparáramos a un animal, ni a un pájaro, ni siquiera a un árbol, a nada que tuviera vida. Siempre lo hicimos contra blancos con formas humanas, eso sí, con el punto negro en la cabeza, pero dispararle a un animal, eso nunca.

Yo comencé a temblar desde que soltaron el ternero. Julio dispararía de primero porque era el mayor. Por suerte. Y le pedí al cielo que acertara para que no me tocara disparar, pero él también estaba temblando, sudaba y sonreía nervioso. A él le gustaban los animales más que a mí, sobre todo el ganado; él desde niño fue un hombre de fincas, de potreros y corrales. Libardo le estaba poniendo una prueba que lo superaba. Con todo y eso se acomodó, le apuntó al ternero que se movía inquieto con ganas de volver al corral junto a su madre.

—A la cabeza, mijo —le dijo Libardo, eructando ron, y, para colmo, le insistió—: Vuélale la cabeza que el cuerpo va para la parrilla.

Julio no podía quedarse quieto, no porque el ternero se moviera sino porque pensaba lo mismo que yo, y deseaba, como yo, que ese ternero echara a correr hacia el horizonte, hacia el monte, para que se perdiera entre los arbustos y se salvara y nos salvara de hacer lo que no queríamos.

—¿Qué estás esperando? —le preguntó Libardo, exasperado, porque Julio apuntaba y apuntaba, pero no se decidía a disparar, y los invitados ya habían comenzado a soltar risitas de burla.

Me miró a mí, muy serio, como diciéndome, prepárate tú que si este no puede tú eres mi otra carta, mi as bajo la manga. Sin embargo, insistió una vez más:

—Dale, carajito, dispara ya que nos estamos aburriendo.

Fernanda observaba callada, pero cuando notó el temblor de Julio, se acercó despacio. Seguramente pensaba intervenir, encarar a Libardo, y se bebió de un golpe el trago que le quedaba en el vaso. Pero antes de que pudiera enfrentársele, saltó, como siempre, por la detonación de la escopeta. Libardo, por el contrario, brincó emocionado aunque la dicha le duró hasta cuando se dio cuenta de que el ternero sí había caído muerto, pero el tiro le había destrozado el cuerpo por un costado. A pesar del error, los invitados aplaudieron, y para devolverle la gracia a la fiesta, Libardo dijo:

—A comer gallina, señores, que este culicagado se nos tiró el asado.

Ese fue, en todo caso, el último día que tuve un arma en mis manos.

—A mí me gusta echarlos «voleados» —dice Julieth—, porque uno no sabe hacia dónde van a salir.

—En una misma noche —la interrumpe Pedro—, metió dos voladores en dos apartamentos. A una pobre vieja la tuvieron que llevar de urgencia al hospital con una taquicardia severa. —Suelta una carcajada y continúa—: Estaba viendo televisión, el volador le entró por la ventana y le explotó sobre la cama.

Julieth y la Murciélaga desfallecen de la risa. Julieth intenta decir algo, pero se asfixia con sus carcajadas.

—Y lo que corrimos —cuenta la Murciélaga—, no nos daban las piernas para escondernos. —Señala a Pedro y dice—: Este marica nos dejó solas, se subió al carro y arrancó primero que todos.

—Yo no me iba a dejar agarrar —dice Pedro.

Julieth por fin puede hablar y cuenta:

—Salió hasta en los periódicos.

—¿Te pillaron? —le pregunto.

—No, yo salí en carrera con esta. —Señala a la Murciélaga—. Nos botamos por un barranco y nos escapamos, pero en Teleantioquia y en *El Colombiano* hablaron de la señora y dijeron que casi la mata el susto.

—¿Y esto siempre es así o solo hoy? —les pregunto.

—¿Qué?

—¿Cómo?

—¿La Alborada?

—Medellín —les aclaro—. ¿Siempre es así o solo hoy?

Los tres se miran extrañados. No hace falta que respondan. El «así» es un estado complicado de definir. Me basta un pequeño esfuerzo para recordar que siempre ha sido así, que las que mecen a Medellín han sido siempre aguas de un mar inquieto.

—Mejor vamos a comprar el porro hidropónico —propone la Murciélaga. Julieth salta de la emoción y Pedro sentencia:

—En mi dictadura, mis hermanas, las drogas serán parte de la canasta familiar.

Las otras dos aplauden y revientan de la dicha, como la pólvora que retumba afuera.

8

El mapa de vuelo en las pantallas mostraba el avión dejando atrás Europa, sobre Portugal, a punto de adentrarse en el Atlántico. Sin embargo, la gran mancha azul era para ellos mucho más que un mar. Era una zona de olvido en la que Charlie y Larry, cada uno por su lado, habían arrojado su historia cuando salieron de Medellín, años atrás. Ahí, en el fondo, estaría lo que dejaron y ahí seguirá hasta que el mar se seque.

Charlie lo sorprendió con los ojos cerrados, como si durmiera, aunque él lo negó después. Parada en el pasillo se lo preguntó:

—¿Lo desperté?

—No —dijo él.

—Tenía la boca abierta —dijo ella.

—¿Cuánto tiempo lleva ahí? —le preguntó Larry.

—Un rato. Quería darle las gracias.

Los pasajeros que estaban a cada lado de Larry rezongaron incómodos.

—No hay de qué —dijo él.

—Claro que sí —dijo Charlie y siguió quieta, como si todavía estuviera aturdida por la noticia, o esperando a que él dijera algo más. Los dos se miraron callados hasta que ella le dijo—: Venga conmigo.

—¿Adónde?

—Allí. Venga.

Larry levantó las piernas para pasar sobre su vecina dormida. Charlie lo guio hasta el área de servicio para primera clase y, sin decirle nada, sirvió dos ginebras del bar que habían dispuesto los auxiliares de vuelo. Él le preguntó por ellos, más por hablar que por saber dónde andaban.

—Estarán durmiendo —dijo Charlie.

—Con tal de que el piloto esté despierto… —dijo él.

—Qué va. Aquí los únicos despiertos somos usted y yo.

Charlie sonrió por primera vez, aunque era una sonrisa contaminada de tristeza. Él aprovechó para preguntarle cómo se llamaba y ella se quedó en silencio, mirándolo, pensando o dudando, hasta que dijo:

—María Carlota Teresa Valentina. Pero tranquilo —añadió al ver el gesto de Larry—: Puede decirme Charlie.

Él le dijo su nombre mientras ella se bogaba el trago. Larry ni siquiera iba por la mitad. Ella se sirvió otro y le preguntó:

—¿Y a qué va a Colombia?

—Voy al entierro de mi papá.

Charlie abrió los ojos, muy sorprendida, como si no se creyera la coincidencia. Larry le aclaró:

—No se murió ahora sino hace muchos años, pero apenas hace unos días que encontraron sus restos.

Charlie carraspeó incómoda. No terminaba de entender. Una auxiliar de vuelo apareció de repente y les pidió permiso para abrir una compuerta de donde sacó una carpeta con papeles. Sin dejar de sonreír les dijo que podían tomar lo que quisieran, pero que deberían consumirlo en sus asientos. Larry se bebió a fondo lo que le quedaba de ginebra como un anuncio de despedida, pero en cuanto se fue la auxiliar, Charlie le dijo:

—La silla de al lado está libre, venga y se sienta conmigo.

—Pero…

—Venga, hombre —le insistió Charlie—. Aquí todo el mundo anda dormido.

Larry no pudo evitar sonreírse cuando se dejó caer sobre la poltrona abullonada y sintió la frescura del cuero.

Hay cosas que no se olvidan…

Los ojos de Charlie chispearon por todo lo que había llorado, o por las dos ginebras que se tomó. Se arropó con la manta hasta la cintura, echó el espaldar un poco hacia atrás, agarró el vaso lleno que había llevado y le dijo a Larry:

—Bueno, sígame contando.

9

Libardo vio el entierro de Escobar por televisión. Ya había decidido ir al cementerio, pero cuando se enteró de que otros de los más cercanos no irían, se llenó de dudas y de miedo, y el mismo día del entierro desistió.

—Si alguien tenía que estar allí, era yo —sollozó Libardo.

—¿En el ataúd? —le pregunté angustiado.

—No —dijo él y me revolcó el pelo con cariño—. No, mijo, me refiero al funeral, yo tendría que haberlo acompañado hasta el último momento.

La culpa por no asistir lo mortificó día y noche. Lloró frente al televisor cuando vio el ataúd y las multitudes que coreaban el nombre de Pablo en medio de cientos de pañuelos blancos. Cuando vio a la madre, a los músicos que interpretaron canciones de despedida y las favoritas del muerto, y cuando el cajón se hundió en la tierra.

Ese llanto era también un síntoma y una advertencia de la fragilidad del momento. Yo me sentía desprotegido hasta en mi propia casa, como si cada día hubiera una pared menos o las puertas no cerraran, como si de repente se hubiera volado el techo y cada persona fuera un enemigo. Yo no decía nada, me tragaba el miedo en silencio, aunque estaba seguro de que se me notaba. Si lo percibía en Libardo, en Fernanda, en Julio, en los empleados y en los guardaespaldas, en cada persona que iba a visitarnos, ¿por qué no iban a notarlo también en mí? Pero era mejor quedarse callado, cualquier cosa que se dijera podría ser malinterpretada y terminar en alegato o en pelea. Después del incidente en la mesa del comedor, no volví a opinar y acepté que ellos tomaran las decisiones. Lo que tenía que decir lo dije esa noche: por culpa de Libardo nos iban a matar.

De acuerdo con lo que él había planeado, pasamos la Navidad en República Dominicana. Fuimos nosotros cuatro más los abuelos, los papás de Libardo. Julio y yo recibimos más regalos que en los años anteriores. Era el recurso que Libardo había encontrado para compensar la culpa y tratar de convencernos de que no regresáramos a Medellín. Julio quería pasar el resto de las vacaciones en la finca y Fernanda ya quería volver, a pesar de que se había recorrido, a sus anchas, los casinos más grandes de Santo Domingo.

Para el 31 llegaron las dos hermanas de Libardo que vivían en Tampa, con los maridos y los hijos, y Benito, un primo lejano de Libardo, a quien quería, decía él, como a un hermano. Benito también llevó a toda su familia. Del lado de Fernanda no fue nadie. Solo le quedaba un hermano, Juan David, trece años menor que ella y que estudiaba Música en Nueva York, patrocinado por Libardo, obviamente.

La última noche del 93 la celebramos treinta parientes reunidos en un restaurante, con grupo musical, gorros, pitos y confeti, todos haciéndole creer a Libardo que nada grave había pasado y que la vida seguía igual. Todos menos Fernanda, que no sabía fingir. Hasta yo formé parte de la euforia porque la abuela me había pedido que, por el bien de él y de todos, rodeáramos a Libardo de felicidad. Pero a las doce en punto, cuando comenzaron los abrazos de feliz año, Libardo volvió a llorar. Y de uno en uno, todos los parientes también terminaron llorando. Todos menos Fernanda y yo. Mientras los otros moqueaban en el hombro del que abrazaban, ella me llamó para que me sentara a su lado.

—¿Quieres un poquito de champaña? —me preguntó.

—No me gusta —le dije.

Todavía no me gustaba ningún trago. Tampoco fumaba. Incluso una vez, Libardo, antes de que empezara todo esto, me ofreció un trago en una fiesta, y como no lo acepté, me dijo, no me digas que me vas a resultar marica. Como si los maricas no bebieran.

—Brinda conmigo, Larry —insistió Fernanda—, aunque sea un sorbito.

Sin esperar mi respuesta, sirvió champaña en dos copas, me pasó una y levantó la de ella.

—Por ti, por mí, y para que no nos ahoguemos cuando el barco termine de hundirse. —Lo dijo sin dramatismo, sonriente, con los ojos brillantes por las muchas copas que ya se había tomado.

En ese brindis tuve una percepción diferente de su belleza, pero en ese momento no pude traducirla en palabras. Sabía que era bella, todo el mundo me lo decía, mis amigos, mis compañeros de colegio, las amigas de ella que se lo corroboraban cada vez que la veían, los socios de Libardo que la miraban con ganas, la gente en la calle que reconocía a la ex-Señorita Medellín 1973 y le decían que seguía igual de hermosa, o incluso más.

Pero justo antes de probar la champaña, la miré y vi en su belleza algo nuevo, algo que en ese instante me pareció sobrenatural, como un magnetismo que despuntaba del fondo de sus ojos.

Con el tiempo, cuando conocí otras mujeres y me enamoré, entendí que lo que había visto en Fernanda esa noche no era otra cosa que su propio demonio.

10

Aunque no llueve, cientos de personas marchan con paraguas negros y bloquean el tráfico. Hay más grupos en diferentes sitios de la ciudad. Caminan despacio y en silencio hacia un punto de encuentro en el centro de Medellín, en protesta por la Alborada. Son los enemigos del ruido y los amigos de los animales que, esa noche, están en riesgo de morir por miedo a las detonaciones de pólvora. Con los paraguas abiertos invocan la lluvia. Solo un aguacero, que arruinaría la celebración, puede salvarlos.

—Apaga la música —le pido a la Murciélaga.

—No jodás —dice Pedro.

—Un minuto, por favor.

Solo se oyen los pasos sobre el pavimento. Ni una arenga, ni un murmullo. Un silencio más potente que cualquier protesta, aunque la pólvora lo rompe cada vez con más frecuencia.

—¿Ya? —me pregunta la Murciélaga. Sin esperar a que responda vuelve a poner la música a todo volumen. Ni siquiera oye cuando le doy las gracias. Pedro saca la cabeza y les grita a los que marchan:

—En mi dictadura les van a llover balas, maricones.

La Murciélaga se tongonea en el asiento y yo le digo a Julieth:

—Esta debe bailar hasta sentada en el inodoro.

Pedro logra encontrar un atajo por donde dejar el taco de carros y enfilamos hacia Las Palmas. El plan es ir subiendo, con paradas, hasta llegar al alto a eso de la medianoche, en el clímax de la pólvora. Antes llamé a Pedro aparte y le dije, ya sabés lo que te voy a decir. Sí, dijo él, pero tranquilo, cuando ella llame yo te bajo, o busco quién te baje, eso allá va a estar lleno de gente.

Si Fernanda no me llama en una hora, contra viento y marea yo iré a buscarla y después me dormiré. Sueño con dormir doce horas seguidas.

—Escala técnica —dice Pedro, y nos detenemos en un bar-restaurante-discoteca bastante animado. Él llama a los del otro carro para que también paren.

—¿No tienes una amiga que se llame Charlie? —le pregunto a la Murciélaga cuando nos instalamos en una mesa.

—¿Amiga o amigo?

—Amiga.

—¿Charlie? Tengo dos amigos que se llaman así, pero ¿amiga?

—Ella estudia en Londres.

—¿Y?

—El papá se le murió ayer.

—Ay, Larry, no te entiendo nada. ¿De quién me estás hablando? Del único muerto que he oído hablar en estos días es de tu papá.

—¿Quién te contó? ¿Pedro?

La Murciélaga niega con la cabeza.

—¿Lo leíste en el periódico? —le pregunto.

—Yo no leo periódicos —dice.

Lo habían publicado en primera página y lo anunciaron por televisión. Mostraron la fosa donde lo habían encontrado, pero, dizque por respeto, no mostraron el cadáver. O los huesos. La Murciélaga no lo había visto en los noticieros. Tampoco veía noticieros. Fue Ro el que se lo contó, me lo señaló con la boca cuando le insistí.

—¿Qué más te dijo? —le pregunto.

—Nada —responde.

Esa noche yo soy el recién aparecido y Ro, por el contrario, el amigo de siempre. No va a hundirlo a él por complacerme a mí, pero ya está claro que soy el tema de

Ro, que no deja de mirarme desde el otro extremo de la mesa.

—¿Y quién es esa Charlie? —me pregunta la Murciélaga.

—Alguien que conocí en el avión.

—Y te gustó —dice.

Le sonrío y me tomo un trago.

—Qué bobos son ustedes los hombres.

—¿Por qué?

—Por todo —dice y se toma un aguardiente—. Son tan poco prácticos —agrega—. Mejor bailemos, Larry.

—No sé cómo se baila eso.

Una voz robótica repite hasta el cansancio, *perrea, perrea, perréalo, mami*, y los que bailan pretenden verse sensuales cuando en realidad dan risa. O tristeza.

—Pues te mueves y ya —dice la Murciélaga.

—Como un perro —digo, y a ella no le gusta—. Eso dice la canción, ¿o no?

—Qué pereza tú —dice, se levanta y sale contorsionándose a la pista.

Mientras más entrada la noche, más vampiresca se vuelve la Murciélaga. Más extraña y atractiva. Sin embargo, todo ese misterio se le va cada vez que pega un brinco y suelta un grito por la pólvora. Luego recupera su rareza.

Al fondo se ve Medellín, mitad grandeza, mitad miseria. El paisaje no deja de ser conmovedor. Por lo que ha cambiado, lo que ha perdido, y porque este hueco entre las montañas, este hervidero en el que han muerto tantos, que desterró a tantos y nos marcó a todos, aún sigue en pie, incluso más robustecido, como si nunca hubiera sido la ciudad de la que tuve que escaparme o donde mataron a mi papá.

Pedro se sienta a mi lado para servirse un trago. Aprovecho y le pregunto:

—¿Vos conocés mi casa?

—¿Cuál? ¿La de Londres?

—No, la de Fernanda, donde vive ahora. Yo no la conozco.

—¿Ni en fotos?

—No. Solo conozco el espaldar de su cama —le digo—.
Cuando hablamos por Skype, ella siempre está recostada.
No ha querido mostrarme más. Tal vez le da vergüenza
mostrarme lo chiquita que es.

—Pues más tarde vas a ir —dice Pedro.

—Puedo coger un taxi.

—No te pongas dramático —dice—. Esperemos a
que ella llame.

—Es que no entiendo por qué no me recogió en el
aeropuerto ni por qué no me deja ir ya. No entiendo nada,
Pedro.

—Se queda mirándome y me dice:

—¿Qué te pasa, Larry? No parecés el de antes.

—Nadie es el de antes —le digo. Ni siquiera él, pienso, que parece el mismo de siempre.

—Algo queda —dice él—, pero como que a vos no te
quedó nada.

—Apenas me has visto dos horas.

Él mira el reloj y me corrige:

—Tres.

—Está bien, tres, pero estoy cansado. No he dormido
desde que me subí a ese avión.

Me levanto y Pedro se confunde.

—Ey, no es para tanto —dice.

—Voy a mear —le aclaro.

Lejos y cerca se oyen explosiones aisladas de pólvora.
Busco las luces en el cielo, pero en el aire solo flota el ruido.
Mientras orino pienso en mi casa. La casa enorme, demasiado grande para cuatro personas, una mansión para dos
niños. Seguramente ahora volveremos a hablar de la casa, de
los años en que vivimos en ella sin entender la suerte o la
tragedia de tenerlo todo. Volveremos a hablar de Libardo
como si fuera ayer, justo ahora cuando hay días en que ya ni

lo recuerdo. Libardo ha vuelto de un tiempo inexistente para convertirse en tiempo real, en una fecha, una cifra, en una partida de defunción y ocupará un lugar donde se le pueda ubicar. Y yo volveré a ser «el hijo de Libardo», o «Larry, el de Libardo» y nada más.

Larry también bebía para digerir el regreso. Charlie se levantó por dos ginebras más y, al pararse, se notaba que los tragos ya habían comenzado a hacerle efecto. Había recuperado agilidad, como si el alcohol le hubiera vuelto el dolor más ligero.

En el asiento quedó la manta arrugada y el cojín con la forma de su peso. Dejó los zapatos en el suelo, junto al bolso, y en una esquina Larry vio el paquetico de Kleenex que él le había regalado.

Ella volvió con dos vasos llenos y le dijo:

—El primer recuerdo que me vino con la noticia fue el de una vez que me perdí en Disney World. Yo tenía cinco años y estuve perdida como media hora, aterrorizada entre ese gentío, sin reconocer a nadie. Sin embargo, no paré de buscar a mis papás, segura de que iban a aparecer en algún momento. Ahora siento lo mismo, pero con la diferencia de que a uno de ellos no lo voy a volver a ver nunca.

Lloró otra vez y trató de consolarse con dos sorbos del vaso. Larry se removió en la silla.

—El «nunca» es lo que me mata —sollozó Charlie.

—¿Tienes más hermanos? —le preguntó él.

—Una hermana. Dos años menor que yo —dijo bajito, con el volumen de la tristeza, el volumen de la noche, y con los ojos vidriosos. Luego agregó—: Aquí se termina todo lo mío. No puedo ver nada más allá de este instante.

—Nos dejan mucho, pero también se llevan algo —dijo Larry.

Charlie negó con la cabeza, se echó un trago largo y dijo:

—Yo siento que se me llevó todo.

Le salieron dos lagrimones que se limpió rápido con la mano, y soltó un lamento que dejó desarmado a Larry.

—La muerte de tu papá —dijo él— obedece a las leyes de la vida. La del mío, en cambio, a una ley natural en Colombia. La ley del más fuerte.

—¿Lo mataron? —preguntó Charlie, con miedo de haber preguntado una imprudencia.

—Lo secuestraron —respondió Larry.

Charlie arqueó las cejas, abrió más los ojos hinchados y suspiró.

—Un día se lo llevaron y no lo volví a ver —dijo Larry, se quedó callado y ella no preguntó más.

El avión se sacudió con un par de saltos fuertes. Ella le agarró la mano a Larry, por impulso, y él se sorprendió más por el apretón que por la zarandeada. Aunque el vuelo recobró la calma a los pocos segundos, Charlie se bogó lo que le quedaba de trago. Larry le dijo:

—Cómo le gusta asustarnos a la muerte.

A pesar del desasosiego que nos había dejado la muerte de Escobar, aquel fue un diciembre distinto, sin su sombra. Haber salido de Colombia en esas vacaciones nos hizo creer que la situación iba a mejorar. Libardo se dejó convencer de Fernanda para que volviéramos y nosotros pudiéramos terminar el bachillerato en el colegio al que siempre habíamos ido. A fin de cuentas solo les falta este año, dijo ella, luego se van a hacer la carrera a otra parte.

Regresamos a finales de enero. Se sentía algo raro en el ambiente que nadie sabía nombrar. Una mezcla de incertidumbre, miedo y tranquilidad. Se hablaba de una posible venganza, de retaliación, pero también de oportunidades y reconstrucción, de volver a empezar. Me ilusioné con la idea de que nadie nos volvería a mirar como antes, que los pecados de Libardo habían muerto junto a los de Escobar, aunque también mucha gente seguía con miedo, esperando a que él diera el último coletazo desde la tumba.

Decían que su mano andaba por ahí, que cuando abrieron el ataúd en el cementerio para que la multitud le echara una mirada antes de enterrarlo, alguien que lo amó le arrancó la mano y que con ella se cobraría la venganza que todos iban a lamentar.

—¿Pero cómo iban a arrancársela? —pregunté—. No es que hubieran dejado abierto el ataúd tanto tiempo.

—Se la cortaron —dijo Julio.

—Nadie le cortó nada —aclaró Libardo.

—¿Cómo lo sabes? —le pregunté—. Tú no fuiste al entierro.

Libardo me reprendió con un gesto. Odiaba que le recordaran que no había ido por miedo. Por precaución, alegaba él, aunque para mí era lo mismo.

—Es un símbolo —dijo Libardo—, todo esto de la mano es una leyenda para demostrar que Pablo sigue teniendo el poder, que su mano sigue activa, que vive entre nosotros.

—Pero ¿quién la tiene? —preguntó Julio.

—Nadie —respondió Libardo—. Ya les dije que es como un símbolo. Él sigue aquí, la gente lo quería mucho, lo respetaba.

—Entonces, ¿todo va a seguir igual? —le pregunté.

—Sí… No —respondió Libardo—. Es decir, el legado de Pablo nos garantiza la tranquilidad y, como les dije, sin él el Estado va a dejar de joder.

—¿Qué es legado? —preguntó Julio.

Pero Libardo no contaba, o no nos lo quiso mencionar, con que los enemigos de Escobar no se iban a contentar con su muerte. Y los enemigos de Escobar eran los mismos de Libardo, los de mi familia, es decir los míos, aunque yo no supiera quiénes eran.

Comenzamos a sospecharlo porque a Libardo se le fue el tono optimista de comienzos de año y se volvió irritable y desconfiado. No nos dejaba salir a la calle sin los muchachos, y hasta Fernanda tenía que ir acompañada a los casinos.

—Mejor no voy —dijo ella—. Esos tipos traen mala suerte.

Julio y yo entramos a hacer el último año de colegio, que también sería nuestro último año en Medellín. Libardo ya tenía planeado enviarnos a Francia para que mejoráramos el francés, y luego cada uno se iría a la universidad, también por fuera. Él confiaba en poder aguantar la presión sin que nosotros lo notáramos. Pero el círculo se fue cerrando muy rápido. El grupo cercano a Escobar fue reducido por muertes, o porque capturaron a sus miembros, porque huían o se entregaban. Hubo muchas versiones sobre quién, realmente, había matado a Escobar, y mientras más versiones surgían, más enemigos teníamos: los gringos, el Estado, los Pepes, el Cartel de Cali, los del Norte del Valle, las víctimas, en fin. Sin embargo, los únicos que se atribuían públicamente todas esas muertes eran los Pepes, y a ellos, más que a nadie, era a quienes les temía Libardo. Los «Perseguidos por Pablo Escobar», que de víctimas pasaron a victimarios. Ellos celebraban la venganza con carteles reivindicatorios junto a cada cadáver.

—Yo sé quiénes son esos hijueputas —le dijo Libardo a alguien, por teléfono—. Les conozco las caras y me les sé los nombres. Sé dónde viven y cómo trabajan, pero no hay con quién dar la guerra, compadre, todo el mundo se aculilló.

Se trataba de rendirse o aguantar. En el país había una exaltación moralista, y de un momento a otro nos convertimos en el blanco de los mismos que antes nos daban palmaditas en la espalda. Incluso en el colegio, donde supuestamente estábamos al margen de los prejuicios. Y para rematar, Fernanda le echó gasolina al fuego.

—Su papá tiene una moza —nos dijo.

Ese día, desde que llegamos del colegio, la vimos a todo momento con una copa de vino blanco en la mano. Caminaba por el jardín y le daba vueltas a la piscina, miraba el fondo, como si buscara algo bajo el agua. Vio que la observábamos desde el salón y ni siquiera levantó la mano para saludarnos, ni siquiera nos sonrió. Bebió un sorbo largo y luego se acostó en una tumbona a mirar el cielo. Así se quedó hasta que oscureció y luego entró al estudio en donde Julio y yo hacíamos las tareas. Había vuelto a llenar la copa, y ahí, apoyada en el marco de la puerta, fue cuando nos contó lo de la amante de Libardo.

—¿Cómo lo supiste? —le preguntó Julio.

—¿Tú ya lo sabías? —le preguntó ella.

—Yo no sé ni mierda.

—No me hables así.

—Solo quiero saber cómo lo supiste, quién te contó, para ver si es verdad.

—Claro que es verdad —dijo Fernanda—. Ya la vi, ya sé quién es.

—¿Quién es? —le pregunté.

—Una puta —dijo y se le quebró la voz.

Yo bajé la cabeza y creo que Julio hizo lo mismo. Fernanda se dejó caer en una poltrona, dejó hundir el cuerpo y lloriqueó:

—Es una cagona de veintidós años y él ya le dio un apartamento y un carro.

Las frases se le enredaban, el rímel de los ojos se había corrido hacia los lados y moqueaba.

—Le lleva veinticinco años, parece su hija —continuó—, no sé cómo no le da vergüenza salir con ella.

—¿Los han visto juntos? —preguntó Julio.

Fernanda asintió, luego dijo:

—Con las otras al menos se encerraba, solo quería acostarse con ellas.

—¿Las otras? —la interrumpí.

Fernanda se enderezó y nos miró mientras tomaba más vino.

—Ay, niños.

Se deslizó hacia delante y cayó arrodillada sobre el tapete. Avanzó de rodillas con los brazos abiertos, sin soltar la copa. Quise levantarme y correr, huirle a esa imagen patética de la mamá borracha que busca la compasión de sus hijos. Pero me quedé petrificado y nos arrastró hacia ella con un abrazo, nos apretó fuerte y se soltó a llorar desconsolada. Miré a Julio de reojo, apercollado en el otro hombro, mientras Fernanda, sin darse cuenta, derramaba el vino frío sobre mi espalda.

13

Un tipo calvo con barba larga, de chanclas y camisa amplia, un profeta de la nueva era le da un abrazo prolongado a la Murciélaga. Ella regresa al carro dando saltitos de alegría. Al fin consiguió la marihuana hidropónica que tanto quería. Tuvimos que venir desde Las Palmas hasta el barrio Belén para darle gusto a esta mujer.

—Listo, chicos, vámonos de aquí —dice cuando se sube adelante, junto a Pedro el Dictador. Y agrega—: Ya se puede acabar el mundo.

Las detonaciones de la pólvora suenan sin pausa. Las hay secas y estruendosas, como un portazo, como un juego de ollas cayendo al piso desde una alacena. Otras se anuncian con un silbido antes de estallar, una exhalación en la noche antes de reventar con todas sus luces. Las hay altas y bajas, cercanas y distantes. Sin importar cómo sean, todas son dinero que se quema en segundos, que le produce un placer infinito a quien lanza la pólvora. La misma euforia que sienten los que echan tiros al aire.

Muchas veces vi a Libardo y a sus amigos reventar el cielo a tiros para celebrar cualquier cosa. Un cargamento coronado, un buen negocio, una ley que pasó en el Congreso para favorecerlos, o la muerte de alguien que estorbaba en otro bando.

—¿Para dónde vamos ahora? —pregunta Julieth.

—Volvamos a Las Palmas —propone la Murciélaga.

—Ya son las nueve de la noche y quince minutos —dice Pedro, como si fuera un locutor de Radio Reloj.

—¿Me pueden dejar en mi casa? —les pido, pero todos me miran como si no entendieran una sola palabra.

—Tu mamá no ha llamado todavía —me dice Pedro.

—No importa. Si no está, la espero en la portería. Si no está lista para verme, me quedo abajo hasta que ella me abra.

—Está bien, como quieras —me dice Pedro.

Por primera vez siento un alivio en toda la noche. También un frío en el abdomen y remolinos en las tripas. Un vacío de caída libre. ¿Miedo? Miedo, ansiedad, alegría, descanso. Aunque sé que en esta noche no habrá silencio, al menos ya no estaré metido en este carro con la música a todo taco, en medio de una humareda y del olor a pólvora. El celular de Pedro timbra de nuevo y yo trato de mirar la pantalla.

—¡Inga! —exclama Pedro.

Ya no habla sino que grita. Suelta carcajadas, insultos, burlas. Palmotea el timón, excitado.

—¿Podrías bajarle a la música, Murci? —le pido, pero no me oye, o no quiere oírme.

Vamo'a darle hasta abajo, pa'bajo, pa'bajo, vamo'a darle hasta abajo, oh, oh, oh. La Murciélaga canta; Julieth sigue el ritmo con un contoneo irregular. Yo me estiro hacia delante y bajo el volumen. La Murciélaga reacciona y me da una palmada en el brazo.

—¿Qué te pasa? —me reclama—. No mates mi inspiración.

—Se me va a reventar la cabeza —le digo.

Julieth me sacude el pelo. La Murciélaga vuelve a subir el volumen, Pedro sigue hablando a los alaridos como si estuviera al lado de unas cataratas.

—Espera te doy algo —me dice la Murciélaga y busca en su bolso. Y le dice a Pedro—: Oríllate, paremos un momentico.

Pensé que buscaba una aspirina, pero saca la bolsa con la marihuana hidropónica y comienza a armar un porro con una agilidad que impresiona.

—No, Murci —le digo—. Yo pensé…

Antes de que pueda pensar, el carro se ha llenado de humo y de olor a yerba. Y cuando Pedro le dice a la persona con quien habla, ya vamos por ti, se desvanece mi alivio y otra vez se ensombrece el panorama.

El porro pasa de mano en mano y de boca en boca.

—Inga necesita que la rescatemos —dice Pedro.

—¿Dónde está? —pregunta la Murciélaga.

—Dice que la secuestraron unos extraterrestres.

—¿Quién es Inga? —pregunta Julieth.

—La sueca —responde la Murciélaga.

—¿No la conocés? —le pregunta Pedro—. La sueca que vino a Medellín para aprender español.

—¿Y sí ha aprendido? —pregunta Julieth.

—No mucho, pero aprendió a meter perico.

Julieth bota el humo en una carcajada. Su risa sigue siendo hermosa, como cuando nos reíamos juntos en la cama.

—Vamos a rescatarla —dice la Murciélaga.

—¿Y yo qué? —les pregunto.

—Tú, fuma —dice Julieth, me suelta una bocanada en la cara y me pone el porro en los labios. Los tres me miran como si fuera a hacer una maroma extraordinaria. Fumo y siguen mirándome, para ver si lo aspiro. Boto el humo y Julieth me sonríe. Les pasa el porro a los de adelante.

Oh, oh, oh, vamo'a darle hasta abajo, pa'bajo, pa'bajo, vamo'a darle hasta abajo.

Pasamos por la cabecera del antiguo aeropuerto. Se decía que si uno saltaba alto podía tocar las llantas de los aviones.

—¿Todavía funciona? —les pregunto.

—Sí.

—No.

—¿Sí o no?

—De día, sí; de noche, no —dice Pedro.

—Yo he visto aterrizar aviones de noche —dice la Murciélaga.

—Será en uno de tus viajes —dice Julieth.

—La pista no tiene luces —dice Pedro.

—Ningún avión podría volar hoy, con toda esta pólvora —les digo.

Y yo vuelo bajito, a pocos centímetros del suelo. La Murciélaga inicia otra ronda. Esta vez le arrebato el porro y fumo.

A mi izquierda aparece el cerro Nutibara. De niño imaginaba que ese restaurante que lo coronaba era un platillo volador. Apenas supimos que el restaurante giraba, le suplicamos a Libardo que nos llevara. Y sí giraba, pero muy despacio. Julio y yo quedamos decepcionados. ¿Qué esperaban?, nos preguntó Libardo, ¿que íbamos a comer en un carrusel?

—¿Todavía hay un restaurante allá arriba? —les pregunto.

—¿Dónde? —pregunta Julieth, mirando al cielo.

—En el cerro.

—Sí.

—No.

—Creo que cerraron —dice Pedro—. Nunca fui.

—Yo sí —dice Julieth—. Giraba.

Ahora no parece un platillo volador. Ni siquiera parece un restaurante.

La Murciélaga suelta una carcajada. No sé de qué se ríe. Bueno, sé por qué, pero no de qué. Desde el cerro también están echando voladores. Se ve como un volcán botando sus primeras chispas. Me acuerdo del otro cerro, más al norte, del que decían que era un volcán dormido. No recuerdo el nombre, pero sí que se veía desde el colegio, y fantaseábamos con la posibilidad de que el volcán despertara. Yo me imaginaba Medellín llenándose de lava y todos huyendo hacia las montañas. La lava alcanzándonos, casi en nuestros talones, en esta ciudad que parece una taza de sopa inmunda.

—¿Cómo es que se llama el cerro que era un volcán dormido? —les pregunto.

Los tres me miran, Pedro a través del retrovisor.

—¿Qué te pasa, Larry? —me pregunta.

—¿Hay un volcán aquí en Medellín? —pregunta Julieth—. Si es así, yo me voy a vivir a otro lado.

—No más de esto, por ahora —dice la Murciélaga y apaga el porro en el cenicero del carro.

Veo a mi izquierda la espiral de carros intentando subir al cerro Nutibara. Todos quieren ver la Alborada desde un lugar alto. Hacia las alturas vamos nosotros también.

Pa'bajo, pa'bajo, dice la canción, y nosotros para arriba, para arriba.

14

¿Qué tiene la noche que duele tanto en medio de una pena, en la incertidumbre o en el asiento de un avión? ¿Cuál es el miedo a abrir los ojos para admitir el insomnio en la eternidad de un vuelo nocturno? ¿Dormían Charlie y Larry? ¿O fingían dormir, como casi todos? Ella le había recostado la cabeza en el hombro y él sentía la respiración de ella en la oreja. Apenas alcanzaba a verle las pestañas y la punta de la nariz. Le dolía el cuello por el rato que llevaba sentado en la misma posición, quieto como un muñeco por temor a despertarla, si es que ella dormía, porque ni siquiera se atrevía a preguntárselo. A veces Charlie saltaba como cuando uno sueña que se cae y movía los ojos bajo los párpados, inquieta, como si buscara algo en el sueño. Buscaría a su padre entre los vivos, a quién más sino a él, para refutarle su muerte.

Una azafata surgió de la penumbra y caminó despacio por el pasillo. Sonreía, tal vez por costumbre o, por qué no, por perversa. Buscaría la mano de alguien metida entre las partes propias. A dos tocándose bajo una misma manta, a dos intentando una maroma para comerse, a algún hombre que tuviera una erección notoria mientras dormía. Sonriente y sigilosa pasó junto a ellos y cuando vio a Larry se puso seria.

Me va a pillar aquí colado en primera clase…

Pasó su mano por el pelo de Charlie, apenas rozándolo para no despertarla. La auxiliar siguió de largo, se habrá creído la patraña de Larry: que viajaba con su pareja. Él sintió más fuerte el dolor que le subía desde el dedo gordo del pie hasta la cabeza, pero tenía el alma desbordada.

¿A qué juega la vida cuando le presenta una mujer hermosa y triste a un hombre, y a la hora de haberla conocido la pone a dormir recostada en su hombro, como la bella durmiente de un cuento de hadas?

15

Llegaron los extractos del banco y Libardo descubrió que Fernanda había desobedecido la orden de no ir sola al casino. Ella intentaba pagar su juego en efectivo, pero si perdía mucho usaba la tarjeta de crédito. Lo que no sabía Libardo era cómo se escapaba sin que los guardaespaldas se dieran cuenta. Una noche ella no llegó a la casa a la hora acostumbrada y él decidió ir a buscarla con el jefe de escoltas, un excapitán de la policía al que le decían Dengue.

—A las 15:30 la dejamos donde la señora Margarita, lo mismo que todos los días, y ahí la esperamos hasta cuando ella sale —le reportó Dengue a Libardo.

—¿Y no se mueve de ahí? ¿No sale?

—No, patrón —dijo Dengue—. La única que sale es la señora Margarita, pero sola.

—¿Cómo es eso? —preguntó Libardo, extrañado.

Dengue le repitió lo que había dicho y Libardo se llevó las manos a la cabeza.

—Ustedes son unos animales —dijo Libardo—. Si Fernanda va a visitar a Margarita, ¿cómo es que Margarita después sale sola? Entonces, ¿a quién visita Fernanda?

Visiblemente molesto, Libardo nos anunció a Julio y a mí que iba a buscar a Fernanda y nos pidió que nos fuéramos a dormir. Pero apenas salió, nos sentamos a esperar en la mitad de las escaleras.

Mientras tanto, Libardo y Dengue llegaron a la casa de Margarita, parquearon al frente, cruzaron la calle, timbraron en la puerta y él le preguntó a la empleada por la señora, y ella le respondió que había salido. Cuando le preguntó por Fernanda, la empleada se puso a llorar.

Libardo y Dengue volvieron al carro.

—¿Qué hacemos, patrón?

—Pues esperar —resopló Libardo.

Después de un largo rato callados, en el que Dengue se la pasó moviéndose inquieto en el asiento, Libardo le preguntó:

—¿Todavía no sabés lo que está pasando?

—Sí, patrón —respondió Dengue—. Estamos esperando.

—Ah, esperando —repitió Libardo.

Las luces de otro carro los alumbraron. Era Margarita que volvía sola a su casa. Libardo se bajó en carrera y antes de que ella guardara el carro en el garaje, él se le atravesó. Ella se aferró al timón cuando Libardo se acercó despacio.

—Ay, Libardo —dijo Margarita.

Él se paró frente a la ventanilla de atrás. Vio un bulto en el piso del carro, cubierto por una manta. Libardo golpeó el vidrio con los nudillos y del bulto asomó la cabeza de Fernanda. Tenía el pelo revuelto y una sonrisa de oreja a oreja.

Cerca de las once de la noche, Libardo abrió bruscamente la puerta de la casa y entró arrastrando a Fernanda. La sala estaba en penumbra y mi hermano y yo seguíamos sentados en las escaleras, tal como habíamos quedado cuando él se fue a buscarla. Ella venía descalza, con los zapatos de tacón en la mano. Intentó soltarse pero Libardo la agarró con fuerza y la lanzó al sofá. Libardo no nos había visto, aunque ella sí nos miró antes de que él la empujara.

—No te muevas —le advirtió Libardo, y apenas dio dos pasos para irse, ella se incorporó. Entonces él la agarró por los hombros y volvió a tirarla al sofá—. Que no te muevas, carajo —le ordenó de nuevo.

—Quiero un cigarrillo —dijo Fernanda.

Estaba borracha. Hablaba con dificultad. Aunque parecía perdida, cada que podía se daba vuelta para mirarnos. Yo tenía miedo de la furia de Libardo, de que fuera a pegarle, pero la dejó ahí tirada y salió para el estudio. Fernanda tenía la respiración agitada y como había cerrado los ojos, pensé que se había quedado dormida por la borrachera. Libardo regresó a la sala. Traía algo brillante en las manos. Me pareció que era una pistola. Fernanda abrió los ojos cuando lo sintió llegar. Él le enseñó lo que traía y ella soltó una carcajada. Eran unas esposas. Libardo la agarró de un brazo para levantarla, la obligó a darse vuelta y le esposó las manos por detrás. Ella seguía riéndose. Él la empujó otra vez al sofá, ahora con más fuerza, y ella hizo un gesto de dolor.

—No me gusta que hagas cosas a escondidas —le dijo Libardo, entre dientes. Ella se incorporó y le dijo, desafiante:

—No estaba haciendo nada malo.

—¿Y eso cómo lo sé yo? —preguntó él.

—Ah —dijo ella—, ¿creés que soy como esa puta con la que andás?

Él le agarró la cara con fuerza. Con la otra mano comenzó a desabrocharse la correa del pantalón. Fernanda nos miró de reojo.

—¿Me vas a pegar? —le reclamó ella.

—Algo mucho mejor, o peor —dijo él y se abrió la bragueta, sin soltarla.

—No —dijo Fernanda y volteó a mirarnos. Entonces Libardo nos vio.

—Culicagados —dijo, y Julio y yo nos levantamos, como tocados por un rayo, y salimos en carrera para el cuarto.

De esa noche la imagen más fuerte que conservo es la de Fernanda esposada. Todavía hoy me queda la duda de si era parte de un jugueteo sexual o el principio de una tortura. Cualquier cosa podía esperarse de Libardo. El hecho es que me dolió ver a Fernanda maniatada, como si la mafiosa fuera ella.

16

En El Poblado ya quedan pocas casas en las que viva gente. Antes de irme ya habían demolido casi todas las que eran de arquitectura europea y sobrevivían algunas casonas modernas, de corte gringo, con garajes amplios, piscina, con prados tan cuidados como un campo de golf. Aunque también las habían comenzado a demoler para construir edificios de apartamentos. Todo apuntaba a que El Poblado se iba a convertir en lo que ahora es: una colmena de ladrillo. A una de esas casas que todavía quedan nos llevó Pedro el Dictador para rescatar a la sueca.

Fue a buscarla y nosotros nos quedamos en el carro, con la música siempre sonando duro. *Qué puedo decir sin que te suene a broma, tengo ganas de ti y no dejas que te coma, mami.*

A los cinco minutos el Dictador regresa, bastante ofuscado.

—No la encuentro —nos dice—. Vengan y me ayudan a buscarla.

—Yo los espero aquí —digo—. Yo no la conozco.

—Muy fácil —dice la Murciélaga—. Es sueca y mide uno con ochenta.

Julieth me empuja para que salga del carro, como si a su lado ella no tuviera una puerta para salir. Me bajo porque tengo sed y tal vez adentro pueda conseguir un vaso de agua.

—Qué tal que estos hijueputas le hayan hecho algo —comenta Pedro.

—¿Hacerle qué? —pregunta la Murciélaga—. Si está aquí es porque los conoce.

—¿De quién es esta casa? —pregunto—, ¿quién vive aquí?

—Ahí adentro hay una gente muy rara —dice Pedro y empuja la puerta.

—¿Qué es ese ruido? —pregunta Julieth.

—¿A qué huele? —pregunto.

—A carne chamuscada —dice Pedro.

—¿Será que están asando a Inga? —dice la Murciélaga.

Entramos de sopetón a una sala amplia y rodeada de ventanales que dan al jardín. Las luces están apagadas y hay un grupo de personas sentadas en círculo frente a una chimenea, lo único que alumbra el salón. Todos cantan con los ojos cerrados al son de una guitarra. Menean la cabeza mientras entonan algo que dice, *gracias a la vida, que me ha dado tanto, me ha dado la risa y me ha dado el llanto.* Se mecen lentos, hombro con hombro, y hay varias parejas tomadas de la mano. Una mujer nos hace una seña para que nos unamos al grupo. Pedro le responde con otra seña para que se acerque a nosotros. Ella se levanta y viene, sin dejar de cantar.

—Venimos a recoger a Inga —le dice Pedro—. Ella me llamó y dijo que estaba acá.

—¿Inga? —pregunta la mujer, en voz baja.

—La sueca —le aclara Pedro.

—Ah, sí —dice ella—. Por ahí anda.

—¿Por dónde?

—Por ahí. Vengan y se sienten mientras aparece.

—¿Podemos buscarla en otras partes de la casa? —pregunta Pedro—. Es que estamos de afán.

—*Y la casa tuuuuya, tu calleeee y tu patioooo* —entona la mujer y regresa al grupo.

Pedro propone que nos dividamos y la busquemos en los cuartos y en los baños.

—O donde ustedes crean que puedan tenerla —remata.

—Yo no la conozco —insisto.

—¿Cómo no vas a distinguir a una sueca entre estos indios? —dice Pedro, molesto conmigo.

—¿Vieron la chimenea? —les pregunto—. Están asando algo envuelto en un trapo.

—¿Pero qué estaba haciendo Inga con estos marcianos? —pregunta la Murciélaga.

Julieth me arrastra de la mano y dice:

—Ven tú conmigo.

Algo en todo esto me recuerda a Libardo, recién desaparecido. Alguien también propuso dividirnos para buscarlo y yo subí a su cuarto, donde ya sabía que no estaba, pero era el único lugar del mundo donde yo creía que él podría estar. Donde debería estar. Lo encontré en las fotos que Fernanda tenía colgadas y en cada una repasé su historia con nosotros. Fragmentos felices de su vida loca, algunos ya descoloridos por el paso del tiempo, otros en blanco y negro como las películas viejas o como dicen que son los sueños. Ahí en las paredes solo había sonrisas y abrazos, lo que nos gusta inmortalizar en las fotografías. La vida perfecta de una familia imperfecta. El hombre guapo y ambicioso con su reina de belleza y un hijo parecido a él, y el otro, a ella. Ese, de todas maneras, no era el Libardo que yo había ido a buscar al cuarto y que los demás rastreaban en los hospitales, en la morgue, por cielo y tierra.

—Murci me contó que esa sueca es muy puta —me dice Julieth, al oído.

O eso es lo que entiendo mientras me dejo llevar por ella hasta el segundo piso. Pedro y la Murciélaga se habían quedado en el primero.

—Pero no le digas que yo te conté —me pide Julieth.

—Mejor vamos a la cocina, que me estoy muriendo de sed —le digo.

—Ahorita —dice ella y abre la puerta de un cuarto como si estuviera entrando al suyo propio. Hay una cama destendida, botellas de gaseosa en el piso, pero no hay nadie—. ¿Inga? —pregunta Julieth, pero Inga no responde.

Entramos a un baño en el pasillo, a dos cuartos más, y al principal donde hay una pareja en pelota, tirando.

—Perdón —les dice Julieth, cierra la puerta y se recuesta en la pared, cagada de la risa.

Los de abajo siguen en lo suyo: *gracias a la vida, que me ha dado tanto, me ha dado el sonido y el abecedario.*

No sé por qué, pero desde el primer momento supe que Libardo no iba a volver. Mejor dicho, cuando no supieron dónde más buscarlo, yo me dije, mi papá no vuelve. Se lo comenté a Julio y se puso histérico conmigo, me tumbó al piso con un golpe en el pecho y me advirtió, no vuelvas a decir eso jamás. La gente cercana a Libardo nos daba esperanzas, éramos los más pequeños de todos los que se lamentaban, éramos los hijos. Pero creo que todos sabíamos que no regresaría. Queríamos que volviera, pero cada uno, en el fondo, la abuela, Fernanda, todos sabíamos para qué se lo habían llevado.

Las noches siguientes dormimos juntos Julio, Fernanda y yo, los tres en la cama de ella y Libardo. Dormíamos con la ropa del día, pues si llamaban en la noche con alguna noticia, ya estaríamos listos, por si acaso. Lo de dormíamos es un decir. Apenas pegábamos el ojo una o dos horas. A las cuatro de la mañana podíamos encontrarnos en la cocina tomando chocolate caliente, sin hablar, con miedo de mirarnos y descubrir la verdad en los ojos de cada uno.

—¿Tienes novia, Larry? —me pregunta Julieth, de subida a un ático.

—No sé —le digo. Ella se detiene y me mira extrañada—. Creo que no —añado con la esperanza de ser más claro. Julieth me reclama:

—Es en serio, Larry.

—Es que no sé —le digo—. Conocí a alguien en el avión, pero…

—¿Qué? —me interrumpe sorprendida, casi preocupada—. ¿Es verdad lo que me estás diciendo? ¿Sigues trabado?

Es posible. Me arrepiento de habérselo contado a Julieth, sobre todo después de lo que tuvimos.

—Sigue, sigue. —La afano para que subamos al ático y deje de examinarme.

Ella se da vuelta y trepa por unas escaleras muy empinadas. Su culo redondo queda a la altura de mis ojos. De inmediato recuerdo ese culo sin ropa.

—¡Inga, Inga! —grita Julieth hacia la boca oscura del ático. Sube un poco más y se frena.

—¿Qué pasa?

—¿Dónde se prenderá la luz? —dice.

—Déjame pasar.

Me escurro por un ladito, pero quedamos aprisionados en la estrechez de la escalera. Me agarra la cara y me estampa en la boca un beso chupado. Entrecruzamos las lenguas, intercambiamos babas. Yo deslizo la mano para tocarla.

—Mejor prende la luz —me dice.

Camino a tientas palpando las paredes, por algún lado tiene que estar el interruptor. Julieth se sienta en el rellano, frente a la oscuridad, y vuelve a llamar:

—¡Inga!

Solo se oye el canturreo de los de abajo.

—Aquí tampoco está —dice Julieth—. Vámonos.

—No me extraña que esos la hayan matado —le digo.

—Madura, Larry —dice y pasa de largo, sin regalarme otro beso.

En realidad no quiero más besos, solo un vaso de agua y largarme, llegar, hablar con Fernanda y dormir dos días enteros con sus noches. Esta casa me trae malos recuerdos, es como la que tuvimos, como las de mis amigos, las de mis novias, casas en las que no me recibían de buena gana. ¿Qué hace aquí el hijo de Libardo? A veces no pasaba de los

79

portones, otras lograba llegar a la puerta principal y rara vez podía entrar. No me quejaba. Se lo contaba a Fernanda con la condición de que no le dijera nada a Libardo, pero ella no se aguantaba. Entonces él me hacía comentarios de este estilo: cuando vayas adonde Gabriel mándale saludes a su papá, el año pasado montamos juntos un concesionario de carros en Panamá. O, dile al papá de Valentina que tenemos que volver a vernos, no nos reunimos desde el pasado enero. Así, con cierta sutileza pero con la información necesaria para derribar las puertas que me cerraban.

—Larry —me llama Julieth.

—¿Qué?

—¿Por qué te quedas ahí? ¿Qué estás haciendo?

—Pensando.

—Ay, Larry —dice—. Lo de nosotros fue hace mucho tiempo, fue muy lindo, pero ahora ando encarretada con alguien...

—Vamos a la cocina —la interrumpo—, tengo sed.

Abajo nos encontramos de frente con Pedro y la Murciélaga, bastante alterados. ¿La encontraron?, pregunta Pedro. Nada. No joda, dice la Murciélaga. ¿Qué se hizo esa mujer? A lo mejor se fue. Sí, se cansó de esperarnos y se fue. *Gracias a la vida, que me ha dado tanto, me ha dado la marcha de mis pies cansados...* Por Dios, ¿y estos qué?, ¿hasta qué horas van a seguir cantando lo mismo? Vámonos, Pedro, la sueca es enorme, ella sabe cuidarse sola. *Con ellos anduve ciudades y campos, playas y desiertos, montañas y llanos...*

—Hola, chicos. —De la nada aparece la mujer que nos recibió—. ¿Encontraron a su amiga?

Los cuatro negamos con la cabeza.

—¿Nadie la vio salir? —le pregunta Pedro.

—La verdad es que yo ni la vi entrar —dice la mujer.

—¿Ustedes saben el lío diplomático tan grande que se puede armar si le pasa algo a esa sueca? —le pregunta Pedro, con tono amenazante.

La mujer encoge los hombros, luego nos dice sonriente:

—Ya está lista la carne. Vengan que hay para todos.

—Qué carne ni qué mierda —dice Pedro, descontrolado—. Vámonos de aquí.

Sale como llevado por el diablo. Pedro, Pedro, lo llama la Murciélaga, intentando alcanzarlo. ¿Ya la llamaste al celular? Ella no tiene celular, responde él. Pues márcale al número de donde llamó, propone Julieth. Pedro se da vuelta para enfrentarla y le pregunta, ¿vos creés que yo soy bruto?, eso fue lo primero que hice y me contestó un man que me dijo que él le había prestado el teléfono, y punto. Eso está muy sospechoso, comenta la Murciélaga. Y Julieth dice, no le den más vueltas, esa sueca se debe haber ido con cualquier tipo. Pedro se detiene otra vez. Julieth le dice, no me mires así, ustedes saben cómo es ella.

Adentro, en la casa, los que cantan parecen haber llegado al clímax de la canción. Pedro se agarra la cabeza y grita:

—¡En mi dictadura voy a prohibir estas fiestas tan cacorras!

La Murciélaga lo abraza y lo lleva hasta el carro. Julieth y yo los seguimos mientras en la casa siguen entonando, desgañitados, *gracias a la vida, gracias a la vida, gracias a la viiiiiiida.*

17

A Charlie y a Larry los unía la muerte. A ella la de su padre, un muerto digno, alguien respetado y conocido. El de Larry, por el contrario, ilícito, desaparecido, indecoroso hasta en su muerte. Ella iba a encontrarse con un cuerpo que todavía recordaba, elegante y arreglado para el funeral. Podría incluso abrazarlo y llorar sobre él. Larry se toparía con un reguero de huesos, tal vez con un cráneo roto por un balazo, con una sonrisa de dientes falsos o un fémur hecho trizas.

Charlie dormía mientras Larry pensaba en por qué darle tanta importancia al cadáver si lo que duele es la ausencia.

¿Solo para corroborar la muerte?…

—Me quedé dormida —dijo Charlie, y él se sobresaltó—. Tengo sed —agregó ella.

—Ya te traigo agua —le dijo Larry y cayó en cuenta de que no la había tratado de usted.

Ella lo atajó y tomó el vaso con restos de ginebra y hielo derretido. Se lo bebió como si fuera agua. Larry aprovechó para mover el cuerpo y desentumecerse.

—¿Descansaste? —le preguntó él.

—No sé —dijo ella—. No sé muy bien cómo me siento, me duele todo y al mismo tiempo no siento nada. No sé si este instante es real o me lo estoy inventando para soportar el vuelo. Quiero que termine ya y también quiero que no se acabe, que sigamos volando hasta… —Se quedó callada y volvió a cerrar los ojos. Otra vez le rodaron dos lagrimones por su cara hasta que se perdieron en algún punto del cuello.

—Recuéstate si quieres —le propuso Larry y le señaló su hombro.

—Te mojaría la camisa.

—No me importa.

—También me da culpa dormirme —dijo Charlie.

—¿Culpa?

—Siento que no es justo que él esté muerto y yo dormida.

—Pero… —Larry iba a decir, pero él está muerto. Se detuvo y dijo—: Necesitas descansar, te espera un día muy duro.

—Me espera una vida muy dura.

—Al comienzo es difícil —le susurró Larry—, crees que no vas a poder, pero después de un tiempo…

—¿Cuánto tiempo?

—No sé, eso depende. Tal vez meses, tal vez años. El día menos pensado sientes que te dan un tirón.

—¿Quién?

—No sé. Algo o alguien. Una mano invisible, una fuerza que no conocías. De pronto sientes que te jalan y, sin darte cuenta, estás al otro lado.

—¿A ti quién te ayudó? —le preguntó ella sin mirarlo, recostada en su hombro, con una voz que él no habría oído si no estuvieran tan pegados.

—Nadie.

—¿Tú mismo?

—Ni siquiera yo mismo.

Larry tendría que haberle dicho la verdad.

La misma realidad me abrió los ojos y me dio la mano para levantarme. Libardo no era la solución sino el problema. Sin él ya no habría incertidumbre ni miedo…

—La verdad —dijo Larry—, la verdad fue la que me salvó.

Lo dijo sabiendo que la verdad era algo tan complejo que, en ese momento y en ese lugar, Charlie no iba a averiguar más.

—¿Qué me irá a salvar a mí? —preguntó ella, más para sí misma. Luego añadió—: ¿O quién?

Se quedaron un rato en silencio, oyendo el ruido de las turbinas al fondo. Ya iban por la mitad del océano, es decir, eran un punto en la inmensidad, el todo y la nada, un abismo entre dos mundos, es decir, un limbo. Ellos dos en el cielo, cruzando la noche a una velocidad inverosímil dentro de un tubo de metal repleto de combustible. Los dos dejaban un tiempo viejo para entrar a uno nuevo.

—Gracias —dijo Charlie.

Algo vibró dentro de Larry, un escalofrío lo arropó de arriba abajo, algo parecido a una señal para el corazón. De pronto, un pasajero soltó un ronquido atronador que interrumpió el sonsonete de los motores. Charlie soltó una carcajada, la primera en todo el vuelo. Larry también se rio.

—Qué envidia —dijo él.

—Duérmete.

—Prefiero hablar contigo.

—Entonces hablemos de otras cosas —le propuso Charlie. Oyeron dos ronquidos más y volvieron a reírse. Ella le preguntó a Larry—: ¿Por dónde estaremos?

—En la mitad de la nada —le respondió él.

18

¿De dónde sacamos que luego de la muerte de Escobar nos íbamos a despertar en una ciudad arrullada por el canto de los pájaros, por la lluvia mañanera y renovada por la brisa tibia en las tardes de sol? Esa no era la ciudad para la que estábamos preparados, no habíamos nacido para vivir en el paraíso. El propio hijo de Escobar, todavía con la sangre caliente, había anunciado venganza y así hubiera sido una pataleta, la ira de sus palabras alborotó el odio. Los que habían matado al monstruo no se contentaron con haberlo descabezado. Querían devorarlo hasta las entrañas. El Estado buscaba concluir su labor con el impulso de un tanque de guerra. A Libardo el acorralamiento comenzó a desquiciarlo y Fernanda decidió volver a los casinos, así tuviera que ir acompañada de dos de los muchachos. Era el único lugar donde se sentía tranquila.

En la casa inmensa, el búnker que Libardo había construido para protegernos, cada tarde nos encontrábamos mi hermano y yo a mirarnos las caras o a ver en televisión lo que ni Libardo ni Fernanda nos contaban. Especulábamos sobre lo que pasaría y lo que haríamos. Yo mantenía la idea de huir, pero Julio quería quedarse. Su pasión eran las fincas de la familia, ni siquiera consideraba la opción de ir a la universidad, sino que quería salir del colegio directo a administrarlas, a lidiar con el ganado y las cosechas.

—Me muero si tengo que vivir en otro lado —me decía—, en una ciudad y, peor, con otro idioma.

—Si te quedas, igual te matan —le dije.

—Pues que me mate una bala y no la tristeza —dijo.

Nos miramos y lo que vimos fue a dos mocosos hablando de la muerte y de la vida, rodeados de escoltas y criadas. Nuestra poca tranquilidad se amparaba en la fortuna de Libardo. En un mundo donde todo se arreglaba con plata, también creíamos que con plata lograríamos la absolución. Lo que no calculamos es que esa plata se iba a acabar más temprano que tarde.

La familia de Escobar buscaba afanosamente asilo en cualquier parte, aunque en ese momento eran una papa caliente con la que ningún país se quería encartar. Si ellos buscaban una nueva vida afuera, ¿cómo no nos íbamos a ir nosotros también? Ningún afecto nos unía con ellos ni nos emparentaba, aunque de alguna manera su vida era como la nuestra.

Libardo nunca me lo dijo, sino que se lo escuché cuando lo comentó con alguien: las cargas se van a acomodar, hay mucha plata y mucho poder de por medio como para que un imperio se desmorone de un día para otro. Y sonaba honesto cuando decía: la doble moral de este país nos va a salvar. Sin embargo, su optimismo era traicionado por una actitud irritable, con insultos a diestra y siniestra, por las amenazas que soltaba cuando hablaba por teléfono, pero sobre todo porque se le notaba el miedo en la cara.

En el colegio la situación no era mejor. Para comenzar, no nos esperaban de regreso. Daban por hecho que estábamos escondidos y el alboroto aumentó cuando llegamos más protegidos y más blindados. Los escoltas tenían la orden de no moverse del colegio durante toda la jornada. No éramos los únicos, eso sí, no sé cuántos más eran como nosotros.

El primer día, Fernanda insistió en hablar con el rector. Su presencia en el colegio causaba conmoción. Ella lo sabía y lo alimentaba. Se arreglaba como cuando fue reina de belleza y se ponía blusas ajustadas para que sus tetas se movieran al vaivén de su caminar. Al comienzo era agradable saber que teníamos una mamá bonita, pero a medida que fuimos creciendo, los comentarios cambiaron de tono. Mis compañeros y los de Julio deseaban a Fernanda, o eso nos hacían creer. Ese día, entonces, ella se arregló mejor que siempre. Tenía que demostrar que todo seguía igual y desvincularnos a Libardo y a nosotros de la muerte de su patrón.

—Ustedes se merecen un trato especial —dijo ella, aunque no entendí por qué quería que nos privilegiaran. ¿Quería voltear la tortilla y que de victimarios pasáramos a víctimas? No era una mala idea, pero tendría que persuadir al país entero, al mundo, a todos los que por esos días nos señalaban exaltados.

Llegamos en dos camionetas de las que se bajaron cuatro de los muchachos, cuatro guerreros de Libardo, que le abrieron la puerta a Fernanda y le dieron una mano de apoyo para que pisara tranquila con sus tacones altos. Sentí que todo el colegio, alumnos, profesores y empleados se voltearon a mirarnos. Algunos de los más chiquitos se acercaron a ella creyendo que era quién sabe quién. A varios, Fernanda les desordenó el pelo. A todos les sonrió. Julio y yo caminamos con la mirada en el piso cuando subimos a la oficina del rector. Los tacones de Fernanda sonaban como pedradas contra las escaleras.

—Vengo a ver al señor Estrada —se anunció.

No le preguntaron quién lo solicitaba. Ya la conocían. La esposa de Libardo. Los hijos de Libardo.

—Espere un momento, doña Fernanda —dijo la asistente—. El rector está ocupadito en el teléfono, pero ya la atiende.

Se acomodó en un sofá de la sala de espera y nos hizo señas para que nos sentáramos a su lado. Yo negué con la cabeza; Julio ni respondió. Yo lo intenté una vez más:

—Vámonos, ma.

—No señor, yo tengo que recordarle muchas cosas que él está obligado a entender.

La obligación a la que se refería Fernanda no era otra cosa que el compromiso que tenía el colegio con nosotros por los favores recibidos. Un nuevo laboratorio de química.

Veinticinco computadores. La modernización del sonido del teatro. Diez televisores, uno de los cuales fue a dar a la rectoría, solo para mencionar algunas de las donaciones que había hecho Libardo en el último año.

—Ya puede pasar —le dijo la asistente a Fernanda.

El rector no pudo ocultar su incomodidad. Exageró tanto su simpatía que era evidente que actuaba. Quién sabe qué dudas y qué sentimientos lo carcomieron por dentro cuando vio a Fernanda sentarse frente a su escritorio, acompañada por nosotros, coqueta y tranquila como si nada estuviera pasando.

—Pensé que seguían en uno de esos viajes largos —dijo Estrada—. En uno de esos países exóticos que tanto le gustan a don Libardo.

—Primero está el deber, Enrique —dijo Fernanda.

—Eso está muy bien —dijo el rector—. Pero además, en el despelote que anda este país… Se me han ido muchas familias a vivir al extranjero, y pensé que ustedes también…

Hurgaba, tanteaba, husmeaba con pleno dominio de su cinismo, sonreía, babeaba.

—No, Enrique —le aclaró Fernanda—. Aquí estamos y aquí nos quedaremos. Este es el último año de los chicos y mejor que terminen donde siempre estudiaron. Este colegio es como nuestra propia casa.

Estrada agradeció, hizo venias, mencionó los buenos resultados que se habían logrado con los aportes de Libardo. Echó flores, pero también dardos. Se refirió a la moral, al acatamiento de las normas, a los principios, a nuestra generosidad y también a mis talentos, a mi habilidad para las matemáticas y, en general, a mis buenas notas. De Julio simplemente dijo, este muchacho tiene el carácter del papá. Es un buen muchacho, añadió. Y cuando finalmente dijo, qué puedo hacer por ustedes, Fernanda se inclinó un poco hacia delante para matizar la explicación.

—Estamos pasando por un momento muy complicado en la familia —comenzó.

—Lo supongo —dijo el rector.

—A pesar de que Julio y Larry ya son grandes, también son sensibles y esta nueva situación los afecta mucho. No he querido ocultarles nada, están enterados de todo, y aunque Libardo y yo evitamos discutir delante de ellos, la presión nos hace cometer errores.

—La entiendo perfectamente —dijo Estrada.

—Estoy segura de que en este año ellos van a dar lo mejor que tienen y por eso los he traído hoy conmigo, para que a pesar de las circunstancias se comprometan a ser buenos estudiantes, a colaborar, a sacar buenas notas.

Estrada nos sonrió. Fernanda siguió con lo suyo:

—Pero a cambio, quisiera pedirle a usted, Enrique, que hable con los profesores para que sean un poco más comprensivos con ellos, que entiendan que ahora son parte de un hogar que se está destruyendo.

—A lo mejor todo esto es pasajero —la interrumpió el rector.

—No, Enrique, no —dijo Fernanda, y ya poco quedaba de la mujer que había llegado. Ahora tenía un gesto lúgubre, ya no coqueteaba ni hablaba en el tono alegre con el que saludó—. No —repitió y negó con la cabeza. Con la voz resquebrajada, dijo—: Libardo no piensa dejar a esa mujer por nada del mundo...

—¿Qué? —la interrumpió Julio.

—Es la verdad —dijo Fernanda y, sollozando, añadió—: Está enamorado de ella.

—¿Para eso viniste? —le pregunté—. ¿Para eso nos trajiste?

—Chicos —dijo el rector, en un intento por apaciguarnos.

—Qué ridiculez —dijo Julio, se paró ofuscado y salió. Fernanda se cubrió la cara y siguió llorando.

—No lo puedo creer, ma —le dije—. Nos van a matar y a ti solo te importan las amantes de mi papá.

—¿Cómo así que los van a matar? —preguntó Estrada, confundido.

Fernanda sacudió la cabeza, pero no pudo hablar. Entonces me levanté y salí detrás de Julio.

—Julio, Larry —fue lo último que alcanzó a decir Estrada.

Ya todo el colegio estaba en clase. Vi a Julio caminando rápido hacia su salón. Yo me acerqué a la baranda del puente que unía las oficinas con los salones de clase, y ahí, desde el tercer piso, vi a los hombres de Libardo recostados en las camionetas, fumando y riendo. Incluso uno de ellos correteaba a otro alrededor del carro, persiguiéndose como niños. Y de otro carro vi bajarse a Pedro el Dictador y lo vi correr hacia los salones, muy apurado, porque ya llegaba tarde en el primer día de clase.

19

No es el amor lo que mueve al mundo, les digo, es la economía. Y les pregunto, ¿se acuerdan de Clinton? ¿Al que se la chuparon?, pregunta Pedro el Dictador. Ese, digo, aunque no me refería al hombre sino al presidente. ¿De qué están hablando?, pregunta la Murciélaga, ¿quién se la chupó a quién? Y Julieth dice, ¿qué tiene que ver eso con lo que estamos hablando? Tú estabas hablando del amor, princesa, dice Pedro. Sí, le responde Julieth, pero este loco por qué metió la economía y al señor ese. Porque Larry es economista, acuérdense, aclara Pedro. No soy economista, les repito, empecé pero no terminé. No has terminado, dice Pedro, si te guardaron los créditos ahí está el cupo, eres un *work in progress*. Qué pereza ustedes, dice la Murciélaga. Yo estaba hablando de la gente esa, los que cantaban en la casa, dice Julieth, ellos sí creen en el amor. Pues si a mí me toca ponerme a cantar con guitarra alrededor de una chimenea, en un salón oliendo a carne chamuscada, mejor me quedo sola en la vida, alega la Murciélaga. No, Murci, yo no estoy hablando del amor de pareja, dice Julieth, no me refiero a eso, pero a mí sí me parece que a ellos se les ve una fuerza distinta. ¿Quién quedó con el guaro?, pregunta Pedro, y la Murciélaga saca media botella de aguardiente de su bolso. Dale tú primero, ordena el Dictador.

La botella circula de boca en boca y Pedro ni siquiera baja la velocidad cuando le toca beber. Yo sí creo en el amor universal, dice Julieth. ¿Ese cuál es?, pregunta Pedro. El de todos con todos, responde la Murciélaga. Entonces yo también creo en el amor universal, dice Pedro, y Julieth le manda un manotazo al hombro. Güevón, le dice, yo hablo de la fuerza que mueve al mundo. La economía, digo yo. Ay, no, no, no, exclama Julieth y se lleva las manos a la cabeza. Qué partida de güevones, ustedes saben de lo que estoy hablando, no me jodan más la vida.

Subimos por Las Palmas a la velocidad que permite el tráfico, junto a la multitud que quiere ver la pólvora desde algún mirador. Miles de luces explotan en el cielo de Medellín, de extremo a extremo, como si todo el valle hubiera hecho erupción. Como si toda Medellín fuera un volcán. Ármate otro porro, Murci, que esto va lento, dice Pedro. Ya lo tengo listo, le responde ella. Entonces préndelo. Nadie me respondió lo del volcán, les reclamo. ¿Qué cosa? Que cómo se llama el volcán dormido que hay en la mitad de Medellín. Jajajaja, se carcajea la Murciélaga. En este momento no hay nada ni nadie dormido, dice Julieth, baja la ventanilla y añade, oigan el ruido afuera. Abran todas las ventanillas para que se salga el humo, ordena Pedro. Y el olor, dice la Murciélaga, el pelo me queda pasado a marihuana y mañana mi mamá me va a preguntar que qué es ese olor tan raro. No me digas que tu mamá no la ha probado, Murci, comenta Julieth. ¿Mi mamá?, ay, no la conocés entonces. Qué va, dice Julieth, uno cree que los papás no hacen nada, o no han hecho nada, y han hecho lo mismo que uno o hasta más. Mi papá no distingue un pase de perico de un porro, cuenta Pedro. Jajajaja, se ríe la Murciélaga. Los míos sí han probado, dice Julieth. ¿Qué? Marihuana. ¿Y perico? No creo, pero marihuana sí, aclara Julieth. Se voltea a mirarme y me dice, ¿te acuerdas de las rumbas con tu mamá, Larry?

La Murciélaga me pasa el porro hidropónico y en sus ojos reteñidos veo curiosidad y compasión. Tremendas rumbas, dice Pedro, tremendas, Fernanda es incansable. ¿Es?, le pregunto, ¿acaso sigue rumbeando? Lo digo porque tiene mucha energía, se explica Pedro.

Junto a nosotros pasa un carro y nos lanzan un volador, un chorrillo, no sé, algo destellante y atronador que cruza, como un rayo, frente a nuestro parabrisas. La Murciélaga pega un alarido y Pedro exclama, ¡estos hijueputas! Acelera para perseguirlos, pero no es mucho lo que se puede hacer con tanto tráfico y tantas curvas. ¿Te ves con ella muy seguido?, le pregunto a Pedro, que anda vociferando, ¡esos malparidos casi nos meten ese puto volador por la ventanilla! Acelera y frena tratando de pasarse a los carros de adelante. En el karaoke, un amigo de mi papá me preguntó cómo seguía mi mamá, ¿vos sabés algo de eso, Pedro? Quiero verles la cara cuando les meta esos voladores por el culo, dice Pedro. Qué dementes, dice la Murciélaga, que apenas ha vuelto del susto. ¿En qué anda mi mamá, Pedro? Pedro, nos vas a matar, le grita Julieth. Déjalos ir, nunca los vas a alcanzar, dice la Murciélaga y añade, además ya se nos pasó el susto. ¿Y la putería?, pregunta Pedro, ¿también se les pasó, partida de gallinas? Se da por vencido, aunque amenaza, yo me los encuentro arriba, van a ver, van a ver. Me mira furioso y dice, nosotros en plena guerra y vos preguntándome por tu mamá, no jodás, Larry.

Nos integramos a la fila de carros, como todos los demás. La música del radio y la pólvora llenan el silencio en que nos dejó la rabieta de Pedro. Tal vez Julieth y la Murciélaga están pensando lo mismo que yo, que esa gente sí se merece que les partan el culo a patadas. El celular de Pedro timbra y todos saltamos. Aún tenemos las defensas bajitas. Yo sigo sin entender por qué todavía no puedo ir a mi casa. Qué me está cobrando Fernanda con este destierro, justo el día que llego. El Dictador podría bajarle a la música para hablar tranquilo, pero prefiere hacerlo a los alaridos. Putea, maldice, suelta carcajadas, se excita, le cuenta al otro lo que nos pasó: un peye de Mazdita azul oscuro, dice, sí, tres veintitrés, con tres gonorreas adentro, si los ves me avisás. ¿Con quién estás hablando?, le pregunta la Murciélaga, pero él no responde, en cambio le cuenta al otro: si ese volador se hubiera metido me habría desfigurado la cara, ¿te imaginás? Suelta más risas y más palabrotas. La Murciélaga mata el porro contra el cenicero. Julieth me mira y yo le digo, yo no sé qué estoy haciendo acá. La Murciélaga se da vuelta y me dice, muy estusiasmada, es la Alborada, corazón.

Afuera veo el cielo anaranjado y, abajo, la incandescencia. El ruido y la euforia me ponen en la punta de la lengua otra vez a Dylan Thomas: «Los sabios entienden que al final la oscuridad es lo correcto», y Thomas me la pone a ella otra vez en la memoria. ¿Están seguras de que no conocen a una Charlie que vive en Londres?, les pregunto a Julieth y a la Murciélaga. ¿Uno o una?, me pregunta Julieth. Ay, tan cansón, dice la Murciélaga. Una, le digo a Julieth. Pedro termina la conversación y la Murciélaga vuelve a preguntarle, ¿con quién hablabas? Era Ro, responde, ellos ya están arriba, en el mirador después de El Peñasco. ¿Quién es?, ¿cómo es ella?, me pregunta Julieth. Una que conoció en el avión, responde la Murciélaga. Es de pelo negro como hasta aquí, le digo a Julieth y le señalo un poco más abajo de mi hombro. Anteayer se le murió el papá, le cuento. ¿También?, dice Julieth; yo le aclaro: el mío se murió hace mucho tiempo. A este paso, dice Pedro, vamos a llegar cuando ya se haya acabado la pólvora. Tiene la nariz chiquita y la piel muy blanca, le sigo contando a Julieth, pero ni ella ni nadie me paran bolas. Se ponen a cantar eufóricos la canción que comienza a sonar.

Bomba, deja que se rompa, que lavo su pompa, si hace calor ábrele la pompa.

A mí, por el contrario, me vence el cansancio. Recuesto la cabeza en el espaldar y otra vez miro hacia fuera, hacia abajo, hacia ese cráter humeante que está a punto de explotar.

20

Así, de la nada, como si fueran viejos amigos, Charlie le pidió que le contara un secreto.

—¿Qué tan secreto? —le preguntó Larry, y ella le dijo:

—Uno que no sepan más de dos personas.

—Un secreto… —dijo Larry, haciéndose el que pensaba, y ella se rio. Lo había acorralado.

Ya no había salida ni excusa porque todo el mundo tiene un secreto, o muchos. Un pecado, un deseo oculto, un odio que nadie más conoce, una aberración.

—Hagamos algo —dijo Charlie—. Dame tu vaso y mientras piensas, yo voy por otras dos ginebras.

—Con una condición: tú también me cuentas otro.

Sellaron el trato y ella se fue a buscar las bebidas. Larry seguía arrinconado. Cuando ella llegó, trató de enredarla:

—Tengo secretos de varias categorías. ¿De cuál quieres? Los de tercera, que son secreticos, los de segunda, que son normales, o los de primera, que son secretotes.

—De primera, por supuesto.

—Para esos necesito más tiempo —dijo él—. Pero tengo unos de tercera de muy buena calidad.

—Negociemos. Cuéntame uno de segunda.

Chocaron los vasos y bebieron. Larry carraspeó y comenzó a decir:

—Hace varios años, recién llegado a Londres, cuando decidí que ahí era donde iba a vivir, fui a hacer mi primer mercado y de pronto vi unas bolsas de lentejas y eché una al carrito porque me dio antojo de comer algo casero. Llamé a mi mamá para que me diera la receta, ella no cocina, pero me averiguó cómo se hacían. Como yo no tenía olla a presión, el proceso iba a ser lento, pero yo no tenía afán.

Las dejé cocinando y de cuando en cuando me acercaba a revolverlas con una cuchara de madera. Me puse a ver una película en televisión y cuando volví, la cuchara ya no estaba.

Larry se quedó callado. Charlie le preguntó:

—¿Y?

—Pues que se desapareció. A lo mejor se disolvió en la sopa.

Charlie lo miró con sorna. Se cruzó de brazos y le preguntó:

—¿Y cuál es el secreto?

—Pues que nadie sabe esa historia.

—No, ese no califica.

—¿Y si te cuento que una vez, en medio de un despecho amoroso, me tomé dos botellas de whisky yo solo, sentado en un muro junto al Támesis?

—Tampoco.

—Ajá —dijo Larry, recostó la cabeza y se puso a pensar.

Ella lo miraba y él, presionado por la incomodidad, dijo:

—Una vez, a la salida del colegio, en lugar de irme a mi casa le dije al chofer que nos llevara al Éxito. Yo iba con dos amigos, y sabíamos muy bien a lo que íbamos: a robar.

—Espera —lo interrumpió Charlie—. Eso tampoco sirve.

—Déjame seguir —dijo Larry—. El secreto no es el robo. Sí íbamos a robar cositas, pendejadas que nos pudiéramos meter en los bolsillos y dentro de los pantalones. Ya lo habíamos hecho una vez. Cada uno fue por lo suyo y luego compramos algo barato para justificar la alarma. Le mostramos el recibo al vigilante y volvimos a salir. La alarma sonó de nuevo, pero nos dijeron que siguiéramos tranquilos. Así funcionó la primera vez, y pensamos que la segunda iba a ser igual.

—¿Los pillaron?

—Espérate. Hicimos fila en diferentes cajas y antes de pagar, un señor de saco y corbata se acercó a uno de mis amigos. Luego fue con él a buscar a mi otro amigo y, por último, me fueron a buscar a mí. El señor nos pidió que lo acompañáramos. Nos llevó a un cuarto pequeño, como un depósito de papelería para las registradoras. Nos pidió que sacáramos lo que teníamos en los bolsillos. Nos negamos y amenazó con llamar a la policía. Entonces, muy despacio, comenzamos a poner sobre una mesa lo que habíamos robado.

—¿Qué se robaron?

—Pendejadas, ya te dije. Yo había agarrado una seda dental, una memoria USB, un labial…

—¿Un labial?

—Quería regalárselo a mi mamá. —Larry bebió y carraspeó. Algo cambió en su voz cuando dijo—: El señor nos ordenó que nos bajáramos los pantalones. Nos volvimos a negar y nos amenazó otra vez con entregarnos a la policía. Despacio, entonces, nos desabotonamos los pantalones y los bajamos hasta la mitad de los muslos. Algunas cositas cayeron al piso. Él nos pidió que las pusiéramos sobre la mesa, junto a las otras. Después palpó sobre los calzoncillos de mis amigos y cuando llegó a mí, no se contentó con tocar por fuera.

—Dios —dijo Charlie, y Larry asintió—: ¿Qué hiciste? Larry se echó otro trago largo y dijo:

—Nada. Creo que cerré los ojos… —Respiró profundo y añadió—: No. No los cerré porque me acuerdo con claridad de la mirada de mis amigos. Los tres estábamos temblando y ellos me miraban con horror. A lo mejor pensaron que el tipo les iba a hacer lo mismo, pero no, me tocó un buen rato y luego nos dijo que nos fuéramos, que si nos volvía a ver por allá, la próxima requisa iba a ser en una estación de policía.

—Qué rabia.

—Sí. Cuando llegué a mi casa, vomité hasta las tripas.

—¿No se lo contaste a tus papás?

Larry negó con la cabeza.

Si respondo esa pregunta me toca revelar otro secreto. Si se lo hubiera contado a Fernanda, ella, con toda seguridad, se lo habría contado a Libardo y él me habría matado por dejarme tocar, habría matado al que me tocó, a todos los empleados, a los dueños, habría hecho volar la tienda, todas las sucursales, los camiones de reparto, las vallas de publicidad, todo, absolutamente todo...

—No —dijo Larry—, eso se quedó entre mis amigos y yo, y nunca más volvimos a hablar del tema.

Charlie soltó un suspiro de indignación. El ruido de las turbinas les rebotaba dentro del cráneo. Larry sacudió la cabeza y dijo:

—Bueno, es tu turno.

21

Fernanda me enseñó a bailar. Desde antes de aprender a caminar ya bailaba con ella. Me alzaba en sus brazos y como se la pasaba oyendo música, me mecía al son de las canciones, todas de amor. Cuando le llegué a la cintura, bailamos en las fiestas y me decía que con quien más le gustaba bailar era conmigo. Seguí bailando con ella cuando fui de su tamaño, y después cuando fui más alto. Luego ya no me gustó bailar tanto con ella, me daba vergüenza de hijo. Ahora, en general, me abochorna bailar, me parece una práctica un poco grotesca, no le veo la razón. Que es para expresarse, para celebrar la alegría, por los sentimientos, por mil cosas que nunca han terminado de convencerme. Sin embargo, Fernanda insistía. Sabía que con Julio no había caso. Decía que Libardo no tenía ritmo. Solo tú, mi chiquito, y me lo pedía con tanto amor en sus ojos que yo terminaba accediendo, convertidos los dos en el centro de atracción de los que miraban.

Fernanda fue un premio mayor para Libardo. Ella no era de familia rica ni ilustre, era una muchacha común y corriente, de clase media, pero bonita y ambiciosa. Él sí venía de abajo, de muy abajo. Dejó el colegio sin terminar el bachillerato y se unió a los combos de la parte alta del barrio San Cristóbal. Cuando le pregunté qué hacía en los combos, me dijo, hacíamos de todo, jodíamos por todo lado, hacíamos cagadas en todas partes. Y hasta lo decía con nostalgia. Cuando le pregunté cómo conoció a Escobar, me dijo que se lo había presentado Benito. Y cuando le pregunté por qué hacía lo que hacía, me dijo, porque la vida es así, mijo, y eso lo vas a entender algún día.

Nunca lo entendí, pero me suponía que era como nacer negro, blanco, alto o bajito. Eso era lo que éramos y punto. Aunque nunca faltó algo o alguien que me recordara quién era yo. Al principio me enfurecía, me iba a los puños. Ahora, simplemente, paso saliva.

Una vez, después de un beso, una novia, la primera que tuve, me dijo, tú no tienes la culpa de lo que eres. Aunque era verdad, eso no me eximía de la carga. Lo mismo me dijo Fernanda muchas veces, cuando yo entraba en crisis por ser el hijo de Libardo. Me lo decía y remataba con un abrazo porque, a fin de cuentas, ella también era «culpable» de eso que yo era. A lo largo de la vida lo he escuchado infinidad de veces: no tienes la culpa de lo que eres. Lo escuché muchas veces hasta que la frase se desgastó y perdió su sentido.

Me lo dijo también otra novia que tuve en Londres, a la que decidí contarle mi historia convencido de que había encontrado a la mujer de mi vida. Tú no tienes la culpa, Larry. Entonces le dije, métete esa frase por el culo, y se paró furiosa y no volví a verla. Luego entendí que cada vez que me lo dijeron, realmente no me lo decían a mí sino que se lo decían a ellas mismas, para justificar su amistad, los besos o el sexo conmigo. Si yo no tenía la culpa, entonces los demás tampoco. Así de fácil, así de cómodo.

De la única persona que hubiera querido oír esa frase era del mismo Libardo, pero nunca me la dijo. Incluso después de las muchas veces que le recalqué que era su culpa, se quedó callado. Pasó mucho tiempo para que yo entendiera que si se quedaba callado era porque no lo sentía. Nunca sintió culpa por lo que hacía, nunca le molestó que lo señalaran, ni siquiera lo habrán atormentado sus crímenes, y si decidió tener hijos no fue para cargar con remordimientos. Habrá tenido siempre muy claro lo que me respondió esa vez: la vida es así, Larry.

De todas maneras, a Libardo había que interpretarlo por lo que había detrás de sus palabras. Cuando nos decía, quiero que vayan al mejor colegio, que hablen inglés, francés, los idiomas que puedan, que estudien en la mejor universidad, que funden empresas, era su manera de decirnos que no quería que fuéramos como él, que nunca fue a una universidad, no terminó el colegio y hablaba un español de la calle. Es decir, que no siguiéramos sus pasos.

Se ufanaba de su amistad con políticos y empresarios importantes, de los negocios que tenían juntos y de las reuniones a las que lo invitaban. De lo que más presumía era de las fiestas. Él y su reina de belleza, porque sin Fernanda no lo invitaban. Hasta el día en que ella se dio cuenta de una particularidad.

—Ninguno va con la esposa —le dijo Fernanda, atando cabos.

—Claro que sí —le alegó él.

—Son las mozas, amantes, yo qué sé —dijo Fernanda—, pero ninguno está casado con la que va.

Libardo resopló y le dijo:

—¿Tú qué sabes?

—Los he visto en las páginas sociales con mujeres muy distintas. Te están engañando, Libardo, te quieren hacer creer que eres como ellos, pero solamente te invitan a parrandas con sus putas. Y a mí me están poniendo al nivel de ellas.

Libardo rezongó, inquieto.

—Yo no me les puedo meter en sus vidas —dijo—. Que cada cual se acueste con la que quiera, pero en esas fiestas es donde hago los negocios con ellos.

—Pues vas a tener que seguir yendo solo. Yo no me voy a igualar a esas grillas.

Fernanda hablaba sin mirarlo para realzar su molestia. Él se levantó, caminó hasta la ventana y se puso a mirar hacia fuera.

—¿Tú ya sabías? —le preguntó ella.

—No —dijo él—. Yo no me fijo en esas cosas.

Se quedaron callados un rato y después fue ella la que se paró y dijo:

—Voy a decir que sirvan la comida.

—Fernanda.

Ella se detuvo.

—Después de todo lo que me dijiste —le preguntó Libardo—, ¿de verdad quieres que siga yendo solo?

—¿Es una advertencia?

Libardo no le respondió. Se quedó mirándola y se recostó en el vidrio. Ella dio un paso adelante y dijo:

—Ojalá esté equivocada. Ojalá que cuando necesites a esos tipos, aparezcan para ayudarte.

Salió del cuarto dejando tras de ella un rastro de verdad.

Esa misma noche, después de comer, estábamos en el cuarto de ellos viendo televisión, y Libardo le contó a Fernanda:

—El vicefiscal aceptó hablar con nosotros. Pero yo no voy a ir. Va uno de los Arango, un Molina y Benito, en representación mía.

Miré a Fernanda porque sus gestos se habían convertido en un termómetro de los hechos. Estaba concentrada depilándose las cejas con un espejito en la mano. Las arqueaba, las juntaba frunciendo el ceño, las volvía a levantar, acercaba el espejo a la cara y mandaba la pinza directo al pelo.

—¿Los Arango no se habían entregado? —preguntó ella.

—Únicamente Jonathan.

Volví a mirarla por si había cambiado de expresión, por si miraba a Libardo, pero seguía concentrada en sus cejas. De pronto movió el espejo hacia un lado y se encontró con mis ojos. Rápidamente volví a mirar el televisor.

—Entonces ustedes también se van a someter —dijo Fernanda.

—Ni locos —dijo Libardo—. La reunión con Diago no es oficial.

Fernanda se levantó de la cama y salió hacia el baño. Libardo siguió diciendo:

—Pablo lo dejó comprometido con el grupo. A mí me parece que se está haciendo el güevón y nos va a tocar hablarle duro. Si nos ayuda a neutralizar al Gobierno, nos queda más oxígeno para darles la pelea a los otros malparidos.

Fernanda se asomó y nos dijo:

—Larry, Julio, miren la hora. Mañana va a ser un problema levantarlos.

Al salir, alcancé a oír a Fernanda cuando le dijo a Libardo, a ellos no les hables como le hablas a tu gente. Él le dijo, yo no les estaba hablando, además son hombres. Entonces no me hables así a mí, dijo Fernanda, y no te comportes como un matón delante de tus hijos. Libardo alzó la voz y le reclamó, ¿matón?, ¿matón? Luego no entendí más, no quise oír lo que siguieron alegando.

Al rato, cuando ya estaba acostado y había apagado la luz, Fernanda entró al cuarto.

—Larry.

Se me aceleró el corazón. Cuando entraba así era porque algo había pasado entre ellos. Yo siempre me preguntaba por qué yo y no Julio. Sí, yo era más como ella, tenía su porte y sus rasgos finos, tenía su sensibilidad y algunos de sus gustos, pero Julio también era su hijo, el mayor, y él, más que yo, tendría el deber de ser su paño de lágrimas. Pero me eligió a mí, su alma gemela, como le decía a todo el mundo que éramos; lo decía orgullosa, como un pavo real, y le brillaban los ojos, le burbujeaban las palabras cuando lo decía.

—¿Ya te dormiste, Larry?

Se acercó a la cama y palpó los bordes del colchón para no tropezarse. A veces, cuando llegaba así a mi cuarto, era porque estaba tomada y se enredaba en algún zapato, en la ropa que yo no recogía, o se perdía en la oscuridad y terminaba en el suelo, cagada de la risa. A mí no me causaba ninguna gracia verla tirada en el piso, ahogada en sus carcajadas, gateando hasta mi cama, adonde se metía apestando a trago.

—¿Larry?

Ahora estaba sobria. Olía a las cremas que se untaba antes de acostarse.

—Larry.

Me moví un poco. No servía de mucho hacerme el dormido. Siempre entraba decidida. Si me moví fue para dejarle media cama disponible. Ella levantó las sábanas y se metió. Me abrazó por detrás y me susurró:

—No quiero dormir con él.

—¿Qué pasó?

—Está muy nervioso. Es mejor dejarlo solo.

—¿Qué nos va a pasar, ma?

—Nada, mi amor —dijo y metió los dedos entre mi pelo, y luego, como si el tiempo no hubiera pasado, como si yo no hubiera crecido y ella todavía me arrullara en los brazos, añadió—: Duérmete ya, mi chiquito.

22

A las doce de la noche el cielo de Medellín se convierte en día. Ha llegado diciembre en medio de la embriaguez y la pólvora.

—¡Llegó diciembre, papá! —exclama Pedro el Dictador y me abraza con fuerza, como si diciembre no fuera a llegar nunca.

El ruido aturde y sacude el suelo, la noche se pone blanca, amarilla, roja y plateada. Medellín es un castillo de juegos pirotécnicos que ha estallado por los aires. La gente en los miradores boga aguardiente a pico de botella, saltan y gritan, se trepan a los techos de los carros para gritar más fuerte, y no faltan los que entonan el himno antioqueño. Hay algo que me emociona de toda esta euforia. Tal vez es el tiempo que estuve lejos, los años en que no tuve patria.

—*Oh libertad que perfumas las montañas de mi tierra* —canta a grito herido la Murciélaga, se levanta la blusa y enseña sus montañas abundantes y redondas, turgentes, dirían los poetas. A su alrededor los hombres chiflan emocionados, ella se cubre de nuevo y suelta una carcajada extravagante.

—*Deja que aspiren mis hijos tus olorosas esencias.* —Pedro completa la estrofa del himno.

Es tanta la excitación que hasta Ro me abraza. Sale del montón, nos topamos frente a frente y es como si no le hubiera quedado otra opción que abrazarme. Intenta ser honesto conmigo:

—No sé qué me pasa con vos, pero te perdono —me dice.

Qué tal el hijueputa. ¿Será que tengo que agradecerle por el perdón? Yo sí sé qué me pasa a mí con él, pero la distancia y los años de ausencia me volvieron cauteloso. O un extraño, solamente.

—Tranquilo, mijo —le digo—. Todo bien.

Luego es Julieth la que se sincera. Me acorrala contra un costado del carro y, muy pegada a mí, susurra:

—Ese beso que me diste me despertó todos los recuerdos.

Lo dice con cara de darme otro. Sin embargo, siento que mi boca huele mal, a aguardiente, a marihuana, a cabina de avión, a todas estas horas que llevo despierto. La siento seca por el cansancio, pastosa por el desvelo.

—¿Qué te parece si más tarde…? —me dice Julieth.

—No creo —le digo—. No he podido llegar a mi casa para saludar a mi mamá.

—Ay, verdad —dice Julieth—. Se me había olvidado lo del entierro.

—No, no es por eso…

—En todo caso —me interrumpe—, no te vayas todavía. Es que ese beso me dejó pensando.

—¡Larry! —me llama Pedro desde lejos y levanta el brazo con el celular en la mano—. ¡Es Fernanda! —me dice.

Me escurro para huir de Julieth y corro hacia él. Le arrebato el teléfono y hago una barrera con mi mano entre el ruido y mi boca.

—¿Ma?

—¿Aló?

—Ma.

Hay ruido aquí y ruido allá, ni me oye ni la oigo.

—Ma, no cuelgues.

Me meto al carro, intento cerrar las ventanillas pero la llave no está en el encendido.

—Larry, ¿dónde estás? No te oigo.

—Estoy en Las Palmas, en un mirador.

—¿Larry?

—Ma, te escucho mal pero alcanzo a oírte.

—Por acá hay mucha bulla —dice Fernanda—. Me despertó la pólvora.

—¿Qué, ma?

Miro alrededor por si encuentro a Pedro. Necesito las llaves.

—¿Por qué no has venido, Larry?

—Porque me dijiste que no fuera todavía.

—Habla más duro, no te oigo bien.

—Ya salgo para allá. Voy a buscar quién me lleve.

—No puedo dormir con esta pólvora, mi amor.

—No te duermas, espérame.

—¿Que qué?

—Que no te duermas.

—Larry, la señal está muy mala.

—¿Qué, ma?

—Qué desespero —dice Fernanda.

Saco la cabeza por la ventanilla y veo a Julieth bailando con una docena de desconocidos.

—Julieth —la llamo—. ¿Dónde está Pedro? Necesito las llaves.

—No sé —responde—. Por ahí anda.

—Pedro tiene llaves —me dice Fernanda.

—No, ma, estoy buscando a Pedro para que me dé las llaves del carro.

—Él tiene llaves —insiste Fernanda.

—Las del carro, ma.

—Larry —dice—, no sé si me estás oyendo. Llámame ahora de otro lado.

—¡Ma, no cuelgues!

Maldigo el teléfono y a todo lo que me rodea. Noche de mierda, Alborada de mierda. Saco la cabeza por la ventanilla y grito, ¿por qué no se callan todos, malparidos? Nadie me oye, me miran cagados de la risa. Julieth se acerca bailando y me estampa en la boca un beso con lengua.

—No me aguanté —me dice.

—Tengo que irme.

—Ay, no, tan cansón.

—Ayúdame a buscar a Pedro.

—¿No te gustó?

—Tengo que sacar mi maleta.

—¿Es por la que conociste en el avión? Déjame decirte que no me importa, yo también tengo novio.

—Julieth, no he dormido desde ayer y a mi mamá no la veo hace tres años.

—Y lo amo —dice ella—. Ya llevamos cinco meses juntos, es el hombre de mi vida, pero eso no quita que lo que tuvimos tú y yo no haya sido importante para mí, Larry.

Un imbécil suelta un chorrillo que estalla entre nuestros pies, y Julieth y yo tenemos que brincar al ritmo del traqueteo. El hombre se burla y los amigos lo azuzan. Lo agarro de la camisa, lo jalo hacia mí y le grito en la cara:

—¿Qué le pasa, hijueputa?

Los amigos tercian. Cuidado, parce, me advierten. Julieth también se entromete:

—Tranquilos, tranquilos, es que él acaba de llegar, vive en Inglaterra y no está acostumbrado.

—Suélteme, cabrón —me dice el que nos lanzó la pólvora.

—Suéltalo, Larry —me dice Julieth, entre dientes y torciendo los ojos, como previniéndome de que algo peor puede pasar.

—A mí no me joda con sus salvajadas —le digo al tipo.

—No, pues, tan inglés —dice.

Julieth me entierra las uñas en el brazo y me insiste:

—Suéltalo, Larry. Lo que él hizo es normal aquí.

—Por eso están tan jodidos —digo, como si yo no fuera otro colombiano jodido.

Suelto al tipo, que se va con los otros, retándome todos con la mirada.

—No sabía que eras tan violento —me reprocha Julieth.

—No soy violento —le aclaro—. Él nos atacó.

Julieth abre los brazos y me muestra el cielo, y a Medellín al frente, rompiéndose en una tronera de luces.

—¿Qué te pasa? —me reprocha—: Es la Alborada, ¿no entiendes?

Todo está justificado aquí. La pólvora, la violencia, las balas, los muertos… todos nuestros males tienen una excusa. Y del pretexto pasamos a la resignación, y de ahí a aceptarlo todo, como si fuera normal. Pero si se lo digo ahora quedo como un aguafiestas, y si digo que, de corazón, lo único que ahora quiero es ver a mi mamá, quedo como un güevón.

—Ayúdame a buscar a Pedro —le pido.

—Si dejó el carro abierto, en cualquier momento aparece. Es más —agrega—, no te muevas de acá porque le arrancan el radio.

El tipo que nos lanzó el chorrillo se acerca otra vez. Viene acompañado de los mismos y trae una botella de aguardiente.

—Venga para acá, parce —me dice, aunque es él quien se arrima—. Vamos a quedar de amigos, tenga, chúpese un guaro.

Me echo un trago grande para que me baje la rabia que tengo. Todos lo notan, se ríen y tratan de suavizar la situación con otro chiste.

—Qué caneca este man.

—*My name is Arthur* —bromea el tipo, imitando mal el acento británico. Suelta una carcajada insípida y dice—: Mentiras, parce, me llamo Arturo y me dicen Artu.

Me quedo callado y Julieth interviene:

—Él es Larry.

—¿Larry qué? —me preguntan.

Julieth me mira atenta, como me miran siempre cada vez que me ha tocado decir quién soy.

—Larry —les digo y, después de una pausa, agrego—:
El hijo de Dios.

Celebran mi apunte pasándose la botella de boca en boca, por la de Artu, la de Julieth, hasta que regresa a mí y bebo otra vez. El aguardiente me patea, me hace sacudir el tronco, me enciende el estómago y la cara, me avisa que ya va siendo suficiente.

—Ya no más —les digo, tosiendo alcohol.

Una nube de humo se mete entre nosotros. Viene de abajo, de Medellín, y huele a azufre. Ellos dirán que es el olor de la pólvora, pero a mí me huele a que nada, allá abajo, está bien.

23

—No sé por dónde comenzar —dijo Charlie—. Toda yo soy un secreto.

Sonó a confidencia, como si esa fuera su revelación en el juego, en el que a ella ya se le veían señales de arrepentimiento. Ahora era víctima de su propio invento.

—Todos escondemos algo —dijo Larry—. Al morir siempre nos llevamos un secreto.

—Cuando algo domina tu voluntad, aparece la necesidad de esconderlo —dijo Charlie mientras miraba el aviso de prohibido fumar. Se mojó los labios con el vaso y le agarró la mano a Larry. Le dijo—: Déjame pensar.

—Si quieres lo dejamos —dijo Larry, con la mirada puesta en la mano que le agarraba.

—¿Qué?

—Lo de los secretos.

—No, no. Es mi turno. Dame un minuto nomás.

Le soltó la mano y se quedó callada. Larry, con disimulo, se llevó hasta la nariz la mano que ella le había tomado y luego se la llevó hasta la boca. Así como ella apenas había rozado el vaso.

De la nada, Charlie soltó una carcajada. Hasta los vecinos de silla, que dormían, se removieron en los asientos. Ella se cubrió la boca para seguirse riendo.

—No sé si contarte esto —dijo.

—No tienes que hacerlo —dijo Larry.

—Es que lo tenía borrado. Parece que está apareciendo todo lo que tiene que ver con mi papá.

—Es natural.

—Lo que te voy a contar no tiene nada de natural —dijo ella y empezó—: Una vez, antes de ponerme el uniforme del colegio, fui a buscar la ropa interior y la empleada, por equivocación, había metido entre mis calzones unos calzoncillos de mi papá. —Volvió a reírse, aunque más bien parecía que se daba tiempo—. Vi que no eran tan grandes como me suponía. Yo ya era tan alta como él, que no era muy alto. Y era delgado, se cuidaba. Los olí y me olieron a limpio, entonces me los puse. Me quedaron grandes pero se tenían. Eran unos de esos bóxers ajustados.

Larry se pasó la mano por entre el pelo. Miró hacia la ventanilla pero estaba cerrada.

—Me los dejé, me puse la falda y el resto del uniforme, y así me fui para el colegio. No le conté a nadie. Me la pasé yendo al baño a mirarme, giraba y saltaba con ganas de que alguien notara lo que llevaba debajo.

Larry soltó una risa complaciente. Por más que intentaba acomodarse en la silla, no lo lograba. Charlie botó otro suspiro y le preguntó:

—¿Quieres descansar o nos tomamos otro trago?

—¿Tú qué quieres? —le preguntó Larry.

—Otro.

—Yo voy.

Cuando él regresó con las botellitas, ella se quedó mirándolo.

—Dime algo —le dijo Charlie—, ¿fue idea mía o te besaste la mano que te agarré?

Larry se puso rojo. Charlie le tomó la misma mano y se la apretó.

24

Ahí estábamos, haciendo nada, mirándonos las caras, cuando vinieron a contarle a Libardo que la reunión con el vicefiscal Diago había sido un fracaso, y él explotó como dinamita. En toda la casa se escucharon los gritos, las amenazas, cada frase con la que sentenció al vicefiscal que lo había traicionado. Benito y Dengue trataron de calmarlo y de explicarle que no se trataba de una traición sino que, simplemente, Diago tenía las manos atadas para actuar.

Libardo y los pocos que permanecían unidos luchaban contra dos frentes: el Estado y los Pepes. Al Estado lo combatían con dinero, y a los otros, con plomo. Pero él hubiera querido neutralizar al menos a unos, y con el Estado tenía la ventaja de que había pasado casi inadvertido ante la justicia. Se rumoraba de su cercanía con Escobar, pero creían que era un simple lavaperros, uno de los tantos que rodearon a Escobar para alimentar su ego con adulaciones, palmaditas en la espalda y chistes vulgares. Los bufones que todo rey necesita. Los gringos también lo tenían en la mira pero tampoco habían podido probarle nada, y hasta el último momento le pusieron trampas para que cayera. En cambio, entre los colegas se sabía de sus alcances, de las historias que yo me negaba a creer.

—Diago asegura que podés estar tranquilo —le dijo Benito—. Lo tuyo desapareció cuando quemaron el Palacio de Justicia.

—¿Y el proceso de Caucasia? —preguntó Libardo—. Él mismo me avisó que había un testigo que me podía enredar.

—Eso son pendejadas, Libardo. No te desgastés en eso. Pensá más bien qué vamos hacer con los de acá y con los de Cali.

La abuela llamó a Libardo al comedor auxiliar, donde estábamos con ella. Él le dijo:

—No se preocupe, mamá, que todo está bien. —Lo mismo que nos decía a diario, pero que contradecía cada vez que perdía el control.

—¿Por qué no va y habla con él? —sugirió la abuela.

—¿Con quién?

—Con Pablo.

—Pero…

—Vaya que él lo oye, él le ayuda a aclarar sus cosas, mijo.

La abuela se dio cuenta de que nos miramos extrañados.

—Yo siempre les pido ayuda a los muertos —dijo—. Son los mejores consejeros. Como lo ven todo desde arriba… —Señaló al cielo y se dio la bendición. Vi la cara de Julio y me dieron un poquito de ganas de reírme. Libardo seguía confundido.

—Lo que usted quiere decir, mamá, ¿es que vaya al cementerio?

La abuela asintió.

—¿Solo?

La abuela levantó los hombros.

—Yo te acompaño —le dijo Julio.

—No —dijo Libardo.

—Vaya solo, mijo. Así hablan más tranquilos.

Yo le conté a Fernanda lo que había dicho la abuela y, por sapo, me gané su cantaleta.

—Doña Carmenza no está en sus cabales para dar consejos —dijo—, qué tal Libardo exponiéndose en el cementerio, que todavía debe estar lleno de periodistas, de cámaras, y seguramente allá también andarán esos asesinos

116

mirando a ver quién llega, quién llora, quién deja flores, para marcarlo y después tú sabes. Puede ser muy abuela tuya, pero si dice que habla con los muertos será por loca. Perdóname, pero a quién se le ocurre eso. Espero que Libardo no le haga caso.

Le hizo caso a medias. Sí fue al cementerio a pesar de las prevenciones y llegó hasta la tumba de Escobar. No tardó mucho. No lograba concentrarse, se sentía incómodo hablándole a un muerto, merodeó alrededor de la tumba unos quince minutos y se regresó.

—Ya no había periodistas, o al menos esta mañana no había ninguno —nos contó—. No había nadie, ni siquiera curiosos, eso sí, la tumba sigue llena de flores, algunos arreglos tienen el nombre de quien los mandó. Eso parece una montaña de flores que ustedes no se imaginan, uno se sobrecoge, se me hizo un taco aquí. —Se tocó la garganta—. Pero no pude hacer nada —concluyó.

—¿No hablaste con él? —preguntó Julio.

Libardo hizo un gesto de cansancio.

—A duras penas podía creer lo que estaba viendo —dijo—. Todo lo que ha pasado lo he visto como una película muy horrible, pero al estar ahí, casi pisándole los pies, supe lo jodida que es la hijueputa muerte.

Fernanda le tomó la mano y le preguntó:

—¿Qué sentiste?

Libardo bajó la mirada, tomó aire con fuerza y frunció la boca, como amarrando lo que tenía que decir y que callaba para no involucrarnos. Tomó un vaso de agua de la mesa, yo pensé que iba a beber para aclararse la voz, para pasar su trago amargo, pero lo levantó y vació el agua sobre su cabeza. Fernanda le soltó la mano de inmediato.

—¿Qué estás haciendo, Libardo?

Él nos miró a Julio y a mí, nos sonrió como cuando se tomaba sus tragos, pero estaba sobrio. El agua le bajó por la cara, por el cuello, hasta que le mojó la camisa. Estaba sobrio, al menos de licor. Algo distinto lo embriagaba, tal vez el miedo, o la incertidumbre o, en el peor de los casos, la certeza. Se palpó el pelo mojado y nos dijo:

—Cabeza fría, muchachos. Ante todo, la cabeza fría.

25

Ya, tranquilo, parce, me dice Pedro el Dictador, ya vas a tener tiempo de ver a tu mamá, vas a estar con ella hasta que te canses, en cambio esto es solo una vez al año, aunque en mi dictadura habrá Alborada una vez al mes. ¿Para qué tanto?, le reclama la Murciélaga, tan seguido pierde la gracia. Pero al menos los animalitos se acostumbrarán, dice Julieth y hace un gesto de compasión. ¿Para dónde vamos?, dice Pedro, y la pregunta me descorazona. Esto ya se acabó, les digo, aunque la noche sigue tronando con pólvora. Creía que después de las doce iba a ir mermando, pero esto es como un virus que se propaga cada minuto. ¿Se acabó?, dice Pedro, pero no es una pregunta sino un anuncio: esto sigue.

Nadie quiere bajar, todos quieren ver el espectáculo desde arriba. Nadie, sin conocerme, me va a acercar hasta Medellín, y los únicos que conozco se niegan a que les agüe la fiesta. La música cambia en cada carro y lo que se oye, en medio de las explosiones, es una mezcla de ritmos, un ruido atosigante. Las botellas de aguardiente siguen pasando de boca en boca. Los porros circulan de mano en mano y no falta el que haga detonar algo a los pies de un corrillo. Una mujer borracha, con voz de niña pero pintorreteada, me dice, si me das un pase te la chupo. No tengo, le digo, y me meto al carro, apago el radio que suena a todo volumen, echo la cabeza hacia atrás y, por primera vez desde que llegué, me pregunto a qué carajos volví. No fue por Libardo, tampoco por Fernanda ni por mi hermano. Tal vez volví porque ya era hora.

La Murciélaga entra al carro, se sienta al lado y me dice:

—Afuera andan fumando porquerías.

Busca en su bolso y saca la marihuana que compró. Prende el porro y me dice:

—Se están envenenando con yerba fumigada, todo lo que brota de la tierra está contaminado, las lluvias tienen radiaciones muy negativas.

—¿Y entonces de dónde sacan el agua con la que cultivan la tuya? —le pregunto.

—La pasan por varios filtros de piedra volcánica y la descontaminan con cargas eléctricas positivas —responde con propiedad—. ¿No sentiste como una percepción cósmica muy fuerte cuando la fumaste?

—No —le digo.

—Con todo respeto, Larry, me has parecido muy insensible —me dice.

Luego ella disfruta de cada calada al porro. Aspira lento, como si fuera el aire que necesita para vivir, sostiene y bota el humo despacio, cuidándolo.

—Una novia que tuve pensaba lo mismo —le digo, y la Murciélaga me mira extrañada—. Y también decía que yo era aburrido.

—¿Y entonces por qué era novia tuya? —pregunta.

—Porque, según ella, yo no era así al principio.

—Los defectos aparecen con el tiempo.

—Qué va —le digo—, siempre están ahí, lo que pasa es que el encoñe los disimula. —La Murciélaga me pasa el porro y fumo. Le pregunto—: ¿De verdad te parezco aburrido?

—Yo no dije eso —dice ella—. Dije que eras insensible.

—Pero yo siento.

—Hasta una gallina siente —dice—, pero eso no quiere decir que sea sensible.

—¿Y tú qué sabes de lo que sienten las gallinas?

—No son seres humanos, Larry.

—Pues sí, pero nadie sabe hasta dónde sienten o cómo sienten. Es posible que hasta sientan más que nosotros.

—Más que tú sí, estoy segura —remata la Murciélaga.

—Tú no me conoces.

—Ay, Larry —se queja—, me estás aburriendo.

—¿Sí ves que también piensas que soy aburrido?

Me recibe el porro, le bota la cabeza y guarda el resto en un papelito de aluminio. Resopla y me mira. Me dice:

—¿Sales o te vas a quedar aquí encerrado pensando en las gallinas?

—Voy a dormir mientras a Pedro le da la gana de llevarme a mi casa.

—¿Dormir? —pregunta y se ríe de mí.

La Murciélaga sale y entra el estruendo. Cierra la puerta del carro y parte del estruendo sale, aunque casi nada, y ya tengo el ruido metido en el cuerpo.

Cierro los ojos y veo destellos. ¿Será la conexión con el cosmos a la que se refería la Murciélaga? ¿Efectos de la marihuana hidropónica? ¿Qué irá a quedar de mi cabeza esta noche? Ahora mismo me dan ganas de estar en Londres caminando junto al río, por el Embankment, pensando en el regreso, imaginando este momento que estoy viviendo. Era mejor la expectativa que la realidad, es mejor sentir las ganas que perderlas, es mejor soñar que vivir, tal vez estoy más seguro aquí, encerrado en este carro, que atrapado en un abrazo de Fernanda.

Tocan la ventanilla, abro los ojos y veo a Julieth, sonriéndome. Parpadeo y veo sus tetas aplastadas contra el vidrio, blancas con los pezones oscuros que le chupé varias veces. Besa el cristal y su boca se deforma, suelta una carcajada y se aleja bailando. Cierro los ojos.

¿Y si llamo a Julio para que me recoja? Ya debe haber llegado de la finca, nos íbamos a juntar los tres, otra vez, como antes. Es mejor estar con él para el encuentro con ella.

Algo estalla junto a la puerta del carro, saltan los de afuera y salto yo. Tocan la otra ventanilla y una mujer vocifera, ¡Pedro, Pedro! Pega la cara contra el vidrio y se entera de que no soy Pedro. En cambio yo me doy cuenta de que solo puede ser ella, la sueca.

Ella me pregunta:

—¿Este no es el carro de Pedro?

—Este es —le digo.

—¿Y quién eres tú?

—Larry. Un amigo.

—Estoy buscando a Pedro.

—Y él te está buscando a ti.

—¿De verdad? —pregunta y entra al carro. Estira la mano—: Me llamo Inga.

—Fuimos a buscarte a una casa —le digo—. Pensamos que te habían descuartizado.

—¿Qué es descuarti…?

—Descuartizado —le explico—: Picado, cortado en trozos para comerte.

Inga se ríe. No es una mujer bonita pero su risa tiene algo fresco.

—Ay, qué bobos —dice—. Sí me comieron, pero no así.

Vuelve a reírse. Poco a poco me voy dando cuenta de que la sueca es inmensa, se ve estrecha en el asiento y eso que este es un campero grande.

—¿Dónde está Pedrito? —me pregunta.

—Estaba ahí hace cinco minutos.

—¿Y tú por qué estás aquí, solo?

—Porque estoy cansado.

—¿Quieres perico?

—No, ya casi me voy a dormir.

—¿Y?

—Quiero dormir. No he dormido en no sé cuántas horas.

—¿Y por qué?

—No sé. No he tenido tiempo, creo.

Una gritería se mezcla con las explosiones. No son gritos de euforia sino de sobresalto. Inga y yo miramos a los lados, buscando de dónde salen. ¿Qué está pasando?, me pregunta. Algo le habrá explotado a alguien, le digo, como andan jodiendo con esa puta pólvora… Mira atrás, dice Inga, hay mucha gente junta. Veo un tumulto, unos corren hacia él y otros huyen. Mira, dice Inga, viene la Murciégala. La veo. Viene corriendo, viene riéndose. Inga abre la puerta. ¡Bonche, bonche!, grita la Murciélaga, muy agitada. Alguien abre mi puerta, es Pedro. Le sangra la nariz. ¡Quitate, güevón!, me ordena. ¡Pedro!, dice Inga. ¡Vámonos!, dice la Murciélaga y se sube atrás. Yo también me paso. Inga se acomoda adelante. Estás sangrando, le digo a Pedro. Yo sé. ¿Qué te pasó?, pregunta Inga, más emocionada que inquieta. Una manada de hijueputas, dice Pedro. ¿Quiénes? No le responde. ¿Y Julieth?, no la podemos dejar, dice la Murciélaga. Pero Pedro ya está echando reversa. Del tumulto un grupo corre hacia nosotros. Ay, exclama la Murciélaga, se vinieron. Julieth golpea mi ventanilla. ¡Ábreme! Alcanza a subirse antes de que llegue la turba y antes de que Pedro haga chirriar las llantas para salir despavoridos del mirador.

—Malparidos —dice Pedro, se pasa la mano por la nariz y le queda untada de sangre—. ¿Nadie tiene un Kleenex?

Nadie. Julieth, Inga y la Murciélaga hablan al tiempo. Sueltan preguntas que nadie responde. ¿Qué pasó? ¿Quiénes eran esos? ¿Qué te hicieron? Un letrero anuncia un retorno para bajar, a cien metros. Es ahora o nunca.

—Voltea, Pedro —le digo.

No responde ni baja la velocidad.

—¡Voltea! —le grito.

No se inmuta. Maneja convertido en una mueca de rabia. Pero más rabia tengo yo.

—Que voltees por ahí, hijueputa.

Diez metros, cinco metros. Me abalanzo hacia delante. Las tres mujeres gritan. Agarro el timón con toda la fuerza que me queda a esa hora y lo giro a la izquierda. Pedro intenta enderezar el carro, pero yo echo otro envión para entrar en el retorno. Dos metros. Pedro suelta el timón para golpearme. Las mujeres siguen gritando. Malparido, güevón, se enloqueció, qué estás haciendo. No importa lo que me digan, ya estamos ahí. Pedro me manda un codazo a la cara. Pero ya estamos de bajada, de regreso. Julieth y la Murciélaga me agarran de la camisa y de la pretina del pantalón. Me echan hacia atrás. Inga me da una cachetada. Pedro golpea el timón, iracundo, frena en seco.

—Te bajás, hijueputa —me dice—. Te bajás ya.

—No me bajo —le digo—, y me llevás ya mismo a mi casa.

—¿Quién es él? —pregunta Inga, refiriéndose a mí.

—Es Larry —dice Julieth.

—El hijo de Libardo —dice la Murciélaga.

—¿Y quién es Libardo? —pregunta Inga.

Pedro aprieta los dientes y, destilando ira, se voltea a mirarme con odio. Voy a contestarle a Inga, pero Pedro se me adelanta.

—Un mafioso —responde.

26

Charlie le apretó la mano y el avión se sacudió con furia. Se encendieron las señales de seguridad y por los altoparlantes anunciaron lo que ya todos sabían: que estaban atravesando una turbulencia. Los que dormían se despertaron, se incorporaron los que ya estaban despiertos, y hasta los dopados se removieron en el asiento.

—¿Qué está pasando? —preguntó Charlie.

—Estamos en una turbulencia.

—Sí, ya sé, pero por qué.

Larry subió la persiana para ver si afuera encontraba la explicación, pero resultó peor porque el rebote de las luces del avión contra las nubes daba la sensación de estar en medio de una tormenta eléctrica.

—Cierra eso —le ordenó Charlie.

—Estamos cruzando unas nubes. Debe ser eso.

—Pero si a esta altura no hay nubes —dijo Charlie.

—Entonces no estaremos tan alto.

—Ay, Dios —exclamó ella y le apretó más fuerte la mano. Luego le dijo—: Recítame algo.

—¿Qué?

—Cuando sentía mucho miedo, mi papá me tranquilizaba recitándome algún poema.

El avión subía y bajaba, se sacudía de lado a lado, desde atrás llegaron algunos clamores, entraron en vacíos y Charlie le pedía a Larry un poema.

Como si yo fuera un trovador del siglo XIII…

—Por favor —insistió ella, enterrándole las uñas en el brazo.

—¿Cuál?

—Cualquiera.

—Pero es que yo…

Entonces, de algún lugar de la memoria, Larry recordó la manera como el profesor de Econometría, Sean Leeson, finalizaba cada sesión para despejarles la mente a sus alumnos: *Do not go gentle into that good night, old age should burn and rave at close of day*. Larry comenzó a recitar el poema de Dylan Thomas que se aprendió de tanto escuchárselo a Leeson, con los ojos cerrados, deleitándose.

No era el poema adecuado para atravesar una tormenta en un avión. Dylan Thomas mencionaba rayos, muerte, furia y oscuridad. Tal vez por eso ella lo miraba extrañada, aunque por otro lado parecía que se le hubiera disipado el miedo. *Rage, rage against the dying of the light*.

La turbulencia le afectaba la voz a Larry, que intentaba entonarlo con la contundencia del profesor, pero no lo lograba. Quería que ella sintiera lo mismo que él cuando lo escuchaba despedir la clase con su voz carrasposa pero suave, luego de haberles exprimido el cerebro con modelos matemáticos y estadísticos.

El avión se descolgó después de un salto, los pasajeros gritaron y Larry, como si rezara, siguió diciendo, *Grave men, near death, who see with blinding sight*. Se detuvo y ella le pidió que continuara.

Pero ¿si fuera una premonición, este poema?…

Tradujo en su mente: *hombres solemnes, cercanos a la muerte, con su visión que se apaga*. Eso eran él, ella y las doscientas y tantas almas que volaban en ese avión que descendía sin freno ni control.

—Sigue, no pares —insistió Charlie.

And you, my father, dijo Larry, se detuvo y le confesó:

—No puedo seguir.

¿Por qué una mención al padre, en ese verso, en este momento? Los dos vamos para donde nuestros padres muertos…

De haber seguido, Larry tendría que haber dicho, *allá en su cima triste*.

No puedo continuar…

Charlie metió la cara en el pecho de él y comenzó a invocar a su papá. Y su papá la escuchó, porque el avión rebotó en una bolsa de aire y volvió a subir.

—Papá —dijo Charlie, mordiendo la camisa de Larry.

Las botellas y los vasos saltaron lejos, ellos entrecruzaron los dedos mientras el avión subía y subía. Una chispa de esperanza los tocó a los dos: más arriba no habría nubes, ni viento, ni rayos, solamente estrellas y cielo, y ella y él y, quizás, la eternidad.

27

El acecho al comienzo fue simple: llamaban y colga-
ban. Una llamada que podría pasar por un número equivocado, pero luego seguían cinco, diez llamadas más hasta altas horas de la noche. Libardo quedaba despierto de
la ira y Fernanda, pegada del techo. Ni siquiera le daban
tiempo a él para insultarlos, solo ella alcanzaba a escuchar
toda la retahíla. Malditas ratas de alcantarilla, los voy a
encontrar, a cada uno lo voy a sacar de su hueco y les va
a saber a mierda, decía Libardo, pero antes de la primera
palabrota, ya habían colgado.

—Vamos a desenchufar los teléfonos por la noche
—nos dijo—. Aquí vamos a seguir durmiendo tranquilos,
allá ellos si se quieren trasnochar.

—¿Quién está llamando? —le pregunté.

—Pues los que lo mataron.

—Pero ¿qué quieren? ¿Por qué cuelgan?

—Para joder, para meternos miedo, pero en cañadas
más oscuras nos ha cogido la noche —dijo Libardo, enva-
lentonado.

No era cierto, no habíamos vivido antes un momento
como ese, al menos no como familia. Seguramente Libardo se habría enfrentado a la muerte muchas veces en su
vida, la habría sentido inminente con una pistola en la
boca, con una motosierra rugiéndole en el cuello, quién
sabe cuántas veces habría creído vivir su último minuto y
quién sabe cómo habrá logrado zafarse de esas tantas veces. Pero ahora se estaban metiendo con la familia y ya no
estaba Escobar para darle una mano.

En el día llamaban puntualmente cada hora. Libardo
nos había prohibido que respondiéramos, pero el timbre

constante era peor que el silencio al otro lado de la línea. Retumbaba como la alarma de un bombardeo, como una gotera en un insomnio, como los gritos de un loco en la calle o una ráfaga de balas en la mitad de la noche. Más que un ruido era un corrientazo helado que llegaba hasta la punta de cada nervio. Entonces era mejor levantar el aparato y volver a colgar de inmediato. Solo volvería a timbrar en sesenta minutos, puntualmente, como el pajarito de un reloj cucú.

Cansado, Libardo gestionó un cambio de número y, en cuanto a ruidos, la calma volvió a la casa. Aunque el asedio no terminó. Mi profesor de Filosofía, Mario Palacio, en un ataque de dignidad decidió montárnosla a Julio y a mí y a todos a los que él se refería como «los niños de la mafia». No decía nombres, pero nos miraba cuando hablaba de «la plaga corruptora del narcotráfico»; se detenía junto a nosotros cuando sermoneaba contra «la cultura mafiosa que ha profundizado la crisis social de nuestra ciudad». Como los exámenes que nos hacía eran apreciativos, me rajó en todos con el cuento de que la filosofía era una mirada al mundo y, según él, yo estaba enceguecido «por el resplandor efímero del dinero fácil». Para recuperar los exámenes perdidos me puso un trabajo adicional. Me entregó un librito rojo y desgastado, que parecía un misal y que se titulaba *Cinco tesis filosóficas de Mao Tse-Tung*. Y me dijo:

—No quiero un resumen del libro sino una propuesta de cómo cada tesis puede aplicarse al nuevo modelo social y económico de Medellín. —Lo dijo en el tono sentencioso que usaba en clase para convencernos de que su mirada del mundo era la correcta.

—Pobre hijueputa —dijo Libardo cuando le conté del trabajo y le mostré el libro rojo. Lo miró con asco y agregó—: Qué trabajo ni qué Mao como se llame. Ese resentido no te va a joder el año por una materia que no sirve para ni mierda. Déjame yo hablo con él.

Por supuesto nunca hablaron, pero le mandó a Dengue con una razón que nunca conocí. Logró que me quitaran el trabajo sobre Mao, pero en los exámenes me siguió yendo mal. Además, otros profesores se solidarizaron con Palacio y asumieron la misma actitud contra nosotros. Mi año escolar estaba en jaque.

Otro día cualquiera, el teléfono volvió a timbrar y nadie habló al otro lado de la línea. Y timbró de nuevo a los sesenta minutos exactos. Y cada hora durante todas las noches. Así al día siguiente y los días después. Volvimos a desconectar los aparatos antes de irnos a dormir, pero al enchufarlos a la mañana siguiente, volvían a timbrar a la hora exacta.

Libardo maldijo y lanzó amenazas a diestra y siniestra. Amenazas al aire porque sabía que no podía hacer nada más. Podía cambiar mil veces el número del teléfono y mil veces lo iban a averiguar.

Luego llegaron mensajes claros y directos a través de los emisarios de los Pepes. Querían nuestras propiedades, las mejor avaluadas, y grandes cantidades de dinero en efectivo.

—Por lo menos quieren negociar —dijo Fernanda.

—¿Te parece que esto es un negocio? —le respondió Libardo, muy alterado.

—Pues sí —dijo ella—. Cada lado está aportando algo, ¿o no?

—Quieren todo.

—Pero nos ofrecen tranquilidad —dijo Fernanda.

—¿Se te encogió el cerebro? —le dijo Libardo. Ella se levantó de un solo impulso y le dijo, apuntándole con el dedo:

—Lo que se me encogió fue la paciencia con vos. Estoy hasta acá de vos —dijo y, con el mismo dedo que lo señalaba, se trazó una línea en la frente. Salió como una tromba y se encerró en el cuarto, dando un portazo.

—Qué furia de mujer —fue lo único que se le ocurrió decir a Libardo.

Cualquier chispa nos encendía. Alguien siempre terminaba dando un portazo luego de una conversación. Al otro día volvíamos a abrazarnos, como un equipo antes de un juego, y nos disculpábamos, nos jurábamos amor, lealtad y unión. Los cuatro con el agua al cuello, pero abrazados.

De todas maneras, Libardo falló en su intento de mantenernos a Julio y a mí al margen de lo que pasaba. Era imposible no involucrarnos, no éramos niños, y todo el rollo de las llamadas, más los estados alterados, las noticias, los rumores terminaban por meternos de lleno en una guerra de poderes. Lo irónico era que mientras el país daba por acabada una guerra, otra comenzaba, y yo estaba, sin querer, en uno de los bandos.

Los Pepes andaban desbocados. Eran muchos y muy poderosos. Según Libardo, todo el que quisiera estar a salvo en la contienda era un Pepe. Todo el que quisiera pescar en río revuelto. Los Pepes llevaban más de dos años juntos, desde que Escobar había hecho un asado con los cuerpos mutilados de los Moncada y los Galeano, y ahora no solo andaban en tropel y descontrolados, sino también con un odio que asustaba. Mataban y dejaban mensajes con cada muerto, incendiaban propiedades, torturaban con una crueldad sin antecedentes. Nosotros teníamos que considerarnos afortunados de que su cerco se hubiera limitado a llamadas anónimas y a mensajes con solicitudes muy precisas. La duda que nos agobiaba era cuándo darían el siguiente paso.

Libardo esperó a que la empleada recogiera los platos de la mesa. Cuando estuvimos solos, nos dijo:

—Todas las revoluciones han pasado por muchas batallas. Las ideas que han cambiado el mundo han recorrido caminos muy complicados, muy duros. Lo que queremos

132

cambiar no se logra de un día para otro. Hemos puesto muchas víctimas, pero ahí seguimos. Y vamos a seguir.

El discurso no era nuevo, siempre dijo que a Escobar lo odiaban y lo perseguían por subversivo. Que en esta sociedad tan conservadora, tan opresora, sus ideas chocaban por revolucionarias. Libardo tomó el tenedor que había quedado reservado para el postre, lo empuñó con fuerza y dijo:

—Toda revolución exige sacrificios, y esta sociedad retrógrada tarde o temprano tendrá que entender el mensaje social de Pablo. Y yo voy a seguir luchando por esos cambios, muchachos, para que un día ustedes se sientan orgullosos de mí.

Se le quebró la voz. Mientras le pasaba el taco que sentía en la garganta, agarró el tenedor con las dos manos, como si fuera a doblarlo. Aunque no era el momento, se me ocurrió preguntarle:

—¿Y cuáles son esos cambios, pa?

Me miró y me sonrió. Los ojos se le encharcaron. Soltó una risita y, finalmente, dobló el tenedor.

—Este culicagado sí me salió muy inteligente —dijo—. Eso me gusta. —Estiró los brazos y me pidió—: Venga para acá.

Me levanté y me acerqué despacio, más atento a la reacción de Julio que a la de él, buscando apoyo en los ojos de mi hermano, pero Julio estaba tan perplejo como yo.

—Usted también, Julio —le dijo Libardo—. Venga para acá.

—¿Yo?

—Claro, mijo, venga usted también.

Nos rodeó con sus brazos fuertes y velludos. Nos besó. Me olió a sudor y a tierra. Su barba de tres días me picó en la cara. Me molestaba que tanto él como Fernanda trataran de solucionarlo todo con un abrazo. Paños de agua tibia. Ningún abrazo ha salvado a nadie de una enfermedad mortal. Goticas de hierbas, infusiones de cualquier flor para distraer el verdadero mal.

Me iba a despegar de él, pero nos apretó más. Aparte de su respiración agitada no se oía nada, no se percibía nada, hasta que nos sacudió el estruendo del tenedor contra el suelo.

28

—¿Larry?

—Hola, ma.

Fernanda intenta incorporarse mientras se acomoda la camiseta que usa de piyama. No lleva nada más puesto. La alumbra la luz del pasillo y mi sombra le cubre la cara, que arruga como una niña que despiertan a la brava. Murmura algo, como si le pesara el cuerpo. Le pongo la mano en la espalda y ella me pregunta, confundida.

—¿Cómo entraste?

—Pedro abrió.

—Ah, sí —dice y mira despistada alrededor, como si se hubiera despertado en otro cuarto—. ¿Qué hora es? —pregunta.

—Las tres y media.

—¿Acabas de llegar?

Asiento y Fernanda termina de sentarse en la cama, se cubre las piernas con la sábana y se pasa la mano por el pelo. Parece sorprenderse de que todavía esté húmedo. Yo estiro el brazo para prender la lámpara de la mesa de noche, pero ella me frena.

—No —me suplica—. Estoy horrible.

Se queda mirándome y me acaricia la cara.

—Larry —dice—, me has hecho mucha falta. —Me agarra la mano y se acerca—. Hueles a trago —dice, sonriendo.

—No me querían traer. Desde hace rato quería venir pero Pedro me dijo que tú no…

—Estaba fundida —dice y otra vez se toca el pelo—. ¿A qué horas llegaste?

—¿A Medellín?

—Ajá.

—Como a mediodía. No he dormido nada.

—Ven acá, chiquito. —Me pide que me siente junto a ella. Recuesta la cabeza en mi hombro. El pelo le huele a limpio, pero su boca tiene aliento a cigarrillo.

—¿Y Julio? —le pregunto.

—En la finca. Pero dijo que venía temprano.

Se desliza un poco sobre la cama. Sacude la cabeza. Se tapa los oídos.

—Esa pólvora, Dios mío —se queja—. ¿Hasta qué horas van a seguir?

Respira, suspira, otra vez se recuesta en mi hombro.

—¿Viste el apartamento? —me pregunta.

—Sí.

—Es muy pequeño.

—No me parece.

—No es como la casa —dice.

Es más reducido. La cama es la mitad de la que tenía antes. No tiene ventanales sino ventanas estrechas, no hay obras de arte ni cortinas pesadas, solamente persianas.

—Está muy bien —le digo—. No necesitas más. Es más grande que el mío en Londres.

—No es fácil —dice y carraspea.

Ahora pienso que si nunca me envió una foto del apartamento ni me lo mostró cuando hablábamos por Skype fue más por el desorden que por el tamaño. Fernanda nunca terminó de desempacar lo que trajo de la casa.

—Te arreglé el cuarto de Julio —dice—. Él está casi todo el tiempo en la finca. De todas maneras hay dos camas, por si él quiere quedarse. Ojalá. Qué rico volver a estar juntos. —Suspira, suspira y me aclara—: Camas, no. Camitas.

—Con este sueño que tengo —le digo—, soy capaz de dormir hasta en el piso.

—Duerme hoy aquí conmigo, si es que el ruido nos deja. ¿Tienes hambre? ¿Ya comiste?

—Estoy bien. Tengo sueño.

Podría dormirme así, vestido y con zapatos, recostado contra el espaldar de madera, y de almohada el pelo húmedo de Fernanda. Me profundizaría con apenas cerrar los ojos, pero la luz del techo se prende de sopetón y nos enceguece.

—¿Por qué está tan oscuro aquí? —pregunta Pedro, junto a la puerta.

Fernanda se cubre la cabeza con la sábana.

—Idiota —le dice ella.

—Apagá la luz, güevón —le digo.

—Es que quiero mostrarte la camisa que te cogí —dice Pedro.

Abre los brazos para mostrarme la que se puso para reemplazar la suya, ensangrentada.

—Fue lo mejor que encontré —dice—. Tu ropa es horrible. Vos de moda sí estás jodido.

—¿Qué estás haciendo acá? —le pregunta Fernanda.

—Te traje a tu hijo.

—Sí, pero ¿por qué sigues acá?

—Me estaba cambiando.

Ahora la veo a ella con la luz encima. La piel enrojecida, los ojos abultados, las marcas y las líneas que no se le notaban en el computador. No fue hace tanto que la vi cara a cara por última vez. Puede ser la hora, cualquiera se ve así recién despertado en la madrugada. De todas maneras sigue siendo hermosa, todavía le queda su porte de reina. O son los años, que matan todo.

—¿Qué te pasó en la cara? —le pregunta a Pedro.

—A mí, nada. Le pasó más al otro.

—Adiós, pues —le digo a Pedro.

—¿Adiós? —se ríe—. Vos venís con nosotros. Inga y las otras están esperando en el carro.

Fernanda se ríe también y no entiendo su reacción. Me molesta la complicidad de su carcajada.

—¿Cuál es el chiste? —les digo, y mi pregunta los hace reír más. La cara de Fernanda se abotaga, las fosas se le dilatan y un hilo de babas le amarra los dientes de arriba con los de abajo.

—Voy a hacer pipí —dice y se levanta.

El Dictador se ensombrece, se reduce cuando queda solo conmigo. Siempre ha sido así cuando nos ofendemos. Luego nuestra amistad nos rescata, o la facilidad con la que él pasa la página, como si no hubiera sucedido nada. No voy a moverme de aquí, Pedro, le digo. Todavía está temprano, dice, vamos a dar una vuelta por ahí. Niego con la cabeza. Conozco un *afterparty* del putas, dice, con todos los juguetes. No, le insisto. Me mira. Fernanda suelta el agua del sanitario. Me llevo tu camisa, dice Pedro. Yo asiento y él sale. Cabeceo. Fernanda se tarda. Cuando siento que en un segundo voy a quedarme dormido, ella me pregunta:

—¿Te quedaste?

—Ajúm.

Se mete a la cama. Puede que sea yo, pero hay algo en ella que no me cuadra. Ya no irradia la luz y la maldad de su anterior carcajada.

—Quítate los zapatos, Larry.

Pasa las manos sobre la parte de la cama donde voy a acostarme. Acomoda mi almohada.

—Apaga la luz del techo —me ordena—, y deja prendida la del pasillo, para cuando llegue Julio.

Veo que es tarde para decirle que preferiría dormir en el otro cuarto. No importa. Dormir es lo que cuenta.

—¿Tienes frío? —me pregunta.

—No.

—Yo sí.

Floto en el cansancio y me estorban las piernas. Ella me susurra, qué rico que estés aquí. No tengo fuerzas para responderle. Se pega a mí y su respiración vuelve a arrullarme. Alcanzo a sentir que ella tiembla, y cuando creo que por fin voy a entrar en la profundidad del sueño, Fernanda me dice, no te duermas, Larry, no me dejes sola.

Me detengo, doy un par de pasos atrás para quedar justo ahí, en el umbral donde todavía truena la pólvora. No te duermas, insiste. Te lo suplico, dice con angustia, acompáñame, chiquito. Llorando me pide: por favor, háblame.

29

Nadie habló. No se oía ni una queja, ni un llanto, ni el rumor de un rezo. Solo las turbinas chupando el aire frío de una noche que, en segundos, había pasado de la turbulencia a la calma.

—Ya pasó —le dijo Larry al oído, aunque seguía con el corazón en la boca.

Tenían que confirmar primero que todavía eran gente de carne y hueso, que esa quietud y ese silencio no eran parte de un nuevo estado, de otra vida. Verificarlo no les habría tomado más de un par de segundos, pero la incredulidad, la pérdida de la noción del tiempo, el temor a otra turbulencia les habían embolatado la certeza de continuar vivos.

Charlie seguía con la cabeza enterrada en el pecho de Larry.

—Así son los cielos —le susurró Larry.

—Antes de montarme al avión quería morirme —dijo ella—, y ahora le pedí a mi papá que me salvara. Es muy raro. Fue la primera vez que hablé con él ya muerto.

Larry intentó ver si estaba llorando pero ella tenía la cara cubierta por el pelo. Entonces siguió hablándole al oído:

—Esas primeras conversaciones son difíciles porque uno se niega a creer lo que ha pasado, pero vas a hablar mucho con él. A veces más, a veces menos. A veces le vas a reclamar, le vas a pedir algo, vas a imaginar cómo habría reaccionado con un logro tuyo, con un error, con el nacimiento de un hijo, con otra muerte.

—¿Y sí me va a escuchar?

—Claro, siempre —dijo Larry—. Aunque a veces será un diálogo de sentimientos, de transmitirle una emoción, una imagen, algo que no se puede decir, como cuando uno intenta contar un sueño.

Larry se quedó callado y Charlie se incorporó para mirarlo. Estaba hecha un desastre. El pelo revuelto, la nariz le brillaba y le escurría. Así y todo, ella le dijo:

—No te quedes callado.

—Estaba pensando.

—¿En qué?

En lo que pueden llegar a sorprendernos los muertos cuando se presenta una respuesta. No es solo el portarretrato que se cae, el cuadro que se descuelga, el libro que salta de la estantería con un título que insinúa la respuesta que uno espera. Es algo más profundo, invisible, como cuando se siente que alguien nos mira, una arremetida de energía que nos hace creer que sí hay un alma...

—Pensaba en que está muy bien hablarles a los muertos —dijo Larry.

Charlie se echó hacia atrás, contra el espaldar. Descubrió el desorden que había dejado la turbulencia. Los vasos volteados, las botellitas en el suelo, la cobija enredada en el asiento. Miró al lado y todos estaban tan incómodos como ella, como el resto.

—Tengo que ir al baño —dijo—, pero no me atrevo.

—De todas maneras no se puede —dijo Larry y le mostró la señal de los cinturones encendida.

—¿Será que va a volver a empezar? —preguntó Charlie.

—Nunca se sabe. Es mejor hacer caso.

Ella volvió a agarrarle la mano, con afán. Finalmente apareció una azafata, cruzó la cortina y caminó por el pasillo mirando a cada lado. Sonrió como si no pasara nada, como si ellos se hubieran inventado el susto.

30

Perdimos la cuenta de los carros que Escobar hizo estallar cuando le dio por meterle miedo al país a punta de bombas. Uno al día, solo en Medellín, o dos o hasta tres, sin contar las explosiones de las bombas sueltas que dejaba por ahí. Yo me contagié de ese miedo por lo que veía en los noticieros, imágenes del fin del mundo que me hacían cerrar los ojos, y porque muchas veces pasé por donde hubo un estallido y me estremecía con las ruinas, con la sangre seca. Cualquier cosa me parecía un resto de pierna, un brazo, un montón de algo se veía como un reguero de vísceras, y siempre quedaba por ahí un zapato solo y sin compañero, tenis, chanclas, botas sueltas en medio de los desechos.

A Fernanda y a Libardo no les importaban mucho las bombas de Escobar. Yo suponía que era porque el hombre todavía estaba vivo. Huyendo, pero vivo, y estarían de acuerdo con su plan de guerra. Sin embargo, yo no entendía que no les preocupara la posibilidad de que Julio y yo pasáramos o estuviéramos cerca de un carro bomba. O ellos mismos. Nadie estaba libre, eso creía yo, porque luego me enteré de que había un grupo privilegiado: los cercanos a Escobar. A ellos les avisaban, les anunciaban la hora y el lugar. Y entre esos privilegiados estábamos nosotros.

Ellos no me lo dijeron, pero en el colegio se habló de que a algunos les estaban prohibiendo salir a la calle a una hora exacta, y caí en cuenta de que nosotros también estábamos siempre en la casa cuando estallaban las bombas. Me dio un mareo cuando lo deduje, un temblor, ganas de vomitar, de correr, de llorar. Se lo pregunté a Libardo esa misma tarde:

—¿Cómo crees que voy a saber eso si ni siquiera sé dónde está él? —me respondió.

—Pero ¿eso es verdad? —insistí.

—Estamos en guerra, mijo, y todo se vale.

También se lo pregunté a Fernanda:

—Yo hago lo que tu papá dice.

—¿Y él qué dice?

—Él decide cómo tenemos que cuidarnos.

—¿Y los otros? —le pregunté.

—¿Cuáles otros?

—Pues la gente.

Fernanda hizo el gesto que correspondía. Una mueca sutil para interpretar mi ingenuidad. El gesto que hacen los demás para referirse a los demás. Una expresión urgente para aligerar la culpa. Mi inquietud no iba más allá de eso: la culpa de tener un privilegio ante la muerte. Luego Fernanda dijo:

—Es que la gente es mucha gente. No sé si me entiendes. Uno no puede responsabilizarse por todos.

Entonces era verdad. La muerte enviaba emisarios a sus amigos. También supe que no eran únicamente los del grupo de Escobar sino mucha de la «gente bien» de Medellín la que gozaba de sus favores. Todos habrán sentido lo mismo que yo cuando explotaba una bomba al comienzo de la noche en la que morían cientos y otro tanto más perdía una parte del cuerpo. Alivio y culpa, eso era lo que yo sentía.

Después la muerte cambió de bando. Quedó muy claro cuando dejó a Escobar tendido en un tejado, y con el acoso, persecución y fuego que vino después contra nosotros.

Pasados cuatro meses le quemaron a Libardo una de sus fincas. El Rosal, se llamaba y era una de sus favoritas. Lo raro era que allí no había una sola rosa, el calor del Magdalena Medio no las dejaba pelechar. Ni siquiera las que llevaban de Medellín para adornar la casa duraban más de dos días. Al tercero ya estaban sin pétalos y dobladas por el sofoco.

Una mañana lo despertaron para avisarle que El Rosal se estaba incendiando. ¿Qué pasó?, le preguntó Libardo al mayordomo, porque en los quince años que había tenido esa finca, ni en los veranos más secos se le había prendido nada. Ni un potrero, ni un árbol, ni una choza.

—La incendiaron, don Libardo, vinieron y le echaron candela.

—¿Quiénes? —preguntó Libardo por preguntar, porque ya sabía quiénes habían sido.

—Aquí le dejaron una carta, don Libardo.

—¿Qué dice?

—Yo no sé leer, patrón, pero si quiere se la llevo a mi hermano que él sí sabe.

—Ni falta que hace —dijo Libardo y colgó sin que le alcanzaran a contar que, de salida, le habían matado cuarenta reses. Se las llenaron de balas para que ni siquiera las pudiera vender por partes.

No se dejó ver de nosotros durante dos días. Por las mañanas, supuestamente, seguía dormido, en las tardes no estaba y en esas noches llegaba a la casa cuando ya nos habíamos acostado. Hasta una mañana que lo vimos sentado en la sala, con los ojos cerrados y un vaso vacío en la mano. Nos contó lo del incendio y lo de las vacas. Y rasgueando la voz, dijo:

—Siempre quise tener una hija, una niña, después de ustedes dos, pero Fernanda no quiso tener más hijos. Ustedes ya saben cómo es de vanidosa. Decía que con ustedes era suficiente y me dejó con ganas de la niña. —Suspiró, aclaró la garganta y dijo—: Yo ya le tenía hasta el nombre. Rosa. Y ya le tenía su finca. El Rosal.

Se atragantó y no pudo seguir hablando. Se llevó el vaso a la boca sin darse cuenta de que ya no le quedaba trago. Julio y yo, que siempre nos mirábamos en situaciones así, esa vez no lo hicimos. Nos quedamos congelados, con la cabeza agachada, hasta que él dijo, váyanse ya para el colegio, muchachos, no lleguen tarde, y acuérdense que tienen que ser los mejores. ¿Qué va a pasar, pa?, le pregunté. Soltó un chorro de aire, tambaleó cuando se puso de pie, se acomodó los pantalones en la cintura y dijo, les va a saber a mierda.

Poco después, otro crimen sacudió al país, y cuando comencé a recoger y a pegar los escombros de esta historia, relacioné el asesinato del vicefiscal Diago con la advertencia de Libardo. Ya lo tenía en la mira por incumplir la promesa de ayudarlos que le había hecho a Escobar. Pero esas conjeturas llegaron después, porque cuando ocurrió el asesinato no quise, o no pude pensar cada cosa que pasaba, cada muerto, cada explosión, cada susto me dejaban sin cabeza para razonar.

Fernanda y Libardo volvieron a considerar la posibilidad de irnos, pero cada conversación terminaba en pelea. Ella decía que sí, pero con la condición de irnos todos, y Libardo alegaba que él no podía, que cómo se iba a defender desde lejos. Propuso que nos fuéramos con los abuelos, que él iría y vendría cuando fuera necesario.

—Yo no me voy a quedar allá sola —insistió Fernanda.

—Pero si no vas a estar sola —dijo Libardo.

—No vas a estar ahí para tomar decisiones.

—Pues me llamas y listo.

—No es lo mismo.

—Es por un tiempo.

—¿Cuánto?

—El que sea necesario para acabar con esos hijueputas.

Fernanda vaciló. Aunque la decisión nos involucraba, y se tomaría para protegernos, no nos preguntaron qué opinábamos. Pero cuando Fernanda nos miró, entendí que no había titubeado por nosotros sino por Libardo. Para acabar con sus enemigos él tendría que deshacerse de todo un país que celebraba que les quemaran las fincas a

146

los mafiosos, que los metieran presos o los mataran. Esa vez, ella se aguantó las ganas de sacarlo de su mentira, pero días más tarde, en medio de otro desacuerdo y con los abuelos presentes, Fernanda explotó:

—No te creo esa obstinación tuya por quedarte a pelear una guerra contra todo el mundo. Que sea solamente contra los Pepes, vaya y venga, pero contra el mundo, es una locura. Nos están odiando, Libardo.

—Eso es mientras se les pasa la emoción —dijo él—. Aquí lo que siempre ha mandado es la plata, y si logramos mantener la platica para cuando le pase el entusiasmo a la gente, nada va a cambiar y todo va a seguir igual.

—Yo no me voy a ningún país donde no hablen español —dijo la abuela.

—Eso es lo de menos —dijo Libardo—. Puede ser España o Argentina o donde quieran.

—Yo necesito una enfermera —dijo el abuelo.

—Este no necesita nada —dijo la abuela—. Lo que le gusta es que lo soben.

—La sobada me quita el dolor —dijo el abuelo.

—Ya —los interrumpió Libardo—. El lugar lo decidimos luego, lo importante ahora es estar de acuerdo en lo que vamos a hacer.

—¿Y mi enfermera? —preguntó el abuelo.

—Sinvergüenza —le refutó la abuela.

—¡Ya! —se impacientó Libardo.

Nadie habló después del grito. Yo hubiera querido que se me ocurriera algo para cambiar el tema. A Julio parecía no importarle la conversación. En medio del silencio se oyó el ruido de unos hielos cayendo dentro de un vaso. Fernanda se preparaba otro trago. A Libardo se le notó la molestia. Luego sonó el chorro de licor llenando el vaso.

—Bueno —dijo Libardo—, mejor dejemos esto para otro día.

Y cuando iba a levantarse, Fernanda habló:

—Yo sé por qué querés quedarte, Libardo.

—Que no me voy a quedar —dijo él, impaciente—. Voy a estar yendo y viniendo.

—Yo sé por qué no te querés ir del todo —insistió ella.

Todos nos removimos en los asientos, menos el abuelo que miraba a lado y lado, como un pajarito perdido.

—Fernanda —murmuró Libardo.

—Querés quedarte aquí, a tus anchas, con esa mujer —dijo ella, aumentando el volumen en cada sílaba, salpicando con ira cada palabra—. Esa perra fue la que te trabajó la cabeza para que te deshicieras de nosotros, porque vos sabés que esta guerra la tenés perdida...

—Cállate, Fernanda.

—Si no pudo Pablo, menos vas a ganarla vos, con menos gente y con menos plata.

—Te voy a callar, te lo advierto.

—No me vas a callar, y menos para decirte un par de verdades.

—Qué bonito ejemplo para los muchachos —opinó la abuela.

Fernanda la ignoró, se echó un sorbo de su trago, levantó el mentón en un gesto dramático y desafió a Libardo:

—¿Por qué no nos lo decís de frente? ¿Por qué no me decís mejor que te querés separar? ¿No quedó contenta esa puta con el apartamento que le diste?

Libardo estiró el brazo para taparle la boca y ella lo esquivó volteando la cara. Julio saltó para interponerse entre los dos, la abuela soltó un grito agudo, el abuelo vociferó, ¡se jodió esto!, yo me tapé los oídos y me acurruqué. En medio del manoteo, el vaso que tenía Fernanda se estrelló contra el piso. La abuela volvió a gritar y no sé qué pasó después.

Para cuando volví a levantar la cabeza, ya se habían apartado. Libardo resoplaba sentado en la poltrona; Fernanda sollozaba desmadejada en el piso; Julio jadeaba de una esquina a otra; la abuela, hecha trizas, se abanicaba con una revista, y el abuelo, con pasitos cortos y lentos, empujaba con el pie los vidrios rotos.

Eran las seis de la tarde en punto y, en medio del silencio, timbró el teléfono, como de costumbre. Eran ellos, celebrando el caos. Libardo lo dejó sonar unas cuatro veces, luego lo levantó, apenas para silenciarlo, y colgó con suavidad. Se puso de pie y nos preguntó:

—Voy para la cocina. ¿Alguien quiere algo?

—¿En qué piensas? —le preguntó Larry.

Esperaba oír cualquier cosa menos lo que ella dijo:

—En ti.

Charlie notó el asombro de Larry. A ella ya se le enredaba la lengua, o su enredo sería el secreto que iba a revelar.

—Me mandaron a Londres a desintoxicarme —dijo Charlie— porque bebía a escondidas y sola.

Lo miró, esperando una reacción, pero a él no se le movió ni un músculo de la cara. Charlie agitó las manos. Algo en ella había cambiado. Una chispa de ira, una contrariedad, un inconformismo.

—Ya la cagamos —dijo Larry.

—¿Qué?

—Bebimos. Estamos bebiendo. De haberlo sabido, no habría aceptado ese trago.

—Igual me lo habría tomado —dijo Charlie.

—¿Cuánto llevabas sin tomar?

—Diecinueve meses y veinte días.

Ella le contó que ya sospechaba que cuando tuviera un golpe fuerte iba a perder el trabajo que había hecho para recuperarse. Se lo habían advertido y hasta la habían preparado para un momento así. Pero no funcionó.

—Me siento culpable —dijo Larry.

—No —dijo ella.

También le contó que no necesitaba de amigos ni de fiestas para beberse una botella entera, hasta caer al piso, sola en su casa, encerrada en el cuarto. Bebía sola y esa fue su ruina.

—Pero a lo mejor los tragos de hoy son solo por lo que te ha pasado —dijo Larry.

—No sé ni me importa —dijo ella.

—Siempre he creído —dijo él— que la muerte de alguien junta o separa a los que quedan vivos. El dolor une, la culpa separa, la soledad une y tal vez también el miedo, aunque creo que la incertidumbre a veces separa.

—Lo que más separa es el testamento —dijo Charlie.

Larry se rio y ella se quedó mirándolo hasta que dijo:

—Ya sé por qué estás aquí. A lo mejor tú eres el que necesita estar acompañado.

Larry tomó una bocanada de aire, recostó la cabeza y comenzó a mover los pies en círculo. El ambiente se había enrarecido. Pesaban los tragos, las horas voladas y las que faltaban para llegar. Lo cansaba el encierro y el insomnio en una noche artificial.

—Yo también tengo que contarte algo —le dijo él.

Ella lo miró atenta, con esos ojos que le decían todo y no decían nada.

—Soy el hijo de Libardo —dijo Larry.

Charlie levantó los hombros y sonrió despistada.

—¿Y quién es Libardo?

Larry buscó una respuesta en el enredo que había sido su vida, la buscó en la verdad y en la mentira, en las palabras que siempre había evitado. Charlie seguía mirándolo con esos ojos que no decían nada y lo decían todo.

—Un mafioso —dijo Larry.

—No me has contestado, Larry —me pregunta Fernanda.

—¿Qué cosa?

—¿Cuándo tuviste consciencia de lo que hacía tu papá?

—En la Primera Comunión de Julio —le digo—. Me aburrí muchísimo y me puse a mirar a la gente, lo que hacían, la manera como se reían, lo que hablaban, y vi que todo se parecía a lo que decían de ellos: los mafiosos —me animo a decirlo—. Así los mostraban en las películas, así hablaban de ellos en el colegio, en el club. Y bueno, ver al papá siempre armado y la violencia con que se expresaba.

—Pero estabas muy chiquito —dice con lástima.

—Yo sé, pero fue ahí.

—¿Te preocupó?

—Me dio tristeza.

Me ofrece más café para que podamos seguir hablando y con la mano le indico que no quiero.

—Tú también deberías descansar un rato —le digo.

—Todavía están quemando pólvora —dice.

—¿Por qué lo hacen?

—Porque hoy empieza diciembre.

Porque están locos, pienso, porque seguimos enfermos. Esa pólvora no es más que balas solapadas, un culto a nuestras guerras.

—Vámonos a dormir, ma, por favor.

Su celular vibra sobre la mesa. Ella mira la pantalla.

—Es Pedro.

—No le contestes —le digo.

Ella recorre mi nariz con su dedo, como si fuera un ciego que busca adivinar qué forma tiene.

—No te pareces a él —me dice—. Te pareces a mí.

—Yo sé.

—Julio es más como él.

—Yo sé.

—Pero tú no eres como yo —dice.

—¿Cómo eres tú?

—Soy lo peor.

Me ahuyenta el sueño. Lo que oigo no es lo que uno quiere saber de su madre, y tampoco es justo que una mamá se lo diga a un hijo. Uno no quiere oír esas cosas.

—No digas eso, ma.

—Soy un desastre, Larry.

El celular se sacude otra vez sobre la mesa.

—Es Pedro, otra vez —dice—. Si no le respondemos va a seguir llamando hasta que se le acabe la pila.

—Apágalo.

—No. Julio iba a salir madrugado de la finca y quiero estar pendiente.

—¿Sí ves que eres una buena mamá? —le digo.

—No me estoy juzgando como mamá sino como persona —dice—, pero incluso tampoco he sido la mejor madre.

—Ya, ma.

—Me casé con Libardo sabiendo quién era y qué hacía. Y los tuve a ustedes sabiendo que no solo él seguía siendo el mismo sino que incluso era peor, se había vuelto más poderoso y yo estaba enterada de todo lo que hizo para lograrlo. Los tuve sabiendo que los iban a señalar, a excluir, que nunca podrían ser como la demás gente y que nunca tendrían una vida normal.

—Te voy a aceptar el café, ma.

Pone a calentar el agua y busca el café en la alacena. Me pregunta:

—¿Será que Dios es polvorero?

La luz blanca de la cocina nos muestra pálidos, lúgubres, cansados, a ella le realza las líneas de la cara y la flacidez de los muslos.

—Dios está viejo —le digo.

Se ríe y dice:

—Aquí la única vieja soy yo.

Mientras está el café, camino descalzo sobre las baldosas de la cocina. En Londres lo hacía sobre tapetes viejos, en medias o en pantuflas para aislar el frío.

—Y Libardo —dice—, ¿nunca te preguntó qué pensabas de lo que hacía?

—Nunca, afortunadamente —le digo.

—¿Por qué afortunadamente?

—Porque no habría sabido qué responderle. Acuérdate cómo se puso esa vez que le dije que por culpa de él nos iban a matar.

—Estaba acorralado —dice Fernanda. El café sube soltando ese gorjeo que lo hace sentir a uno en su casa—. Yo creo que nunca te lo preguntó porque le daba vergüenza.

—¿Vergüenza de lo que hacía? No creo.

—Le habrá dado miedo, entonces —dice ella—. Miedo de la respuesta.

—Yo creo que si nunca me lo preguntó era porque no le importaba.

—Claro que le importaba. A todos les importa —dice Fernanda—. Lo que más les duele es el rechazo.

Me ofrece unas galletas que saca de un tarro. Tomo una, por cortesía, porque lo que realmente quiero es vomitar. Un volador pasa rozando la ventana, el silbido y el chispero nos hacen saltar de la silla.

—Es él —dice Fernanda.

—¿El papá? —pregunto extrañado.

—Pedro —me dice.

Nos asomamos a la ventana y sí, abajo está Pedro el Dictador, mirando hacia arriba y seco de la risa. Me hace señas para que baje. Yo saco la mano y lo insulto con el dedo. No ha cambiado, le digo a Fernanda. Aquí nadie ha cambiado, me dice ella.

—¿Cómo está Maggie? —me pregunta.

—Ma —le reclamo.

—¿Qué pasa?

—Hace mucho te comenté que habíamos terminado.

—¿De verdad? No me acuerdo. ¿Y qué fue lo que les pasó?

—Ma —le reclamo de nuevo y le digo—: Estoy cansado.

—Voy al baño —dice.

Vuelvo a la ventana. Pedro se fue. Qué descanso. No había detallado la cocina. Hay algo en cada cosa que me confirma que Fernanda sí ha cambiado, pero no logro descifrar de qué manera. Hay platos sucios en el lavaplatos, azúcar regada en el mesón, una copa de vino con la mancha del labial en el borde, una tajada de pan quemado dentro del hornito. Ya no tiene las dos empleadas que mantenían la casa reluciente. Ahora es Fernanda contra el mundo y contra ella misma. La oigo reírse a carcajadas en el baño. ¿Qué?, le pregunto por si de pronto me ha dicho algo. Tal vez se ríe porque no entendí, porque no la oí, pero no, ahí sigue carcajeándose y me entra miedo. Ma, la llamo, y ella sale del baño, hablando por teléfono. Estás loco, dice y cuelga. Era Pedro, me cuenta. Vuelvo a sentarme aliviado, por un momento pensé que la loca era ella. ¿Por fin nos va a dejar tranquilos?, le pregunto, y Fernanda me dice que no, que se fueron para no sé dónde y que más tarde regresa. ¿Más tarde?, pregunto, más tarde ya es de día, le digo. Fernanda encoge los hombros, se sienta y toma café, todavía risueña.

—¿Cómo están los abuelos? —le pregunto.

—Ja —exclama—. Hablando de locos.

—Por favor, ma.

—Ella no me habla, lo que sé lo sé por Julio, que a veces los visita. Ella dizque anda muy afectada por la aparición de Libardo. —Duda de lo que me ha dicho y luego intenta aclararlo—: Bueno, tú me entiendes. Que se la ha pasado llorando, dice Julio. Y tu abuelo, empeorando, lo que tú ya sabes.

—Quiero verlos.

—Allá tú —dice, sin ocultar el fastidio.

Ellos son lo único que nos queda de Libardo. Lo único vivo y no por mucho tiempo.

—Seguramente irán a la misa —dice Fernanda.

—¿Cuándo es eso?

—Pues apenas entreguen los restos. Vas a ir con Julio a reclamarlos.

—¿Y tú?

—No, chiquito —dice y sacude las manos—. El padre Diego está esperando mi llamada, nos abre un espacio para la misa cuando le avisemos. Es el único que sigue pendiente de mí.

—Me encontré con unos amigos del papá, en un karaoke —le cuento.

—¿En Londres? —pregunta intrigada.

—Aquí —le explico—, hace unas horas. Hay uno que se llama Nelson. Yo no me acuerdo de él, pero él sí me reconoció.

—¿Nelson Vargas?

—No sé —le digo.

—Fíjate —me dice— que a tu papá lo conocí más después de muerto que cuando estaba vivo. No te imaginas la cantidad de historias que le salieron, y documentos, y fotos, una sorpresa tras otra.

—Sí. Ya me habías contado.

—No todo —me dice—, pero no te voy a joder la noche. Ya con esta pólvora tenemos.

Con pólvora o sin ella, no me van a joder la vida. No quiero oír más historias. Enterraremos a Libardo, como Dios manda, y listo. Ya habíamos acomodado las cargas, ya cada cosa estaba en su lugar, el duelo, la culpa, la rabia.

No voy a dejar que Fernanda resucite a Libardo para jodernos.

—Voy al baño —me dice.

—¿Otra vez?

—Voy por un cigarrillo.

Otra ráfaga sacude la madrugada de este primer día de diciembre. Fernanda putea de camino hacia el baño. A esa ráfaga se le pega otra, y luego suenan otra y muchas más, como si la proximidad del amanecer retara a los que no quieren que la fiesta se acabe. O como si el mismo Libardo, de aposta, hubiera decidido volver en una noche de pólvora.

Fernanda regresa con un cigarrillo y se acerca a la estufa para prenderlo. Me pregunta:

—¿En qué piensas?

—En cómo la muerte llena de vida a los que se mueren —le digo.

33

A las tres semanas de haber incendiado El Rosal, nos quemaron la otra finca que teníamos cerca de San Onofre. Era más pequeña, pero el tamaño no le restaba gravedad al hostigamiento. El mensaje era claro: guerra total. En realidad, eso lo dijo Libardo cuando todavía no sospechaba que sería él quien perdería esa guerra. Ya no había posibilidades de negociar con ellos. En lugar de disminuir sus peticiones, las aumentaban cada día. Pedían más plata, más propiedades, más delaciones. Sin contar con la presión del Estado que comenzó a revelar los nexos secretos de Escobar. Políticos, empresarios, deportistas, militares y hasta artistas y curas fueron expuestos ante la justicia y los medios. De esos vínculos ya se sabía, pero hubo nuevas revelaciones que sorprendieron a más de uno. Y en el ojo del huracán estaba Libardo, un aliado a la sombra de Escobar y del que poco se había hablado antes. Su foto comenzó a aparecer en los periódicos y en la televisión, con comentarios que me enfermaban. El hombre que aceitaba la maquinaria de guerra de Pablo, el estratega, el que mataba sin tocar un arma, el ajedrecista del terror, su alma gemela, su sombra.

—Pura y física y absoluta mierda podrida —nos dijo Libardo—. Me están satanizando, andan felices señalando a diestra y siniestra, andan empalagados con la muerte de Pablo y cada periodista se inventa una historia para ganarse aplausos. Mariquitas que creen que porque tienen una máquina de escribir son los dueños del mundo, pero se van a tragar sus putas máquinas, sus cámaras y sus mentiras esos malparidos que andan pavoneándose los muy gonorreas.

—Libardo —le dijo Fernanda, en un tono más calmado—. Cuéntales a los chicos la verdad.

—Pero si la verdad la sabe todo el mundo —le replicó Libardo—. La saben ellos —y nos señaló— porque nunca les he mentido, ¿o no, muchachos?

Como siempre, Julio y yo nos miramos. Miramos también a Fernanda para intentar leer sus ojos, a Libardo para adivinar si iba a estallar, a darle un golpe a la mesa, a arrojar lejos el vaso, o llorar, o rascarse la cabeza. Uno cree que conoce a sus padres así como ellos lo conocen a uno, pero nos faltaban años y vida para conocerlos, para entender por qué hacían lo que hacían, por qué eran como eran. La verdadera vida de Libardo era difícil de disimular. No había manera de esconder a los tipos que lo cuidaban, ni las maletas repletas de billetes que ocultaba en la casa, ni los carros que cambiaba cada dos o tres meses, ni el calibre de sus amenazas, así como nunca nos negó su admiración por Escobar.

—¿O no, muchachos?

Julio y yo asentimos. Fernanda aún no estaba satisfecha.

—Diles la verdad —insistió.

—¿Pero cuál verdad, Fernanda? Todo el que conociera a Pablo sabía que nadie tomaba las decisiones por él, que le gustaba tener el control hasta del más mínimo detalle. Él decidía, él planeaba, él era el cerebro. El patrón mandaba y nosotros obedecíamos, así de sencillo. Y el que no obedeciera… —Guardó silencio hasta que se decidió por una explicación fácil—: Ustedes ya saben.

Sonaba sincero, sin embargo algo no encajaba. Cuando se ha tenido una vida turbia, vivida entre enredos, cuando no se dicen mentiras, pero tampoco se dicen las verdades, un manto de duda siempre ensombrecerá esa vida. Así era la de Libardo. Podría ser cierto lo que contaba de Escobar, al fin y al cabo ya estaba muerto y su familia lejos, aunque lo que andaban diciendo sobre Libardo en las noticias era lo que nos quitaba el sueño.

Fernanda no insistió más. No cambió su expresión, no parecía muy convencida, pero no insistió. Julio se decidió a creerle. Sabía, como Libardo, que si en esos momentos no estábamos juntos, estaríamos perdidos. Libardo lo dijo en otras palabras, bastante sensatas, por cierto.

—La cosa es así, muchachos. —Miró a Fernanda y añadió—: Y esto también va para ti: o me creen y están conmigo, o vacilan y juegan para ellos.

Fernanda reviró:

—¿Cómo quieres que te crea, Libardo?

—Como me has creído siempre.

—Hasta que apareció esa grilla.

—Y dale con eso, pues.

—¿Cómo voy a creerle a un mentiroso?

Libardo se acercó a nosotros y ella quedó a sus espaldas, mascullando sola.

—Voy a mandar más hombres a Caucasia para que no hagan lo mismo con Sorrento —nos dijo él—. No voy a dejar que me la quemen como las otras. Allá los voy a enfrentar y les va a saber a mierda todo lo que me han hecho.

Fernanda dijo, me voy, y él se quedó mirándola hasta que la perdió de vista. Yo no sé si el cuento que ella echaba sobre la otra mujer era cierto, aunque la expresión con la que quedó Libardo era la de un hombre enamorado. Tal vez sí había otra, pero el corazón de Libardo era de Fernanda.

—Le importa un culo lo de las fincas —nos dijo.

—Pa —le dijo Julio—, lo que ella piense o pensemos nosotros no importa ahora.

—Yo sé, mijo —lo interrumpió Libardo—, pero a mí no me llegan tan fácil. Por eso andan por los laditos, tratando de acorralarme, pero de ahí a que me agarren hay mucho trecho.

El teléfono sonó. Nos quedamos callados durante los cuatro timbrazos que dio.

—Pa —volvió a decir Julio, sin embargo lo venció la emoción. Se le aguaron los ojos y le tembló el mentón. Al verlo así, me desmoroné.

Para mí Julio era el más sensato de la familia, el digno de imitar. Aunque era un adolescente, muchas veces Libardo y Fernanda parecían más infantiles que él y que yo. Era mi hermano mayor, mi único hermano. O era más que eso. Me desconsolaba verlo balbucear muerto de miedo. Libardo también se derrumbó al ver a su hijo sacándole el cuerpo al llanto. Pensé que, una vez más, íbamos a terminar abrazados.

—Somos tres hombres —dijo Libardo—. Hombres berracos. No nos vamos a aculillar por nada. —Tomó aire entre frase y frase—. Somos tres guerreros.

Sentí que ya estábamos a punto del abrazo. Tan cerca que Libardo nos salpicaba con babas. Quise salir corriendo pero la emotividad de Libardo me forzó a quedarme ahí, de berraco, de guerrero, como decía él.

—Tres machos —dijo.

La torre que Libardo insistía en mantener en pie comenzaba a ladearse. Las manotas que nos apretaban no eran lo suficientemente fuertes para sostenernos y sostenerse él.

—Tres leones, tres…

Tres algo, cualquier cosa que no alcanzó a decir porque ya sabía que presentíamos lo que le iba a pasar. Ni siquiera le quedaban alientos para darnos un abrazo. Una mano suya en el hombro de cada uno fue lo más que pudo darnos. Si no fuera porque Fernanda volvió, las tres columnas que mantenían en pie la torre de Libardo se habrían doblado ahí mismo, frente a ella, como columnas de cartón.

—Libardo —le dijo Fernanda, apoyada contra la pared, con el teléfono en la mano.

—Estabas ahí —dijo él, sin que quedara claro si era una pregunta o una afirmación.

—Llamó Estrada —dijo ella.

—¿Quién es Estrada?

Libardo lo conocía pero ya había comenzado a sacar de su lista los nombres que no fueran los de su guerra, los que mencionaba a diario, los que lo obsesionaban y le quitaban el sueño.

—El rector del colegio —le aclaró Fernanda, y nos miró con un gesto de ira, o de tristeza, de algo que daba miedo—. Julio y Larry no pueden volver —añadió.

—¿Qué? —preguntó Libardo.

—Que hubo una reunión de padres de familia y profesores, y decidieron que lo mejor era que los chicos no volvieran.

—¿Los echaron?

—No. Les guardan el cupo hasta que mejoren las cosas. Mientras tanto…

—¿Los van a sacar? ¿Los van a botar a la calle después de todo lo que he hecho por ese puto colegio? Que me diga quiénes son esos malparidos que no quieren que mis hijos estudien.

—Dijo que era por la seguridad de ellos. —Fernanda nos señaló—. Y por la del colegio. Tampoco quieren ver a los escoltas afuera, dicen que eso…

—A ver —la interrumpió Libardo—, en vez de mandar razones, ¿por qué no viene esa manada de hijueputas a hablar de frente conmigo?

—Déjame hablar —le dijo ella, casi a los gritos—. Pueden seguir estudiando aquí en la casa. Les van a mandar tareas y algunos profesores pueden venir a darles clase.

—¿Y vos estás de acuerdo? —la retó Libardo.

—Pues claro que no, pero qué podemos hacer. ¿Te vas a ir con una pistola a obligarlos a que los acepten?

—Con una pistola, no. Con cien, con mil, con las que sean necesarias para que esos hijueputas entiendan.

—Perfecto —dijo Fernanda—, y después de la masacre nos van a recibir con los brazos abiertos.

Ella era la única persona en el mundo que retaba a Libardo. Hasta la abuela tartamudeaba para reprocharle algo, y a veces Julio y yo nos alzábamos, pero siempre con miedo. Fernanda era la única que se atrevía. O tal vez la amante, si la había, o tal vez Escobar, su patrón.

—No —dijo Libardo, después de un silencio—. Ustedes dos se van a ir a estudiar al mejor colegio del mundo.

—¿Cuál? —preguntó Julio.

—Cualquiera, el que sea y donde sea, pero tiene que ser el mejor, y les van a mostrar a esos zarrapastrosos de acá que ustedes están hechos para cosas grandes, no para graduarse de cualquier colegio de mierda.

—¿Y cuándo? —pregunté.

Libardo hizo el gesto de tenerlo todo resuelto, ya sonreía y mecía los brazos, daba pasos largos de una esquina a otra, hablaba fuerte como el Libardo de antes.

—Mañana mismo si quieren, o la otra semana —dijo—. Afortunadamente podemos hacer lo que nos dé la gana y vamos a buscar el mejor colegio en los Estados Unidos, o en Europa, y Estrada y todos esos hijueputas se van a tragar sus palabras.

—Libardo —lo interrumpió Fernanda.

—Se van a quedar con la boca abierta —siguió él, sin escucharla.

—Libardo —repitió ella.

—Ustedes van a salir con la frente en alto de esa escuelita de mierda.

Fernanda dejó el teléfono sobre la mesa, agarró su bolso, dio media vuelta y nos dijo a Julio y a mí:

—Me voy al casino, necesito despejar la cabeza.

Libardo ni la oyó, ni la vio salir por seguir en lo suyo:

—Y cuando sepan que ustedes son bachilleres del mejor colegio del mundo… —Levantó el brazo, el dedo índice, y recalcó—: Oigan bien, del mejor colegio del mundo, se van a quedar mudos, con la jeta descolgada, atorados con sus putas palabras.

Dejó de andar de un lado a otro, se quedó quieto, mirándonos. Yo tenía la cabeza a punto de estallar, con ganas de correr detrás de Fernanda para huir del loco.

—¿Dónde está la mamá? —preguntó Libardo, buscándola con la mirada.

—Salió —dijo Julio.

—¿A esta hora?

—Se fue al casino.

Libardo maldijo mudo, apenas con los labios. Habrá dicho lo que le decía a ella cuando se odiaban, en un ataque de celos, en un reclamo de enamorado, lo que se dirían entre ellos en privado.

—Váyanse a dormir —nos pidió.

Nos dio un beso y el teléfono comenzó a timbrar de nuevo.

—Tranquilos, yo ahora lo desconecto —dijo, con el tono y el gesto que usaba para engañarnos. Para engañarse.

34

Charlie le dijo a Larry que él no era él, no era Libardo, y era otra forma de decirle que no tenía la culpa. En otras circunstancias, el comentario le habría molestado mucho a Larry, pero no reaccionó, tal vez porque lo dijo ella, o porque ya había pasado el tiempo o porque la realidad es muy extraña dentro de un avión. Tan rara, que justo cuando Larry presintió que hablarían del rechazo y los señalamientos, de su complejo, de la rabia o la incertidumbre, Charlie le salió con que aún no sabía por qué bebía sola.

—Dizque me quedé atrapada en la lactancia —dijo—, que no superé la etapa oral, que me sobraba litio, que por herencia materna, que no, que más bien me llegó por el lado de mi papá, que me faltó educación… —Tomó aire para seguir y agarró el vaso para beber—. Lo que tenía claro, y que nadie entendió, era que disfrutaba conmigo misma cuando bebía sola. No había nada en este planeta que pudiera superar la delicia de acompañarme a mí misma. Cada trago me desconectaba y me metía en otra realidad. Flotaba. Era como un… —No apareció la palabra. Se echó otro trago. Buscó más palabras con las manos, pero tampoco.

—¿Desdoblamiento? —preguntó Larry.

—Eso. —Charlie celebró con un aplauso—. Eso, eso. Me escapaba del cuerpo y flotaba en un espacio tibio, el pelo se me movía, así, en bucles, como cuando uno está debajo del agua. —Metió los dedos en su pelo, cerró los ojos y movió las manos como olas meciéndole los cadejos.

—Tranquila —dijo él, y ella lo miró molesta.

—¿Tú tampoco me entiendes?

—No es eso. No sé por qué lo dije —se excusó Larry.

Alguien levantó una persiana y entró un chorro de luz a la cabina. El resplandor los golpeó y los dos achicaron los ojos. No duró mucho. Larry le pidió perdón a Charlie cuando volvieron a quedar a oscuras. Y le preguntó:

—¿No te importa, entonces?

—¿Qué cosa?

—Lo de mi papá.

—Ah —exclamó Charlie—. Ya se me había olvidado.

Ella reclinó un poco más el asiento.

—Si quieres dormir, me devuelvo a mi puesto —dijo él.

—No. Es que me pesa la cabeza. Quédate.

Le pesaban los ojos, los párpados hinchados, las pestañas mojadas, y sentía un nudo tenso en el entrecejo. En la mano sostenía el vaso con el último trago que se habían servido. Cabeceó y Larry intentó quitárselo para que no lo derramara, pero ella lo apretó con fuerza.

—No —murmuró, sin abrir los ojos.

Cuántas veces se habría quedado dormida con un vaso en la mano, cuando bebía sola. Cuántas se habrá despertado sobre un charco de alcohol en una de sus borracheras...

Larry no terminaba de entender su historia. Ahí, recostada, había una mujer muy bella, y él siempre creyó que la gente hermosa no sufría de soledad.

Si la belleza es como un imán...

Eso de que alguien tuviera que beber solo, le daba tristeza.

Se quedó mirándola un rato largo en el que no pasó nada. Ni subidas, ni bajadas, ni turbulencias, ni anuncios del piloto, ni los auxiliares de vuelo por los pasillos. Ni siquiera pasó el tiempo. De repente, Charlie le habló como si recién estuvieran conversando.

—¿En qué piensas?

—En la vida —dijo él.

Ella seguía con el vaso en la mano, los ojos cerrados y recostada como una reina. Larry comenzó a pensar, ahora sí, en la vida, pero no en la que se vive sino en la que se nombra.

«Vida» es la única palabra que aguanta cualquier adjetivo. Vida feliz, vida triste, vida rosa o roja, vida larga o breve, esponjosa, traicionera, burlona, mala vida, buena, estruendosa, transparente. Vida blue, gris o falsa, vida robusta, vida calva, hueca o plena, vida caníbal, vida loca…

En ese juego de palabras andaba cuando Charlie salió de su trance y, movida por lo que sentía, susurró:

—Perra vida, puta vida.

Clarea, y con la luz rosada parecen desvanecerse los estruendos de la pólvora. Seguirán despiertos los que no alcanzaron a quemarla toda y no se resignarán hasta estallar el último cartucho. El amanecer también es una excusa para decirle a Fernanda, ya amaneció, ma, vámonos a dormir. El sol que saldrá muy pronto será el que ilumine a un Medellín dizque cambiado, el que despertará los recuerdos dormidos y alumbrará los restos de Libardo.

—Cuando tenía tu edad —me dice Fernanda—, me daba pavor el amanecer. Sentía una culpa tremenda si me pescaba en la calle, y angustia si me agarraba despierta.

—Vámonos a dormir, ma, ya amaneció.

—En cambio a Libardo le encantaba. Decía que era la mejor hora del día, la más bonita, pero claro, siempre estaba borracho a estas horas.

Fernanda sonríe, como si se hubiera quedado pegada al recuerdo. Me levanto para que entienda que quiero descansar.

—¿Para dónde vas? —pregunta.

—A dormir, ma.

—Pero…

Ya no encuentra excusas para mantenerme ahí con ella. Voy a usar el cuarto de Julio, le digo. También es tuyo, me dice, siempre supe que ibas a volver. Sí, pienso, pero solo por unos días. No quiero quedarme. No quiero vivir aquí. Allá no soy el hijo de Libardo, ni de ella ni de nadie.

—No quiero verlo —dice.

—¿A quién?

—A Libardo —me aclara—. Ve tú con Julio, yo no soy capaz de verlo. No sé en qué estado estará. En todo caso, él no era lo que les van a mostrar hoy.

La voz se le corta y la mía no sale. No puedo pronunciar ni una palabra. Lo que diga se quedaría en un ruido, en un ahogamiento o en una explosión de babas. El Libardo que veré hoy no es el que vi la última vez, vivo. El de hoy es el resultado del odio y del olvido, aunque quisiera planteárselo a ella de otra manera.

—Yo tampoco voy a verlo, ma. Voy a cerrar los ojos. Además, ni Julio ni yo podremos decir si ese es el papá. Que lo digan ellos cuando le hagan las pruebas.

—Ya se las hicieron y sí es él —dice Fernanda.

—Entonces al que veremos será alguien que sigue cambiando, como cambiamos todos, ma.

Ella niega con la cabeza y comienza a llorar.

—A ese estado llegaremos todos —le digo—. No hay nada raro en el papá que nos van a entregar.

—Él no era así —insiste.

—Así es la muerte, ma. —Me siento frente a ella y le agarro las manos.

—No, Larry, así no es. Lo encontraron en un basurero, estuvo doce años pudriéndose solo, debajo de toneladas de basura. Él se merecía otra cosa.

—No nos digamos mentiras. Lo queríamos mucho pero…

Que crea lo que quiera, ella lo quiso de otra forma, lo eligió entre varios, lo aceptó como era. Yo no. Yo tengo claro que Libardo no pudo haber muerto de otra manera.

—Anoche, cuando me encontré con los amigos del papá —le digo, todavía agarrados de las manos—, pensé, mientras los veía cantando, que tal vez él podría estar ahí con ellos, pero algo no me cuadraba, no lograba verlo viejo y barrigón, cantando mal en un karaoke.

Fernanda asiente con la cabeza agachada, sorbe mocos y poco a poco deja de llorar. Yo le digo:

172

—Quién sabe si tú misma hubieras aguantado ser la esposa de un mafioso retirado.

—Pero estaría vivo —dice.

—Sí, pero a lo mejor lo odiarías.

Fernanda me mira como si quisiera leer algo en mi cara y las palabras estuvieran borrosas, ilegibles. Yo trato de soltar mi mano.

—¿Tú lo odiaste, Larry?

Esa pregunta me la hice muchas veces, pero nunca pude encontrar una respuesta que me dejara conforme. Para empezar, me preguntaba qué era el odio, ¿desear que Libardo se muriera? No, nunca pensé en eso. ¿Desearle todos los males y desgracias? Tampoco, su bienestar era mi bienestar. ¿Odiarlo significaba superarlo, pasar sobre él para ser mejor, superior, más grande? No, jamás quise ser como él, ni siquiera parecido. ¿Entonces odiarlo era querer que estuviera lejos de mí, no tener ningún tipo de relación con él? Sí, mil veces sí, muchísimas veces quise vivir en otro mundo donde Libardo no existiera, ni su historia, ni su sombra.

—No pude odiarlo —le respondo—. Lo intenté, pero no pude. No se puede odiar y querer al mismo tiempo. Si uno odia es para siempre. No sé si me entiendes.

—Claro —dice y mira hacia la ventana por donde se ven destellos en el cielo.

—Ahora sí me voy a dormir, ma.

El taburete suena cuando lo arrastro hacia atrás. Un ruido más en esta noche de estruendos. Ella sigue mirando hacia fuera, apenas alumbrada por la luz blanca de la cocina. Me paro y ella dice:

—Larry.

—¿Qué, ma?

Como buscando que mi cansancio se vaya, o que se quede y me derrote, o por joderme la vida, o porque así es ella, o porque es el momento de decirlo, Fernanda me dice, sin voltear a mirarme:

—Larry, ¿ya sabes que tienes una hermana?

Luego de las amenazas, de las llamadas que nos hacían cada hora, de los incendios a las fincas y la extorsión, llegó el día en que se llevaron a Libardo.

El día empezó como cualquier otro. Él se levantó a las cinco de la mañana y se preparó un café. Los escoltas caminaron después por el jardín y, como siempre, nos despertaron con los radioteléfonos. Fernanda se levantó tarde, igual que todos los días. Julio y yo, luego de desayunar, hicimos las tareas que iban a revisar los profesores en la tarde, cuando fueran a la casa. Fue un día aparentemente normal en la última etapa de nuestra rutina.

Nadie puede decir que Libardo se levantó intranquilo, diferente, como presintiendo que ese sería el último día junto a nosotros. Estuvo igual de incómodo y ansioso a como se la había pasado desde el 3 de diciembre cuando mataron a Escobar. Ni Fernanda ni nadie tuvo un sueño premonitorio, ni ocurrió nada sobrenatural que nos alertara. El teléfono comenzó a sonar temprano, apenas él lo conectó, pero ya nos íbamos acostumbrando. En un momento que salí al jardín a cambiar de aire, lo oí en su estudio alegando por teléfono con alguien. Cada vez que me limpie el culo me voy a acordar de usted, le dijo Libardo, pero tampoco me extrañó. Así hablaba, así arreglaba sus cosas. Seguía siendo, entonces, una mañana como todas las demás.

Antes de mediodía lo vimos hablando con Fernanda, en voz muy baja y acuartelados en el estudio. Nada raro, nada que no pasara todos los días, incluso desde antes de aquel diciembre.

—Voy a bañarme —dijo después ella, como para que todos oyéramos. Él también entró al cuarto y cerró la puerta.

Al rato, Fernanda salió vestida con saco y pantalón de sudadera y sin maquillarse. Se vestía así cuando tenía que hacer una vuelta en la que no le tocaba bajarse del carro. Hasta para ir al mercado se arreglaba, por si se encontraba con alguien, decía. Libardo salió con la misma ropa que tenía desde temprano. No me había fijado en eso, pero cuando lo dimos por perdido su indumentaria se volvió el dato más importante para buscarlo. Un bluyín azul, una camisa gris de manga larga, mocasines cafés, deportivos, con suela de caucho, y su maletín de cuero gris, en el que nunca decía qué guardaba. No nos permitía curiosear, ni siquiera acercarnos, aunque más adelante fue fácil suponer lo que ahí cargaba. De eso se habló cuando desapareció: ese día Libardo también salió armado.

Salieron él y Fernanda juntos de la casa, igual a como lo hicieron infinitas veces, toda la vida. Chao, chicos, dijo ella desde abajo, y nosotros, cada uno en su cuarto, le respondimos con otro chao automático. Ahora nos vemos, dijo Libardo a punto de salir, y nosotros no le respondimos nada.

Fernanda volvió dos horas después para coordinar el almuerzo. Ni le preguntamos ni nos dijo dónde había quedado Libardo. Todo era tan natural, tan rutinario, que sobraban las explicaciones. Solo fue hasta las seis de la tarde cuando comenzamos a ver movimiento en la casa. Yo estaba recibiendo clase de Física en el comedor y Julio andaba en su cuarto con el profesor de Humanidades, y de pronto comenzó adentro un ajetreo de escoltas que solo ocurría cuando llegaba Libardo, pero esta vez él no estaba. Al menos yo no lo escuchaba ni lo veía. En cambio vi a los guardaespaldas en el jardín, hablando en voz baja y con gestos de preocupación. De todas maneras, Fernanda no interrumpió nuestras clases, y solo fue cuando terminamos, apenas salieron los profesores, que ella nos dijo:

—El papá no aparece.

Solo ahí supimos que ella lo había dejado en un edificio en la avenida El Poblado, casi llegando a Envigado. Ella tenía una cita con la dermatóloga y él se iba a quedar con los escoltas. Él les ordenó que esperaran afuera y entró solo, no sabían adónde, a un edificio de oficinas, pero no les especificó para dónde iba.

Pasó la hora del almuerzo, pasaron otras dos horas, dieron las tres de la tarde, las cuatro, y ellos comenzaron a preocuparse. No sabían qué hacer. No sabían dónde preguntar por él. Dengue intentó averiguar en la portería pero, aparte del nombre completo, no eran muchos los datos que podían dar. No sabían a qué oficina había subido y Libardo no aparecía registrado en la lista de personas que habían entrado al edificio. Decidieron que se quedarían tres de ellos, por si Libardo salía, y Dengue se fue con otro a la casa para contarle a Fernanda.

Ella los agarró a golpes. Gruñó herida y los maldijo, los culpó por descuidarlo. Dengue insistió en que esas habían sido las órdenes de Libardo.

—Él puede hacer lo que le dé la gana, pero usted no puede quitarle los ojos de encima —le dijo Fernanda.

—Pero es que a veces don Libardo quiere su privacidad —se justificó Dengue.

Ella se quedó pensando. Tomó aire y buscó una silla para sentarse.

—A lo mejor no es nada, señora, pero mi deber es ponerla sobre aviso.

—Ramírez —le dijo ella—, ¿ya averiguaron donde esa malparida?

Dengue bajó la cabeza y asintió en silencio. Fernanda saltó de la silla y lo agarró por los hombros.

—¿Sí, qué, carajo?

—Ya hablamos con ella —tartamudeó Dengue.

Fernanda esperó iracunda a que dijera algo más.

—Él no ha ido en todo el día —dijo Dengue y ella lo agarró otra vez a los golpes. Le pegaba tan fuerte que él tuvo que agarrarla de las muñecas y pedirle que se calmara. La llevó casi arrastrada a la silla y no la soltó hasta que sintió que ella dejaba de forcejear. Luego él le dijo:

—Necesito su autorización, señora.

—¿Para qué? —preguntó ella, hecha un nudo.

—Para proceder.

Ni él ni ningún otro escolta le habían pedido antes instrucciones. Como mucho, algo relacionado con la casa, con el mercado, una orden de llevarnos o recogernos a Julio y a mí, las cosas simples de la vida diaria. Lo que ahora le pedía Dengue pertenecía a los asuntos que siempre manejó Libardo. Ella le dijo:

—Haga lo que él hubiera hecho.

Volvieron al edificio y se dividieron en grupos de dos hombres por piso. Otro se quedó encañonando al portero. Entraron a cada una de las oficinas por las buenas o a la brava, dependiendo de cómo los recibían. A todo el que se iban encontrando lo obligaban a tirarse al piso, a dos que intentaron levantar el teléfono les dispararon en la mano, a otro que quiso correr le pegaron un par de tiros en las piernas. Revolcaron cada cuarto al que entraron y con el diablo adentro buscaron, oficina por oficina y piso por piso, a quien ya sabían que no iban a encontrar. A la hora salieron vencidos, a las dos horas llegó la policía y, según los noticieros, hubo seis heridos pero ningún muerto.

Con semejante escándalo fue imposible que el país no se enterara de la desaparición de Libardo. Sin embargo, nadie le dio mucha importancia. Desde que empezó la guerra a muerte entre Escobar y los Pepes la gente se había ido acostumbrando a los muertos que cada bando exhibía como trofeos. Sobre todo por parte de ellos, los que se llevaron a mi papá.

Esa noche no dormimos. Guardábamos la esperanza de recibir una llamada. Ya había pasado con algunos que canjeaban por plata o por gente. Así nos consoló Benito, que se instaló en el estudio de Libardo para organizar un

178

plan de búsqueda. Después llegó la abuela, sola. No le iba a contar nada al abuelo hasta que hubiera certeza de lo que había pasado. Entró culpándonos a todos, aunque se ensañó contra Fernanda.

—Lo dejaron solo —le dijo—. Usted lo dejó solo en el momento en que él más necesitaba apoyo. Usted hacía que se preocupara por sus salidas quién sabe adónde. Usted envenenó a sus hijos contra él y le hizo la vida más difícil en estos días.

Fernanda le dijo:

—Por respeto a Libardo y por respeto a mis hijos, cállese la boca.

—No me callo porque es mi hijo.

—Mima, todavía no se sabe nada —dijo Julio, intentando calmar a la abuela.

—Entonces váyase a chillar a su casa, señora —le dijo Fernanda—, pero la mía la respeta.

Subió al cuarto y desde arriba nos llamó a Julio y a mí. Se echó a llorar sobre la cama y mi hermano y yo nos sentamos a cada lado, incómodos y tristes. Yo era el que tenía que estar ahí llorando en medio de ellos dos. Yo era el menor, ellos tendrían que haberme sosegado, pero fui el primero en estirar la mano para ponérsela a Fernanda sobre la espalda. La dejé ahí quieta, sin acariciarla, simplemente para que sintiera que no estaba sola. Ella se había mantenido fuerte hasta que llegó la abuela, había llorado pero no se había derrumbado como en ese momento.

Luego la situación me fue dominando. El miedo ganó terreno. Subí los pies a la cama porque ya no sentía el suelo. Me acerqué a Fernanda, me pegué a ella. Le pasé el brazo por encima y con mi otra mano busqué los dedos de Julio. Él dudó pero finalmente me la tomó. También se acercó a Fernanda hasta que quedamos convertidos en un solo cuerpo con tres heridas.

37

La cabina seguía en penumbra, aunque ya se oía el tintineo de vasos y cubiertos y los susurros de los auxiliares de vuelo que preparaban el desayuno para los de primera clase. Olía a café y a encierro, el aire seco raspaba y el desvelo y el cansancio les habían enrojecido los ojos a más de uno. Charlie descansaba en posición fetal, con la cabeza apoyada en el hombro de Larry. Él seguía la ruta en el mapa con la sensación de que el avioncito no se desplazaba sobre la línea que trazaba el recorrido. El tiempo se movía a otro ritmo, como si avanzaran lento en un conteo rápido, y la extraña sensación de volar contra el tiempo se enrarecía más a medida que se acercaba el fin del viaje.

Volaban sobre unas islas en el Caribe, Saint-Martin y Antigua, esas dos debían ser. Larry supo que tenía las horas contadas para regresar a su asiento, para llegar a Colombia, para terminar su encuentro con Charlie.

… *Larry y Charlie, parece el título de una película…*

Eso era lo que sentía que estaba viviendo, una película de avión que terminaría antes de aterrizar.

Charlie levantó la cabeza despelucada y miró a Larry, aturdida, y lo vio concentrado en el mapa de la pantalla.

—¿Cuánto falta? —preguntó ella, con voz ronca.

—Una hora —respondió él.

Ella miró su reloj, intentó acomodarse pero andaba enredada en la cobija. Pataleó hasta que logró soltarse.

—¿Dormiste? —le preguntó Larry.

—No.

—Yo tampoco.

—Me duele la cabeza.

—Tengo pastillas en mi morral.

181

—No —le dijo ella y le agarró el antebrazo—. No te vayas.

Larry puso su mano sobre la de ella y le dijo:

—Tenemos miedo de llegar, ¿no cierto?

Charlie asintió, deshizo el nudo de manos, se incorporó y dijo:

—Espérame un minuto. Voy a arreglarme un poquito. Se levantó con dificultad.

Se miró en el espejo. Ya no quedaba nada de la que había salido de su apartamento en King's Road. Se parecía más a la Charlie que bebía hasta caer fulminada en la cama. Parecida a la que, frente al espejo, intentaba disimular el vicio que nadie le conocía. Ahí en el avión, sin embargo, tenía muy pocas ganas de hacer algo por ella. A duras penas se lavó las manos, hizo un buche de agua para quitarse la sequedad de la boca y medio se organizó el pelo.

Cuando regresó al asiento quedó de una pieza. Sin aire. Larry no estaba y, en su lugar, había dejado la cobija pulcramente doblada.

38

El día entra por las persianas y llena el cuarto en el que Fernanda acomodó dos camas pequeñas para nosotros, así ya no vivamos con ella. Ahora lo confirmo, vivir con Fernanda es imposible. Parece, incluso, que ella misma lo sabe, y nos habilitó este cuarto solo por cumplir. Todo lo que está aquí carece de voluntad, como una escenografía a la que Julio y yo, los actores, tendríamos que darle algún sentido. Cada cosa está puesta para cumplir un requisito, pero por ningún lado está la madre, en nada de lo que hay aquí se ve el cariño.

Con el día mostrándome cada detalle, me revuelco en la cama tratando de digerir la sorpresa, el anuncio explosivo con el que Fernanda me mandó a dormir. Una hermana. Una media hermana, me aclaró y así comenzaron, o siguieron, los comentarios antipáticos con los que despreció a esa niña que, al igual que yo, era hija de Libardo. Una hermana pequeña, de once años, hija de esa fulana, según Fernanda, que con lágrimas y en medio de estallidos de pólvora trasnochada, terminó de darme la noticia. ¿No lo sabías, Larry? ¿Julio nunca te lo contó? Y yo, ¿por qué no me lo contaste tú?, ¿Desde hace cuánto lo sabes? Yo les conté de esa perra, Larry. Sí, ma, pero de la niña… No estaba segura, Larry, un día en el supermercado me encontré a esa mujer y estaba con una chiquita, la paseaba en un coche, ya tu papá llevaba como tres años de… bueno, y yo intenté acercarme para ver a la bebé, pero ella me reconoció y se abrió para otro lado.

Fernanda metió la cara en las manos y lloró pasito. Un rato largo. A mí se me fue el sueño, ya quería saberlo todo, cómo era, a quién se parecía, si la niña sabía de nosotros, de mí y de Julio.

—¿Pero cómo sabes que es hija de él? —le pregunté.

—Tu abuela me lo confirmó.

—¿Mima sabía?

—Peor que eso —dijo—. La acepta, la recibe, tiene fotos de esa culicagada por todas partes, se le llena la boca hablando de ella.

Lo dijo con rabia, con los mismos celos que no ha superado a pesar de llevar tantos años viuda.

—¿Entonces no la has vuelto a ver? —le pregunté.

—La verdad, Larry, es que nunca la conocí. Lo que vi esa vez, en el cochecito, era un bulto dormido.

—¿Cómo se llama?

—No sé ni me importa.

—¿Sabes dónde vive?

—Ni se te ocurra, Larry.

Con esa advertencia me vine al cuarto a imaginar mi vida con una hermana más. No deja de ser irónico que haya vuelto a Colombia a recoger los restos de mi papá y me haya encontrado con alguien que no conocía y que lleva su sangre, mi misma sangre. Parece una broma de Libardo, o un mensaje, un legado, o no será nada, solamente el resultado de un desliz. Aunque yo qué carajos voy a saber lo que sentía o pensaba Libardo.

Pero, de pronto, sí recuerdo que quería una niña. Una hija. Nos lo dijo varias veces, borracho y sentimental. Las niñas son la alegría de una casa. Hasta lloró de nostalgia por la hija que no tuvo, que no había tenido hasta entonces. La vida se empeñó en negársela porque aunque fue papá, nunca la conoció. Ella tampoco a él, por suerte. Saldrá adelante sin la sombra del padre.

Suena sin ganas un estallido más en la calle y, adentro, una puerta que se cierra. ¿Fernanda encerrándose en su cuarto? ¿El viento que tira puertas en la madrugada? Se escuchan pasos en el pasillo en un compás que conozco de memoria. Lo oigo hablar con Fernanda y se me acelera el corazón. El único hombre que amo. Mi guía por muchos años, mi escudo, mi andamio.

La voces cruzan las paredes, como si fueran de cartón. Fernanda le dice, está en tu cuarto, le pregunta si tiene hambre, si ya desayunó. Julio no responde o tal vez lo hizo con un gesto. En cambio, abre mi puerta y pregunta, con ternura:

—¿Chiquito?

—Bro —le digo, y prende la luz.

No hay abrazos ni sensiblería de aeropuerto, apenas choca su puño contra el mío. Fernanda vocifera desde su cama, ¡ciérrame la puerta, Julio!, y él obedece. Él se habrá levantado hace mucho rato para llegar aquí al amanecer, habrá manejado dos o más horas, pero aun así, huele a limpio, al contrario que yo, que huelo a mierda.

—¿Cómo te fue? —me pregunta.

—Bien, pero no he pegado el ojo.

—Llegaste en un mal día. La Alborada.

—No es solo eso —me quejo y le pregunto—: ¿Vas a dormir un rato?

—No. Ya dormí lo suficiente. En la finca me acuesto a las ocho.

Se sienta en la otra cama, apoyado en el espaldar. Con un pie se quita un zapato y con el pie descalzo se quita el otro. Susurra algo que no entiendo. Señala la pared que nos separa de Fernanda. No te entiendo, le digo. Que si hablaste con ella, cuchichea. ¿De qué?, le pregunto. De todo, me dice. Me contó lo de la hija del papá. Ah, dice. ¿Es verdad?, le pregunto. Creo que sí. ¿La conoces? No, solo en fotos. ¿Cómo es? Julio levanta los hombros. ¿A quién se parece? Un poquito al papá. ¿Cómo se llama? No sé, no me acuerdo, creo que Valentina o algo así. ¿No te interesa conocerla? Vivo muy ocupado, Larry, tengo mucho trabajo en la finca, ha habido mucha inseguridad, hay que estar pendiente de todo. Pero es hermana de nosotros, le digo. Parece que sí, dice aunque no suena muy convencido.

Un cohete enclenque, un chorrillo con poco aliento parece anunciar el fin de la fiesta. Maldita sea, no más, grita Fernanda desde su cuarto. Le cuento a Julio que ella no ha parado de renegar de la pólvora desde que llegué.

—Pues ella fue amiga del que se inventó todo esto —me dice.

No entiendo. Me incorporo, Julio nota en mi cara que no sé de qué está hablando.

—La Alborada —me dice—. Fue un invento de Berna. ¿Te acuerdas de él?

—Ni idea.

—Entonces ni para qué te cuento —dice—. Ella lo conoció cuando el papá estaba vivo. Después se armó una guerra de combos, los de Berna contra los de Doble Cero, toda una matazón que terminó convertida en una celebración con pólvora, un 30 de noviembre. Y ahora la celebran dizque para darle la bienvenida a diciembre, parranda de güevones.

—No entendí nada —le digo.

—Ni falta que hace —me dice.

—Pero me ha tocado mamarme la Alborada de principio a fin.

—Diciembre me parte las güevas —dice Julio—. Menos mal allá en la finca es como si no pasara nada. Bueno —se ríe—, allá pasa de todo, pero nadie deja echar pólvora para que no lo cojan de sorpresa las balas.

—¿Te vas a quedar unos días?

—No. Hoy mismo me devuelvo. Por la noche.

—¿Y ella? —Señalo hacia el cuarto de Fernanda. Julio levanta los hombros para mostrarme que no le importa.

—Ya pasé con ella muchos veinticuatros —dice en voz baja—. Y treinta y unos. ¿Y sabes qué hacíamos?

—Yo los acompañaba por Skype.

—Tú nos acompañabas un ratico, Chiqui, pero ella no veía la hora de colgarte para seguir metida en el computador, jugando no sé qué mierdas dizque con gente de todo el mundo.

—¿Jugando?

—Cartas. Póquer. No sé qué cosa —dice, y no puede ocultar la rabia—. Cada rato tengo que tanquearle la tarjeta de crédito. Le importa un culo toda la plata que bota.

Se me abre un boquete en el pecho por donde entran el dolor y la náusea. Duele imaginar a Fernanda como la describe Julio, y duele más el tono con el que se refiere a ella.

—¿Y no gana a veces? —le pregunto.

—El que bebe se emborracha y el que juega, pierde —recita y luego me pregunta—: ¿Hasta cuándo te vas a quedar?

—Tengo tiquete para el dos de enero.

Julio resopla.

—¿Qué? —le pregunto.

—Nada —responde.

Nos quedamos callados, atentos a un ruido que viene del cuarto de ella. Como si hubiera tropezado con algo, o se le hubiera caído alguna cosa. ¿Qué ha pasado después de Maggie?, me pregunta Julio. Nada, le digo. ¿Van a volver? No. ¿No has conocido a nadie? Sí, le digo, pero no sé. ¿Qué es lo que no sabés? No sé qué va a pasar, ni siquiera sé si la voy a volver a ver. ¿Vive allá? Sí, pero es de acá y no sé si va a regresar a Londres, le digo, aunque no me atrevo a contarle que la conocí en el avión. ¿Y vos?, le pregunto. Bah, exclama, en ese pueblo no hay nada bueno, solamente putas, nada que sirva para un noviazgo.

—¿De qué hablan, chicos? —Fernanda nos sorprende recostada en la puerta. Ahora lleva una bata corta, más decorosa que la camiseta que usa para dormir.

—Aquí, poniéndonos al día —dice Julio.

—Van a necesitar horas —dice ella.

—Pues será lo que alcancemos a hablar hoy —dice Julio—. Esta noche me devuelvo.

—¿Cómo así? ¿Y lo de tu papá?

—Eso es ahora en la mañana.

—Sí, pero… —Fernanda vacila—. ¿No le íbamos a mandar decir una misa?

—¿Más? —se queja Julio.

—Eso fue cuando no sabíamos nada —le aclara Fernanda—. Ahora toca una por su muerte.

—Siempre estuvo muerto —concluye Julio.

Fernanda se sienta a los pies de mi cama. Sorbe la nariz como si hubiera llorado o fuera a hacerlo. Me pregunto quién querrá ir a una misa por Libardo, tantos años después.

—¿Ya le contaste a Julio lo que te dije? —me pregunta Fernanda.

—¿De qué, ma?

—Que yo no voy a ver al papá. Ustedes dos lo reciben, yo no.

A Julio no le importa y vuelve a levantar los hombros.

—¿Mima va? —les pregunto.

—Le pedí que no fuera —me dice Julio—. No hace falta que vaya hasta allá. Además, ella quiere quedarse con él.

—¿Qué? —exclama Fernanda, aterrada.

—Ella quiere que los restos del papá queden en su casa.

—Ah, no —dice Fernanda y lo niega con la cabeza, con las manos y con gestos—. Que ni se le ocurra que va a quedarse con él.

—¿Tú quieres dejarlo acá? —le pregunta Julio.

—Claro que no —dice ella—. Él tiene que descansar con los otros muertos, tiene que estar en un osario. Eso ya lo habíamos decidido.

—Pues háblalo con Mima.

—Tú sabes que yo no hablo con ella.

Fernanda se levanta y separa las celosías para mirar hacia fuera. Qué ociosidad, dice cuando ve que todavía están quemando pólvora en diferentes puntos de Medellín, y agrega, habrá misa y Libardo se va para un osario. Punto. Pero ¿quién va a ir a esa misa, ma?, le pregunta Julio. Los que les dé la gana de ir, dice ella, que sigue mirando hacia fuera. Julio, vencido, cierra los ojos, todavía recostado contra el espaldar de la cama. Algo estalla a lo lejos y Fernanda repite, qué ociosidad.

39

A partir de ese día todo nos cambió para siempre. Para empezar, ya no éramos cuatro en la mesa, solo tres. Nos cambiaron los hábitos, la rutina se convirtió en zozobra, el sueño en insomnio, se nos llevaron la tranquilidad, la seguridad, nos cambió la piel, la mirada, el apetito, el genio y hasta la digestión. Fernanda intentó tranquilizarnos con una mentira:

—Mientras no aparezca muerto es posible que siga vivo.

Pero así no funcionaban las cosas en el mundo de Libardo. Entre ellos la muerte era un mensaje para el otro bando. La forma de morir era un aviso, una advertencia. La desaparición, el peor de los castigos, la incertidumbre infinita, la prohibición del duelo. Se lo dijimos a Fernanda, pero ella insistió en que creería cuando lo viera muerto. Fue en lo único en que coincidió con la abuela. Y el abuelo, en cambio, por andar perdido quién sabe en qué laberinto de su cerebro, en una de las pocas veces que habló, dijo:

—El pobre debe estar más enterrado que una yuca.

A Julio y a mí nos medicaron con Lexotan, que a veces nos producía una risa boba. Fernanda ya tomaba de todo desde antes, su cuerpo se había acostumbrado, en cambio a nosotros, además de risa, también nos daba sed y sueño a la hora menos pensada. Solo dos cosas en nuestras vidas siguieron intactas: las clases con los profesores del colegio en la casa, y el teléfono que nunca dejó de sonar cada hora en punto. Sobre las clases, Fernanda insistió en que no podíamos atrasarnos, por ninguna razón podíamos perder el último año. Y sobre el teléfono, no dejó que cambiaran el número ni que desconectaran los aparatos en ningún momento.

—Alguien puede llamar —decía—. Hasta él mismo puede llamarnos.

En una de esas llamadas, alguien habló. Pidió que pasara Fernanda y le exigió setecientos, ochocientos millones de pesos, o cualquier cifra enorme que ni ella misma recordaba de lo nerviosa que se puso. Ella le pidió hasta el día siguiente para hacer consultas.

—¿Vieron? Yo sabía, está vivo, lo tienen secuestrado, pero está vivo.

Benito le preguntó:

—¿Te dijeron que lo tenían?

—Llamaron a pedir plata, Benito. Eso es lo único que les interesa —dijo ella—. Tú sabes que Libardo ya les estaba pagando desde antes.

—Pero ¿te dijeron que lo tenían?

Fernanda vaciló.

—No.

—¿Te dijeron que lo devolverían si pagabas? —preguntó otra vez Benito.

—No. —Ella flaqueó de nuevo—. ¿Pero cuál es el problema? Obvio que lo tienen, están pidiendo plata por él.

Benito le dijo que cuando volvieran a llamar les exigiera una prueba de vida, y si de verdad lo tienen, dijo él, negociamos.

—¿Negociar qué? —preguntó Fernanda.

—Eso es mucha plata —dijo Benito—. Libardo nunca aceptaría pagarles tanto.

—Pero nosotros podemos —dijo Fernanda, y Benito se encogió de hombros.

Nos cambiaron las pulsaciones, el corazón ahora nos latía más rápido, se aceleraba por cualquier cosa. Nos cambiaron el gusto y también las preferencias. Cambiaron el aire de la casa y la luz que entraba por las ventanas. Nos cambiaron la forma de caminar y la postura del cuerpo. Se nos esfumó la paciencia, y la irritabilidad llegó para quedarse.

Dengue y sus muchachos siguieron en la búsqueda. A su manera. Tal y como Libardo les enseñó, como Escobar le enseñó a Libardo y como el diablo le enseñó a Escobar. Lo único que lograron fue calentar más la situación y todas las averiguaciones llevaban siempre al mismo lugar, a los Pepes. Una verdad devastadora que nos mataba la esperanza.

—Sigan buscando —ordenó Fernanda.

La abuela estaba ahí una tarde cuando Dengue llegó con las mismas noticias de todos los días y, delante de Fernanda, ella le preguntó:

—¿Y su patrona por qué no les ayuda a buscarlo?

—No te entiendo, Carmenza —dijo Fernanda.

Sin mirarla, como si Fernanda no estuviera ahí, la abuela le comentó a Dengue:

—Ella fue la última que estuvo con él, la última que lo vio, ella salió con Libardo de esta casa, todavía vivo.

Fernanda se plantó delante de ella y la abuela tuvo que mirarla. Se veía indefensa frente a los uno con setenta y cinco de Fernanda.

—¿Qué estás insinuando? —le preguntó a la abuela.

—Lo que todos sabemos. Que vos fuiste la última que lo vio.

—Eso ya lo hablé con ellos —dijo Fernanda y señaló a Dengue—, y con ustedes y con mis hijos. No sé por qué salís ahora con eso, Carmenza, no sé qué estás insinuando.

—Libardo estaba cansado —dijo la abuela.

—¿De mí? —la desafió Fernanda.

—De tus pataletas, de tu salidera a los casinos, de tus reclamos.

—¿Él te dijo eso?

La abuela nos miró. Dengue había bajado la cabeza. Fernanda seguía en posición de ataque, erguida, con los pechos apuntando a la cara de la abuela.

—¿Él te dijo eso o te lo estás inventando, Carmenza?

—Ese no es un tema para ventilar delante de tus hijos.

—¿Y quién empezó? —la retó Fernanda—. Además, ellos ya están al tanto de todo, porque me imagino que Libardo también te contó de la moza que tiene, ¿o no?

La abuela apretó los labios, el cuerpo se le movía con un temblor bajito y hasta empuñó las manos, como si no le temiera al porte de Fernanda.

—Ma —dije—, ya no más. Paren ya.

—Mirá, Carmenza —le dijo Fernanda—, no te quiero volver a ver en mi casa. Si querés tener noticias de Libardo llamás a tus nietos o a este. —Señaló otra vez a Dengue—. O le preguntás a la malparida moza de Libardo, o buscás en los periódicos, pero no te quiero volver a ver acá por el resto de mi vida, ¿entendiste?

—Por ahora no hay problema —le respondió la abuela—, pero eso lo decide mi hijo cuando vuelva. —. Se dirigió a Dengue y le soltó—: Ahí le dejo la inquietud. —Nos miró a Julio y a mí y dijo—: Mi casa es la casa de ustedes, muchachos. Vayan cuando quieran.

Fernanda nos llevó a la cocina, pidió agua, sacó tres pastillas de Lexotan y las repartió. Era la comunión diaria contra la realidad. Ella pasó su dosis con una cerveza y se encerró el resto del día. Contestaba el teléfono cada que timbraba. Y como ellos no volvieron a llamar en varios días, nos la pasamos deprimidos y exaltados a la vez.

—Se deben estar preparando —pronosticó Benito y, a solas, le advirtió a Fernanda—: El paso siguiente es recoger a la viuda.

—Eso solo pasa cuando hay un muerto —dijo ella.

Benito negó con la cabeza.

—No —dijo—. Van a buscarte para que entregués todo.

—Yo no soy viuda de nadie, Benito.

—Tu hombre no está aquí, Fernanda. Ni vivo ni muerto. Es doloroso pero esa es la situación. Y solo te dejarán tranquila, a vos y a tus hijos, si les entregás lo que piden.

—¿Y si no? —preguntó ella.

Benito fue claro con su gesto. Ella se sentó a llorar y cuando él intentó ponerle una mano en el hombro, Fernanda lo rechazó con brusquedad. Él se quedó ahí cerca, esperando.

—Entonces, ¿no lo van a entregar? —le preguntó Fernanda.

—Si no te lo han dicho, no.

En la noche, ella nos puso al tanto de la conversación y agregó que ya ni siquiera creía en Benito. Pero si es de la familia, dijo Julio. Eso no garantiza nada, dijo Fernanda. ¿Y entonces?, le pregunté. Se quedó callada y luego dijo, necesito pensar.

Aunque no se arregló como antes, se cambió de ropa y se pintó los labios. Sacó un fajo de billetes de un bolso viejo que colgaba, como cualquier otro, en el vestier. Mandó llamar a dos guardaespaldas y se fue al casino de la Oriental con la avenida La Playa, donde la conocían menos. De nada valió que le suplicáramos que no saliera, que no empeorara las cosas. Yo hasta le dije, y si te pasa algo, ma, ¿qué hacemos nosotros dos? No me va a pasar nada, no me demoro, dijo, necesito pensar, insistió.

Le contamos a Benito, porque a quién más.

—Tranquilos, yo hago que la vigilen sin que se dé cuenta —nos dijo, pero quedamos preocupados, sobre todo por la sospecha sobre Benito que nos había contagiado Fernanda.

Desde que tuve memoria sentí que estaba condenado a la soledad. A pesar de que nunca estuve solo, de que la casa se mantenía llena de gente, de que siempre hubo fiestas y amigos de Fernanda y Libardo, de que siempre hubo más niños para acompañarme, y después amigos del colegio o gente que aparecía por ahí, a pesar de que mi mundo era agitado y concurrido, me quedaba el sabor de que todo era un montaje para encubrir la soledad. Y no solo la mía, sino la de todos, la que asfixiaba a Libardo, a Fernanda, a

Julio, a quien habitara ese mundo mafioso donde todo era una mentira. Pero nunca antes me sentí tan solo como esa noche cuando entendí que no nos quedaba nadie en quién confiar, y que a esa hora Fernanda resolvía nuestro futuro frente a una máquina tragaperras.

40

Charlie esperó tres minutos para descartar que Larry también hubiera ido al baño, o que estuviera atrás buscándole una pastilla para el dolor de cabeza. Pero pasaron cinco, quince minutos y Larry no apareció. Su asiento había quedado tan organizado que parecía que nadie lo hubiera ocupado en todo el vuelo. La almohada, la cobija, los audífonos en su lugar. Ella se volteó a mirar varias veces para buscarlo pero no alcanzaba a ver las últimas filas. Cuando se decidió a ir quedó bloqueada por los carritos que repartían el desayuno. A su puesto también se acercó una azafata para extraerle la mesa y Charlie le dijo que no iba a desayunar.

—¿Aunque sea un café? —le preguntó la azafata y Charlie negó con la cabeza.

Lo único que quiero es un trago…

Y quería a Larry a su lado, no estaba preparada para aterrizar sola en Colombia.

¿Qué le habrá molestado? ¿Lo espantó mi historia de alcohólica?…

Por primera vez en todo el vuelo pensó en Flynn y recordó que en algún momento estuvo a punto de invitarlo para que la acompañara en ese viaje. Lo descartó porque las dudas de lo que sentía por él cada vez eran más grandes. Lo mejor era poner tierra de por medio, o mar, al menos por un tiempo. Sin embargo, ahora quería tenerlo a su lado, que hubiera estado ahí para consolarla, para llegar juntos y ayudarla con el vuelo de conexión a Medellín, que hubiera hecho por ella lo que sentía que no era capaz de hacer.

No me habría dejado beber y no tendría estas ganas tan grandes de tomarme otro trago…

Sintió rabia. Le parecía injusto que Larry se hubiera ido. Larry no era Flynn, pero era alguien. Volvió a mirar hacia atrás y ahí seguían atravesados los carritos de servicio. Se llevó a la boca un vaso vacío, solamente lleno de marcas de dedos. De un bolsillo del asiento sacó dos botellitas de ginebra, un par de las tantas que se habían bebido, pero también estaban vacías. Ni un asiento, ni una gota, ya hasta habían perdido el aroma.

Subió los pies, se abrazó a las rodillas y lloró un buen rato. Los vecinos la miraron varias veces mientras terminaban el desayuno. Le siguieron llegando a la memoria imágenes y sonidos de su padre vivo. Con ella, con su mamá, solo, con la familia entera. Recuerdos y más recuerdos que la arrinconaban en el dolor y el desespero. Decidió que iría por una copa de vino, por lo que fuera, así tuviera que rogarle a la auxiliar de vuelo. Pero cuando quiso levantarse, no pudo. Los pies no le respondieron, ni los brazos para apoyarse, ni la voz para pedir auxilio. A duras penas movía los ojos, y al mirar al otro lado del pasillo vio a su vecino limpiándose un resto de huevo que le había caído en la camisa. Vio las luces blancas en el techo y donde tendría que estar el aviso de abrochar los cinturones, había otro que cambiaba, intermitentemente, de rojo a negro, y que decía, eso no se hace, Charlie. Eso no se hace.

41

Pasadas las ocho de la mañana volvemos a ver a Libardo, doce años después y esparcido sobre una bandeja. Hay menos huesos de los que yo había pensado. Algunos ni siquiera están enteros. El funcionario de Medicina Legal los separa con una pinza larga, como de asador. El cráneo de Libardo se roba mi atención. Todavía tiene pelo.

—Pues aquí lo tienen —dice el funcionario, detrás de un tapabocas.

—¿Apenas esto? —le pregunto.

—La tierra se traga el resto —responde.

—¿Está seguro de que es él? —pregunta Julio.

—Es lo que dice la necropsia —dice el funcionario y agrega molesto—: Mi trabajo es otro.

Entonces mi hermano se da la bendición; yo no sé si debo imitarlo. Julio se acerca a la bandeja y toma el cráneo. Lo observa por todos lados, como cuando uno compra un aguacate.

—Mira —me dice—, está enterito.

—Si se lo van a llevar, tienen que firmar estos documentos —dice el hombre.

El comentario me despierta la curiosidad.

—¿Y si no queremos? —le pregunto.

—Pues se va para la Facultad de Medicina —me advierte.

—Claro que nos lo vamos a llevar —dice Julio y me mira molesto—. A eso vinimos.

El funcionario nos pide que lo esperemos un momento. Julio regresa el cráneo a la bandeja y toma otro hueso. Uno largo, tal vez un fémur. Pobre, mi viejo, dice y sostiene el hueso con las dos manos. Me lo extiende, como si pasara un cetro de un rey a otro. No, le digo, no quiero tocarlo. Es el papá, me dice Julio. Yo sé, le digo, pero no quiero, no soy capaz. Julio se acerca a los documentos que el funcionario dejó sobre el mesón y los hojea. A mí me invade un mareo y busco una silla, me siento en la primera que encuentro. Julio ni se da cuenta. A esto fue a lo que volví, entonces, a recoger un reguero de huesos, a hurgar en la herida que ya había cicatrizado, a deshacer los pasos de nuestra historia. La luz blanca del techo comienza a titilar como en las películas de miedo.

—Aquí no especifican de qué se murió —me dice Julio, metido en los papeles.

—Lo mataron —le digo, y siento el mareo en la saliva.

Julio me mira serio y me dice:

—¿De verdad? No jodás.

Yo eructo y una arcada me hace sacudir el cuerpo. Quedo metido en un vaho de ron y éter. Me levanto como puedo y corro hacia la puerta.

—¿Para dónde vas? —me pregunta Julio.

Me veo en el reflejo del agua del inodoro. Nada me sale, aunque siento los ojos a punto de saltar con cada espasmo de mi estómago. Vomito rugidos, babas, rabia, desconsuelo, dolor y recuerdos.

—¿Estás bien, Chiqui? —me pregunta Julio, al otro lado de la puerta.

—Sí —le respondo, pero solo para que no pregunte más.

—Entonces vámonos —dice—. Ya estamos listos.

Afuera está él sosteniendo una bolsa roja, rotulada con el nombre grande de Libardo. La carga como si llevara un bebé en los brazos. El funcionario me mira y se ríe.

—Casi todos vomitan —dice—. Y hasta se cagan.

No me quedan fuerzas para un reclamo.

—Estás pálido, Chiquito —dice Julio—. Mejor vámonos ya.

—Los acompaño —dice el funcionario.

Salimos, subimos y recorremos pasillos. El empleado va entregando copias del formulario, de distinto color, de puerta en puerta. Afuera está, por fin, la luz natural del día, luz natural, y el aire que todavía huele a pólvora. El funcionario se despide.

—¿Cuántos huesos tiene un cuerpo? —le pregunto.

—Doscientos seis, aproximadamente. Sin contar los dientes —responde.

No entiendo el «aproximadamente», como si algunos tuvieran más o menos huesos que otros. No tengo fuerzas para preguntárselo, a duras penas logro levantar la mano.

—Vamos a desayunar —me propone Julio—. Estás débil, eso es lo que te pasa.

—¿Y el papá? —le pregunto, sin dejar de mirar la bolsa.

—Él va con nosotros —dice Julio, de camino al carro.

En la calle, empleados de las Empresas Públicas recogen los estragos de la Alborada. Los palos de los voladores, mechas de globos, restos carbonizados de pólvora, botellas de aguardiente, bolsas de comida, condones, zapatos y pájaros muertos.

—Los tres juntos, otra vez —comenta Julio, mientras maneja—. Los hombres de la casa.

En el asiento trasero va Libardo en la bolsa roja. A cada rato Julio mira hacia atrás. Ahora somos nosotros los que lo cuidamos. Tanto que nos dijo, somos tres guerreros invencibles, tres tigres, tres machos, y aquí viene lo que apenas alcanzaron a recoger de él.

—Me dijo el tipo que todavía no podemos cremarlo —me cuenta Julio—. Toca esperar a que la Fiscalía emita no sé qué documento.

—Ni falta que hace —le digo.

—Fernanda quería —dice Julio.

Ella no sabe lo reducido que viene. Tocará meterlo en un osario así como está.

Los que recogen la basura lanzan un par de perros muertos al carro recolector. Perros callejeros que no aguantaron la batalla de anoche y que al verlos caer sobre los escombros me hacen pensar en Libardo botado en un basurero. La imagen no es nueva. Así me lo imaginé un millón de veces y así lo soñé, con nitidez, en cada pesadilla que tuve. Libardo descomponiéndose entre otros muertos, un sueño que apenas hace poco dejé de soñar.

Julio parquea el carro cerca de una cafetería. A estas horas el sol ya brilla con fuerza y semejante resplandor es una carga más para mi trasnoche. Julio abre la puerta de atrás y toma la bolsa con los restos.

—¿Qué estás haciendo? —le pregunto.

—Llevarlo —dice.

—Estás loco.

—Si lo dejo ahí pueden pensar que es una bolsa con algo, me rompen el vidrio y se lo roban.

—Pero… —Ya Julio está cerrando el carro. Yo le insisto—: ¿Y por qué no lo guardas en el baúl?

Julio me echa una mirada de hermano grande y me reclama:

—¿Qué te está pasando? —Levanta la bolsa con las dos manos, la extiende hacia mí y me dice—: Es el papá, Chiqui, este es el papá.

Entonces los tres entramos a la cafetería. Julio insiste en que cargue la bolsa y yo insisto en que no quiero. A este tráigale un café bien cargado porque lleva no sé cuántos días sin dormir, le explica Julio a la mesera. Ella me mira con cara de lástima y anota los dos desayunos completos que Julio le pide. Huevos revueltos, chorizo, arepa y queso blanco. ¿Van a ser ustedes dos nomás?, pregunta la mesera. Julio asiente y ella retira los cubiertos que sobran. Libardo está en la otra silla, pero no va a comer.

—Bueno —me dice Julio—. Ya cerramos este ciclo. Ya sabemos dónde está, y según lo que quiera hacer la mamá con él, siempre sabremos dónde estará.

Yo bostezo y me disculpo. Julio le hace muecas a la mesera y me señala, para que se apure con el café.

—En eso que leí —me cuenta—, dicen que el papá pudo haber muerto hace diez o doce años.

—O sea que no dicen nada —le digo.

—Diez o doce años, ¿no entendiste?

—Pues sí, pero ¿con qué fecha nos vamos a quedar?

La mesera llega con los cafés, Julio está pensativo. Ya vuelvo con los desayunos, dice ella. Julio revuelve el azúcar y sigue pensando. Agacha la cabeza, se pone la mano en la frente y comienza a llorar.

—Hey… —le digo. Me atraganto con el café y con el taco que se me hace en la garganta al verlo llorar.

Julio levanta la otra mano para indicarme que no le diga nada, que lo deje seguir, que ya se le pasará. Llora un ratico más, se limpia los mocos con una servilleta de papel, me mira, me sonríe, le devuelvo la sonrisa y siento que ahora lo quiero más que siempre.

—La fecha va a ser la de hoy —me dice—. Es la fecha en que lo volvimos a ver, la única de la que estamos seguros.

Le agarro la mano sobre la mesa y así nos encuentra la mesera, como dos hombres que se adoran. Ella, también sonriente, acomoda los platos. Huevitos para usted, mi amor, me dice. Y para usted, le dice a Julio. No dejen enfriar las arepitas que así calientes es que saben bueno, nos dice a los dos, nos mira con cariño y se va.

—Esto se ve bien —me dice Julio y ataca los huevos con entusiasmo.

42

Cada día que pasaba, Libardo estaba más muerto. Al Gobierno no le interesaba encontrarlo. Decían que lo estaban buscando, pero lo cierto era que estarían felices sin un mafioso más. Se mostraban en contra de la justicia por mano propia, que para eso estaban las instituciones, decían, y que había que confiar en el Estado. Nos echaron mil discursos cuando ya no era un secreto para nadie que Libardo había desaparecido, lo habían desaparecido, les enfatizaba Fernanda aun sabiendo que no harían nada por encontrarlo.

Los pocos amigos que tuvo, tampoco hicieron nada, fuera de bulla. También les habrá convenido su ausencia. Uno menos para compartir la torta, o el pedazo que les quedaba, porque ya los de Cali, los del Norte del Valle, los Pepes y otros más habían ido llenando el vacío que dejó Escobar en el negocio. A los únicos, entonces, que nos hacía falta Libardo era a nosotros.

La abuela no volvió a la casa desde que se enfrentó a Fernanda. Íbamos a visitarla y no dejaba de insinuar que la última persona que estuvo con Libardo, y que lo había visto vivo, era Fernanda. Lo repitió mucho, hasta cuando Julio tuvo que frenarla. Ya, Mima, le dijo, la mamá no tuvo nada que ver en eso, ella lo adora, ella no iba a dejar que le hicieran algo malo. La abuela frunció la boca, molesta por el tono de Julio, y se quedó mirando al abuelo, que andaría gravitando por las lunas de Saturno.

Sin embargo, los otros siguieron llamando. Ya no a la hora en punto sino varias veces al día, y cuando les daba la gana preguntaban por Fernanda. Le pidieron plata por darle información, y aunque Benito la previno de una posible trampa, Fernanda cayó en el juego. Hablaba con un tipo que se llamaba Rómulo y que, según él, era el vocero de la banda que tenía a Libardo. Fernanda le pidió una prueba de vida, pero Rómulo la enredó con excusas. Que lo tenían aislado y que por la seguridad de Libardo, y la de ellos, no era conveniente mover fotos por ahí. Fernanda intentaba fingir firmeza, sin pruebas no hay trato, le dijo muchas veces a Rómulo, pero ellos no cedían.

Dengue, que era un hombre de guerra, azuzó a Fernanda para que negociara. En una de esas, los agarramos, doña, le dijo, hay que mantener el contacto con ellos, no podemos dejar que se pierdan, alegaba Dengue, estimulado por su adrenalina de matón.

Benito nos reunió a Julio y a mí y nos dijo:

—Los van a dejar en la calle. Hablen con ella. El patrimonio de Libardo también es de ustedes, y esa gente quiere quitarles todo.

Le hicimos caso y nos atrevimos a hablar con Fernanda, como si fuéramos dos hombres grandes, dos al estilo Libardo, confiados y aguerridos. Le hablamos y luego ella nos dijo:

—Yo no tendría por qué estar negociando con esos asesinos. Creo que Libardo siempre fue lo suficientemente hombre como para que ustedes hubieran aprendido y ya supieran qué hacer en estos casos. Pero no. Ahora yo, por tratar de salvarlo, soy la mala del paseo.

—Ma.

—Déjame terminar. Solo quiero recordarles que por sus venas también corre la sangre de Libardo. Ustedes son Libardo. Lo que le pase a él, nos pasa a todos.

Cuando parecía que había tomado impulso con el sermón, Fernanda soltó un grito de terror que nos hizo pensar que ellos habían llegado por nosotros y en ese mismo instante nos iban a matar. Pero el alarido de Fernanda fue por culpa de un murciélago que entró por el ventanal de la sala y revoloteó sobre nosotros, sobre ella, que gritaba cada vez que el murciélago le rozaba la cabeza. Julio le lanzó un cojín del sofá pero solo consiguió enloquecerlo más. Dos de los muchachos entraron afanados por la misma puerta por donde entró el murciélago. Traían las pistolas listas para desatar una balacera. Uno de ellos obligó a Fernanda a tirarse al piso mientras que Julio y yo seguíamos lanzándole cojines.

—Agáchense —dijo uno de los muchachos, con la pistola en alto.

—No —chilló Fernanda—. La lámpara, la lámpara.

Se refería a la araña con doce brazos de cristal que colgaba en medio del salón. Sin embargo, el guardaespaldas no guardó la pistola y en el manoteo se le disparó, no contra la lámpara, ni contra el techo, ni contra el propio murciélago que logró encontrar la salida antes de ganarse un tiro, sino contra un cuadro de Botero, del que Libardo decía, esta pintura vale más que cualquiera de nosotros.

Fernanda se levantó del piso, iracunda con los escoltas y con nosotros. A ellos los sacó de la casa, con otro grito. Julio metió dos dedos por el roto que la bala dejó en el muslo de una gorda que jugaba cartas en pelota. Ay, jueputa, dijo, y Fernanda gritó que nos largáramos.

Por ese solo tiro los vecinos tuvieron la excusa para denunciar que en nuestra casa había habido una balacera. Una patrulla se parqueó al frente y yo, desde el cuarto, vi a los escoltas hablando un rato largo con los policías. Fernanda me encontró pegado a la ventana cuando subió a llamarnos para que rezáramos juntos. Desde mucho tiempo antes, cuando supe lo que hacía Libardo, yo creía que era un atrevimiento pedirle cualquier cosa a Dios. No me sentía merecedor de su protección ni de sus favores. Y lo seguía creyendo en ese momento cuando Fernanda nos tomó de la mano, a Julio y a mí, y con los ojos cerrados pidió que Libardo regresara sano y salvo, lo más pronto posible. Lo pidió cada noche, aferrada a nosotros, convencida de que Dios también protegía a los mafiosos. En medio de la desazón, me daban ataques de risa cada vez que me acordaba del barullo que se armó por culpa del murciélago.

Esa noche, Pedro fue a visitarme. Fue uno de los pocos amigos del colegio que siguió yendo. En ese último año fue cuando comenzamos a llamarlo «el Dictador». Era todo un hijo de puta, pero también era cariñoso y leal, sobre todo conmigo. Seguramente porque desde niño le encantaba la plata, pero a mí me daba igual, ahí estaba él, siempre, cuando yo lo necesitaba, o cuando me sorprendía con visitas muy tarde en la noche, con una botella de trago, aunque tampoco le importaba sacarse una del estudio de Libardo para sentarnos a beber y a charlar.

—¿Ya hiciste tu testamento? —me preguntó Pedro.

—No jodás con eso.

—Todos andan diciendo que te van a matar.

—Es posible —le dije—. Pero ya no me importa.

—Dejame todo a mí, parcero —dijo Pedro.

—¿Qué es todo?

—El Rolex, tu equipo de sonido, tus motos…

—Dejá la güevonada.

—Están matando a todo el mundo, Larry.

—Entonces a vos también te pueden matar.

Chupó de una botella de brandy y luego me la pasó. Los dos tosimos por el golpe del alcohol. Luego me dijo:

—Vos sos muy de buenas. No tener que ir al colegio. Qué envidia.

—Esto aquí es un infierno, Pedro.

Levantó los hombros, despreocupado.

—En todas partes es así.

Volvimos a beber, volvimos a toser y a sacudirnos por el brandy en la garganta. Nos quedamos callados mirando la botella, hasta que le dije:

—Te voy a dejar todo.

—¿De verdad? —preguntó emocionado.

Asentí y él sonrió.

—¿Por escrito? —preguntó.

—Por escrito —le dije.

Entonces saltó hasta el escritorio, buscó una hoja y cogió un bolígrafo. Me los entregó y comenzó a dictar:

—Medellín, 2 de abril de 1994...

43

—¿Libardo? ¿Es usted, mijo? —pregunta la abuela.

—No, Mima, soy Julio.

La abuela, parada entre la puerta y el vano, bloquea la entrada y nos mira con desconfianza.

—Ay, mijo, me asustó —dice—. Sigan, sigan. ¿Por qué vino tan temprano, mijo?

—¿Temprano? —Julio mira su reloj y le da a la abuela un beso en la mejilla—. Ya son las diez, Mima.

La abuela me extiende la mano y me dice, buenos días, joven, bien pueda siga. Julio se detiene. ¿No lo reconoces, Mima?, le dice. La abuela me mira de arriba abajo y le dice a Julio, nunca vienes, y menos con amigos. Soy Larry, Mima, le digo. La abuela palidece. Es Larry, Mima, le dice Julio, y ella se lleva una mano al corazón y la otra a la boca. Ay, mijo, me dice la abuela, ¿qué está haciendo acá?, ¿qué pasó?, ¿qué me están ocultando? La casa me huele a humedad, a encierro, a casa de viejos. Es la casa adonde se mudaron después de lo de Libardo, pero por dentro es la misma casa de siempre, detenida en el tiempo.

—Ay, Dios —dice la abuela—. Pero sigan, sigan. ¿Ya desayunaron?

—Sí, Mima, gracias.

—Pero ¿qué pasó?, ¿por qué estás aquí, Larry? ¿Volviste del todo?

—No, Mima, solo vine a lo de mi papá.

—Ay, Dios.

Las cortinas son las mismas, más pesadas por el polvo que las cubre. Los muebles, los mismos Luis XV con los que acostumbraba descrestar la abuela. Son franceses, eran dizque de ese señor Luis, decía, originales. Lo único nuevo que veo es el altar, que tal vez no sea tan nuevo, pero yo no lo conocía. En una foto de un pliego, enmarcada en dorado, está Libardo, sonriente y alumbrado por velones de iglesia, perfumado con flores blancas. Se me pone la piel de gallina y el desayuno frena en seco en su recorrido por mis tripas.

—Ay, mijo, qué tragedia —me dice la abuela y me agarra las manos. Se le encharcan los ojos y la voz le sale gangosa y triste.

—Sí, Mima —le digo—, pero al menos ya...

¿Ya está muerto? ¿O ya sabemos que está muerto? ¿Qué le digo a la abuela para no atormentarla? ¿Qué me digo a mí mismo para expiar la culpa por la tranquilidad que siento? Ella guardaría la esperanza de otra posibilidad, que después de doce años nos hubieran avisado que Libardo estaba vivo, que había sobrevivido al asedio de los Pepes y se había escondido todo este tiempo, y que no se confundió y efectivamente era Libardo, y no Julio, el que apareció hace unos instantes frente a su puerta.

—¿Qué te pasa, Larry? —me pregunta la abuela y le dice a Julio—: Siéntelo allá, Julito, antes de que se caiga. —Le señala una poltrona y nos vuelve a preguntar—: ¿Seguro ya desayunaron? Ayer compré parva.

Me falta aire, eso es todo. No hay una sola ventana abierta. Las velas y las flores sueltan un olor a muerte.

—Ya les traigo jugo de mora —dice la abuela y le reclama a Julio—: No me volvió a traer guayabas de la finca, mijo, ni queso. —Hace una mueca de fastidio y pregunta—: ¿O será que la mamá de ustedes no lo deja traerme nada?

—No, Mima —le responde Julio—. Es que el verano nos ha golpeado mucho.

La abuela hace un gesto de no creerle y se va para la cocina.

Le pregunto a Julio dónde está el abuelo y él levanta los hombros. A ella no le gusta que él salga, me dice.

Quiero saludarlo, le digo. No te va a reconocer, me dice Julio. ¿Hace cuánto montó esto?, le pregunto y con la boca señalo el altar. Hace años, dice Julio. Yo no conocía esa foto, le digo. Yo tampoco, dice él, ella me la entregó para que se la mandara a ampliar, es una foto de una foto. Voy a abrir una ventana, le digo a Julio, y voy hasta la vidriera que da al balcón. Detrás de las cortinas hay un velo que alguna vez fue blanco. La vidriera está cerrada con llave, el balcón está lleno de materas con plantas que imploran agua. La abuela llega con una bandeja en la que hay un plato con galletas y dos vasos con jugo de mora.

—Listo, muchachos —dice—. Vengan. —Se queda mirando a Julio y le pregunta—: ¿Qué carga ahí, mijo? Suelte esa bolsa y tómese el juguito.

Julio me mira. La pregunta de sus ojos es, ¿le cuento a la abuela que aquí está su hijo? Mi respuesta es una mirada que no dice nada. Ella acomoda los vasos y el plato en la mesa de centro. La mano le tiembla al colocar cada cosa, pero se esmera en que todo quede bien puesto. Yo me arriesgo y le digo:

—Mima, tengo calor, ¿podemos abrir la ventana?

—Ay, no sé dónde puse la bendita llave. Ni siquiera he podido regar las matas, se me están muriendo. —Se queda pensativa un momento y luego añade—: Yo creo que ese maldito viejo me las embolató.

El maldito viejo es el abuelo.

—Tranquila, Mima.

—Voy a abrir la ventana del comedor, pero tómese el juguito que está frío y lo refresca. —Y a Julio le dice—: Suelte esa bolsa, mijo, acérquese.

—Mima —le dice Julio y me mira.

Ahora soy yo el que tiembla. Agarro el vaso y pruebo el jugo, aunque sea por hacer algo. Julio sigue:

—Aquí está el papá.

Levanta un poco la bolsa. La abuela no entiende y lo mira extrañada.

—Aquí está tu hijo —le dice Julio.

Suena patético, suena bíblico, absurdo, incómodo. Julio le extiende la bolsa roja y ella pregunta:

—¿Dónde? ¿Dónde está?

—Aquí.

—¿Ahí?

A ella le contaron que habían encontrado los restos de Libardo, y desde el primer momento los desafió. ¿Y yo cómo sé que es él? Porque ya cotejaron los datos. ¿Cuáles datos?, preguntó ella. El ADN. ¿Y eso qué es? Es como una identificación que todos los humanos tenemos en el cuerpo. ¿Y dónde la tenemos?, había preguntado ella. En el cuerpo, en la piel, en el pelo, en los huesos. Pues yo para saber si es él necesito verlo. Pero es que a lo mejor no hay nada, trató de explicarle Julio, hay que confiar en lo del ADN, yo les dejé mi muestra para que la cotejaran si algún día aparecía. Ay, mijo, no me enrede con esas cosas, le dijo la abuela, muy ofuscada, y añadió, yo con solo verlo sé si es él, a fin de cuentas es mi hijo.

—Aquí está, Mima —le dice Julio y le extiende la bolsa, como entregándole un regalo.

La abuela tambalea, no sabe qué hacer con las manos, si llevárselas a la boca, si ponerlas sobre el pecho, si abanicarse con ellas, o limpiarse las lágrimas, o usarlas como apoyo para no irse al suelo. Enmudece, se ahoga con sus propias palabras. Julio da un paso hacia ella y ella da un paso hacia atrás.

—¿Estás bien, Mima?

Ella niega con la cabeza y señala la bolsa roja. Li, Li, Li, intenta decir. Yo la sostengo y trato de llevarla hasta un asiento. De repente, desde algún lado, truena una voz que dice, ¿dónde está Carmenza, la mensa?, ¿dónde está Carmenza, la mensa? La abuela por fin sabe qué hacer con las manos. Se tapa los oídos. Y suplica, cállenlo, por favor. Sacude la cabeza para eludir la voz del abuelo que sigue vociferando, ¿dónde está Carmenza, la mensa?

—¿Dónde está? —pregunta Julio.

—En la cocina —responde la abuela.

Julio amaga con ir a buscarlo, pero le hago una seña para que me deje hacerlo. Y allá lo encuentro. Está en piyama y tiene el pelo revuelto, como si se acabara de levantar. Palmea sobre la mesa del comedor auxiliar y entona, ¿dónde está Carmenza, la mensa?, pero apenas me ve se queda callado, mirándome con sus ojos amarillos. Parpadea con dificultad por la molestia que le causan los terigios, que lo tienen casi ciego. Sin embargo, me sonríe.

—Hola, abuelo —le digo.

Se ríe. No le queda ni un diente. Tal vez nunca los tuvo. Quiero decir, tal vez antes usaba una prótesis y ahora ni siquiera se preocupa por usarla. Babea. Tiene manchas de comida chorreada en la camisa de su piyama. Deja de reírse aunque no para de escrutarme de arriba abajo.

—Soy Larry, abuelo.

Levanta las cejas, abre un poco la boca y suelta un vaho. Pronuncia algo parecido a mi nombre. En algún rincón de su memoria le habrán detonado mi cara o mi voz para decirle, es Larry, el de Libardo.

—Ayer llegué de Londres —le digo.

El abuelo levanta el brazo, con lentitud, y señala las alacenas. No veo nada que sea digno de ser señalado, solo frascos, ollas tiznadas, un arrume de platos sucios, una canasta llena de bananos con la piel negra.

—¿Necesitas algo? —le pregunto.

El dedo que señala tiene la uña larga. La mano le tiembla y su voz no logra armar lo que quiere decirme. Ya no tiene la desenvoltura con la que provocó a la abuela, gritándole, ¿dónde está Carmenza, la mensa? Ahora parece un niño consentido que busca llamar la atención hablando a media lengua.

—¿Qué quieres, abuelo?

Ya ni siquiera intenta hablar, parece una máscara con la mueca de la tragedia, se lamenta sin bajar el dedo, mirándome a mí y mirando la alacena.

—¿Quieres comer algo, abuelo?

Su lamento suena a queja. Su dedo viejo se parece al que levanta Dios cuando castiga. Sus ojos me miran con expresión de advertencia. Me acerco a las alacenas altas, junto a la estufa, y le pregunto:

—¿Aquí?

El abuelo niega con la cabeza. Le señalo las de abajo y vuelve a negar. Intenta levantar un poco más el brazo, yo le muestro la alacena alta. El abuelo asiente. Abro las puertas y solo hay tarros viejos de vidrio y de lata, llenos de algo, de comida y de tiempo.

—Detrás —dice el abuelo, clarito, con la pronunciación perfecta.

Aparto los frascos para mirar hacia el fondo y ahí, reposando a la sombra, veo un revólver viejo, que ni siquiera tiene tambor. Miro al abuelo y él me devuelve la mirada con los ojos muy abiertos, traslúcidos y llenos de miedo.

—¿De quién es? —le pregunto y cierro la alacena.

El abuelo mira hacia donde queda el salón, donde están Julio y la abuela susurrando alrededor de una bolsa con huesos.

—Me va a matar —dice bajito el abuelo.

Ahora usa el dedo para indicarme que no diga nada. O porque de tanto vivir con ella sabe lo que va a pasar, que ella, movida por la curiosidad de nuestro silencio, entrará en ese instante, como efectivamente lo hace, a preguntar:

—¿Qué está pasando?

—Nada, Mima. Aquí saludando al abuelo.

—¿Te reconoció? —pregunta, sin importarle que él esté ahí.

—Claro, Mima.

—¿Sí ves? —dice—. Todo es una patraña para manipularnos. —Cambia el tono y me suplica—: Venga, Larry,

216

y dígale a su hermano que me deje aquí a su papá. Él insiste en llevárselo a la mujer esa.

La mujer esa es Fernanda. No solo la desprecia al mencionarla sin decir su nombre, sino que también hace un gesto de fastidio que me hace doler el alma. Julio entra con la bolsa.

—No, Mima, no inventes —le dice. Me mira y me explica—: Solo quiero llevármelo para buscarle algo decente en qué guardarlo.

—Claro —dice la abuela, cruzada de brazos—. Como yo nací ayer.

—No te lo puedo dejar. —Julio intenta convencerla—. Tengo que llevarlo para estar seguro de que quepa donde vamos a meterlo. El papá se merece algo digno y cómodo.

—¿Qué más cómodo que su propia casa? —lo desafía la abuela. Nos desafía a todos suprimiendo de la historia de Libardo la que realmente fue su casa, la nuestra, la que construyó para nosotros.

La tensión del momento se multiplica con el estruendo de las patas de un taburete resonando contra el piso. El abuelo se ha puesto de pie y, otra vez con el mismo dedo, señala la bolsa roja que carga Julio.

—¿Es él? —le pregunta a Julio.

—Hola, abuelo —le dice mi hermano, como si apenas acabara de verlo.

—No le hagan caso —nos dice la abuela—. Él no sabe lo que está pasando.

—¿Es Libardo? —pregunta otra vez el abuelo.

La abuela lo enfrenta y le ordena que se vaya para el cuarto, que la deje vivir tranquila, que no moleste más, le dice que huele inmundo, que se limpie, que se afeite, que se acueste, que se muera. Yo miro al abuelo y pienso en el revólver que ella esconde. Él me mira, también a Julio, y en esa mirada viscosa descifro muchas quejas y una historia que lo avergüenza. Y pienso, me pregunto, cómo hizo

217

el abuelo para deducir que hablábamos de Libardo y que discutíamos sobre dónde dejar sus restos, y cómo adivinó que en esa bolsa plástica estaba su hijo, al que habrá llorado tanto, así la abuela insista en que el abuelo no sabe dónde está parado.

—Mima —le dice Julio, en un tono muy pausado—, vas a poder estar con él siempre, pero ahora necesito llevármelo…

—Es mi hijo —lo interrumpe el abuelo.

—Vamos a buscarle algo para depositarlo, algo que él se merezca —le dice Julio, que, poco a poco, va perdiendo la compostura.

—¿Dónde lo vas a meter, ah? —le pregunta la abuela, y Julio se sale de la ropa.

—Yo qué sé, maldita sea —dice—. Es la primera vez que se me muere un papá. Yo no sé qué hace uno con los muertos, pero no podemos dejarlo en esta bolsa. Una caja, un cofre, una urna, qué sé yo…

—Julio… —intento tranquilizarlo.

—¿Qué, qué, qué? —me desafía y aprieta un puño de la mano.

—Cálmate.

—Mi hijo —dice el abuelo y pone otra vez el gesto de máscara triste.

Julio explota como un cohete sin mecha, como si fuera yo o Fernanda o cualquiera que renegara por el regreso de Libardo muerto al mundo de los vivos.

—Una caja de cartón o una caneca —grita Julio—. Por mí que lo hubieran dejado en el basurero donde lo encontraron, ahí es donde siempre tendría que haber estado.

Le doy la espalda para no aguantarme su rabieta. Hasta que oigo un golpe que lo calla, una cachetada seca, un Dios mío de la abuela que me hace voltearme y descubrir que no fue ella sino el abuelo el que le dio el golpe. Julio lo mira perplejo y el abuelo le devuelve la mirada, iracundo.

Regresó de otro planeta, o de la galaxia donde lo confinó la abuela, para recriminarle a su nieto:

—A tu papá lo respetas, carajito.

44

Nos llegó la foto de Benito descosido a balazos, como si el tiro que le pegaron en la mitad de la frente no hubiera sido suficiente para matarlo. Y junto a él un cartelito escrito con saña en el que lo acusaban de asesino, de lameculos, de soplón, aunque en la última frase estaba la razón por la que lo habían matado: por ser amigo de Pablo. De puro milagro, o porque no les quedó espacio, no escribieron «y de Libardo».

Benito adoraba a mi papá, y él a Benito, así que también era posible que hubieran hecho un pacto de no sapearse y, efectivamente, habrían salido de Benito solo por su cercanía a Escobar. Pero al enviarnos la foto, incluso varios días antes de que la policía encontrara su cadáver, el mensaje era claro: no solo sabían del vínculo de Benito con el patrón, sino también del de Benito con Libardo. Lo que nos seguía extrañando era que el único que no aparecía, ni vivo ni muerto, era Libardo, ni siquiera en las fotos espeluznantes con las que ellos se ufanaban de sus venganzas.

Para Fernanda fue fulminante. Siempre renegó de Benito porque le acolitaba las aventuras a Libardo, llegó a insultarlo, a echarlo de la casa y en los últimos días hasta alcanzó a sospechar de él, pero en el fondo sabía que eran como hermanos y que Benito era el único en quien podía confiar ahora. Cuando logró parar de llorar, Fernanda nos dijo:

—Voy a buscarlos y les voy a preguntar qué más quieren. Que se queden con todo pero que nos dejen vivos, porque después de esto ya no les queda sino venir por nosotros.

—¿Con quién vas a hablar? —le preguntó Julio.

—Pues con ellos.

—¿Y quiénes son?

—Los que han estado llamando, y la próxima vez voy a ser muy clara con ellos.

—Ni siquiera sabemos si los que llaman lo tienen —le dije.

—Mira —me dijo—, eso creía Benito y ellos mismos lo mataron.

—¿Cómo sabes que fueron los mismos?

Fernanda se agarró el pelo con las dos manos como si fuera a arrancárselo. Gimió con rabia, pataleó contra el suelo, parecía una niña en la mitad de un berrinche, pero lo que tenía era miedo. Teníamos miedo. Se sentía sola. La vencían la impotencia o la carga de tener que lidiar con dos hijos, aunque no sospechaba que, ya desde antes, Julio y yo no sabíamos cómo lidiar con ella. Ni ella ni Julio ni yo sabíamos qué hacer y eso era lo que nos asustaba, lo que ellos querían, lo que consiguieron.

El enredo no paró ahí. El hombre con el que hablaba Fernanda, Rómulo, no supo a qué se refería ella cuando le contó de la foto de Benito. Ni siquiera sabía quién era Benito. Y hasta le reviró: a mí no me confunda, señora, le dijo, que yo solo estoy a cargo de su marido y puedo hacer con él lo que me dé la gana, puedo soltarlo si usted me da lo que pido o puedo matarlo si usted no me colabora. ¿Cómo voy a pagarle si no me ha mandado una prueba de vida?, le reclamó Fernanda. Porque tengo a la policía respirándome en la nuca, le respondió Rómulo, pero eso sí, antes de que me agarren yo me lo cargo a él, dijo y colgó.

Ningún otro amigo de Libardo le inspiraba confianza a Fernanda. Ella los recibía, les oía lo que tenían que decir, pero nunca les contó lo que pensaba. Ella, Julio y yo éramos los que discutíamos los planes, aunque, en realidad, planes no había. Pensábamos en voz alta, eso era lo que hacíamos.

Fernanda decidió que buscaría una salida en el estudio de Libardo. Vació los cajones, sacó las cartas de sus sobres y los documentos de las carpetas. Juntó en una pila las cuentas de cobro, en otra las facturas, recibos, y puso aparte las notas escritas a mano con la caligrafía burda de Libardo. Arrumó con recelo las tarjetas de presentación, tal vez entre esa gente estaba el culpable, el informante, el sapo, el victimario. Organizó los objetos, cada cosa, cada adorno, cuanta maricada Libardo tuviera en los cajones o en las repisas. Y las armas que Libardo guardaba con abnegación. La Luger que le vendió un coleccionista ruso, otra que parecía media pistola porque no tenía cañón, dos más de las de ahora: una con el silenciador puesto y la otra con las iniciales LV.

Todo quedó expuesto y no había en el estudio de Libardo un solo espacio libre para poner un pie. Ella andaba descalza para caminar sobre los papeles sin estropearlos. Julio y yo no tuvimos necesidad de mirarnos para coincidir en lo que pensábamos y sentíamos. Sobre todo, porque en una esquina del escritorio destellaba un vaso con hielo, lleno de algo, de vodka, de ginebra, ron blanco, de cualquier cosa que la hiciera tambalear mientras daba zancadas sobre el reguero de papeles y repetía:

—Aquí está todo, chicos, aquí están la verdad y las respuestas.

Ahí estaba en el suelo parte de la vida desordenada de Libardo. Papeles que eran como fichas de un rompecabezas que solo él habría podido armar. Me saqué los zapatos y caminé entre los morros de documentos, mirando, a vuelo de pájaro, cifras, nombres, membretes, firmas de desconocidos junto a las de él, huellas digitales que sellaban pactos, mapas, papelitos con notas y hasta servilletas con algún número de teléfono. Nada me decía nada. Nada era familiar excepto las armas, que aunque no las conocía eran como ver el cepillo de dientes de Libardo.

—¿Y encontraste algo raro? —le preguntó Julio a Fernanda.

223

Ella bebió, hizo un movimiento en el aire, con la mano, como espantando una mosca, y dijo:

—La verdad, todo es raro.

Algo crujió bajo mi pie, debajo de un recibo amarillo, y alcancé a pensar que era una señal que Libardo me enviaba. La respuesta, hijo mío, está ahí, bajo tu dedo gordo. Así que me agaché, levanté el papel con la esperanza de encontrar en él la solución a nuestro drama, pero lo que había crujido eran unas gafas de aumento, de esas que Libardo mantenía por todos lados, porque siempre se olvidaba de dónde las había dejado. El lente quedó roto y una pata saltó lejos. Fernanda me reclamó:

—¿Qué hiciste?

—No las vi. Estaban tapadas.

Aunque Libardo no me envió ningún mensaje, sí me llegó un destello de lucidez para entender que lo que había ahí regado no iba a aportar nada nuevo a lo que ya sabíamos. Esa información podría servirnos en un futuro, cuando tuviéramos que echar mano de cualquier recurso para seguir adelante, pero en lo referente a la situación de Libardo, nada en esos arrumes nos iba a ayudar.

—Ma —le dije—, aquí no hay nada.

—Pero si apenas has echado un vistazo, culicagado.

—Si lo que quieres es encontrarlo, aquí no está.

—Larry tiene razón, ma —le dijo Julio—. Siempre hemos sabido quién lo tiene.

Fernanda bebió. Se sacudió el pelo, altiva, dispuesta a defender la tarea que había hecho encerrada toda una semana en el estudio. Apoyó las nalgas en el escritorio y dijo:

—Qué maravilla que mis hijos sepan tanto. Entonces yo ahora me voy a descansar y ustedes me despiertan cuando el papá vuelva.

—Ma —le dije—, una cosa es que sepamos quién lo tiene y otra, muy distinta, que podamos hacer que vuelva.

—En todos estos papeles seguramente hay información muy importante —le dijo Julio—, pero lo que necesitamos es ponernos en contacto con alguno de ellos que sea muy pesado.

—Ah, pesado —dijo Fernanda.

—Sí, tú debes de conocer alguno.

Fernanda bebió hasta el fondo. Se contenía y resoplaba. Se habrá sentido inútil, nada más que una exreina de belleza.

—Acuérdate que no hace mucho tiempo todos eran los mismos, estaban del mismo lado —le dije.

—Y el que te está llamando no es el que tiene al papá —le dijo Julio.

—Ah, ¿no? —dijo Fernanda—. ¿Y qué más saben los niños sabios?

Julio y yo nos miramos y entendimos que era mejor esperar a que ella no estuviera bebiendo. Aunque yo sabía, tal como ella y como Julio, que cada minuto que dejáramos pasar era un minuto menos de vida para Libardo.

45

La abuela nos sirve té de tilo para calmar los nervios. Ella también toma y lo poco que queda en la olla se lo da al abuelo. Libardo, en la bolsa, reposa en otro sillón. La abuela nos cuenta que antes tenía una jarrita de plata, divina, que solamente usaba para servir té, pero que le ha tocado ir saliendo de toda la platería para sobrevivir y para pagarle los tratamientos al abuelo. Tuerce la boca para señalarlo, aunque él anda abstraído mirando el fondo del pocillo. Julio se da por aludido cuando ella menciona sus problemas de dinero.

—La situación está muy complicada, Mima —le dice—. No es solo por el verano sino porque también tenemos problemas de orden público. Sacar a esos revoltosos nos ha costado un ojo de la cara, pero ahí vamos.

—No es por menospreciarte, mijito —le dice la abuela—, pero ese problema lo habría arreglado tu papá en un dos por tres.

—Ya estamos en esas, Mima, tenemos gente dura con nosotros, pero toca hacerle con cuidado.

—Yo sé, mijo.

—Nada es fácil, Mima.

—Engordar —dice ella.

El abuelo suelta una carcajada y nos dice, como revelando un secreto:

—Carmenza está gordísima.

La abuela lo calla con un shhh.

Me levanto a ver si damos por terminado este encuentro. No vine, propiamente, a traerles los restos de Libardo. Voy derecho hasta una repisa y agarro un portarretrato grande con la foto de una niña que mira como lo hacía Libardo.

—¿Cómo se llama? —le pregunto a la abuela.

—Deja eso, Larry —me dice Julio.

—Rosa Marcela —responde la abuela y me pregunta sorprendida—: ¿No sabías?

—Lo supe hoy —le digo.

—Larry —insiste Julio.

—Déjame —le digo.

—¿No cierto que es igualita a él? —me pregunta la abuela.

Miro otra vez la foto y le digo:

—Tienen la misma mirada.

—Y la misma risa —dice la abuela, con voz dulce.

—¿Sabes dónde vive?

—Larry.

—Déjalo, Julio, él también tiene derecho a saberlo todo —le reclama la abuela y me dice—: Claro que sé, querido, voy mucho a hacerle la visita y ella también viene aquí, aunque le tiene mucho miedo a este. —Otra vez señala al abuelo con la boca y añade—: Y Vanesa también es un amor.

—¿Quién es Vanesa? —le pregunto.

—Pues la mamá de Rosa Marcela. ¿Tampoco sabías eso?

A la abuela le brillan los ojos. Nunca dijo nada parecido de Fernanda. Julio se pone de pie y deja la taza sobre la mesa de centro. La abuela bebe su té como si fuera un elíxir.

—Nos vamos, Mima —dice Julio.

—¿Quieres ir a verla? —me pregunta la abuela. Julio me mira enojado.

—Sí quiero.

—Espérate —dice ella y se levanta. Se desplaza con suavidad, como una dulce abuelita que se esmera en consentir a su nieto, y entra a la cocina. Julio me dice:

228

—Dejá la güevonada, Larry, que nos tenemos que ir. Todavía nos queda mucho por hacer.

—Es un minuto nomás —le digo.

—No le des cuerda a la abuela —me dice—. No sabés lo caro que nos puede salir este embeleco.

—¿Caro?

—Sí, güevón, muy caro —me dice, calentándose—. ¿Estás dispuesto a compartir lo poquito que nos dejó Libardo con esa culicagada? La mamá anda detrás de eso, por si tampoco lo sabías.

La abuela sale de la cocina, abanicándose con un papelito rosado y sonriendo como una veinteañera.

—Aquí está —me dice—, y también te puse el teléfono, por si acaso.

Miro la información para tratar de ubicar por dónde viven. Julio agarra la bolsa. La abuela lo enfrenta.

—¿Para dónde vas con él? —le pregunta.

—Ya te dije. Vamos a buscarle algo para guardarlo.

—Él no se va de aquí —ordena la abuela.

—¿Vamos a seguir alegando lo mismo? —le responde Julio.

Ella se lleva la mano al pecho y dice:

—Me va a dar algo.

—Por la tarde te lo traigo —le dice Julio.

A todas estas, el abuelo se ha quedado dormido con el pocillo entre las piernas.

—Me va a dar algo, muchachos —repite la abuela. Julio no hace nada. Yo me acerco y le pido que se siente.

—Vamos, Larry —me dice Julio y sale decidido hacia la puerta.

—Ay, mijo, ay.

La abuela busca aire. Julio busca la salida. Yo, que me trague la tierra. Julio se da vuelta y me mira. Me domina con un gesto. Paso cerca del abuelo y le acaricio las greñas que le quedan en la cabeza, recojo su pocillo y lo dejo en la mesa. Miro la foto de Rosa Marcela, a la abuela desvanecida en una poltrona, al abuelo que ronca, a mi hermano que sale con Libardo bajo el brazo. Y lo sigo porque, como dicen, en tierra de ciegos, el tuerto es rey.

46

De pronto, comenzaron a frecuentar la casa hombres que no habíamos visto antes. Fernanda decía que eran abogados importantes o personas que conocían mucho el medio. Yo me quedé con la duda de si se refería al medio de los abogados o al de los narcos. Preferí no preguntar. Con tal de que Libardo apareciera, no me importaba a quién tuviera que recurrir. Hasta al mismo diablo le habría dado la bienvenida a la casa con tal de recuperar a Libardo. Guardaba la esperanza de que si aparecía, nos iríamos a vivir a otro país en donde comenzaríamos una vida distinta. Sin embargo, por las noticias que nos llegaron sobre la familia de Escobar, entendí que no era tan fácil deshacerse del pasado. Claro que Escobar era Escobar; vivo o muerto su nombre había partido en dos la historia de Colombia. Libardo, en cambio, era un personaje secundario, en otros países ni sabrían quién era y eso me alimentaba la esperanza. Pero entraban hombres, salían, llamaban y mi papá seguía sin aparecer.

Otra decisión tajante de Fernanda fue sacar a Dengue de su puesto de jefe de seguridad. No lo despidió sino que lo relegó a la vigilancia de la casa, y a otro, a Albeiro, lo designó como su escolta personal.

—Todavía no entiendo por qué Dengue dejó solo a Libardo ese día —nos dijo, y se le agotaba el aire cuando pronunciaba «ese día».

Dengue, a su vez, como se mantenía en la casa, aprovechaba para desahogarse con nosotros. O para confundirnos, porque nos ponía a dudar de las decisiones de Fernanda. Que él podía llegar a los hombres que lo tenían, que le habían pasado información de primera mano, que en la policía todavía lo respetaban, que si la patrona lo hubiera dejado terminar su labor, Libardo ya estaría con nosotros. Me buscaba más a mí que a Julio para quejarse.

Yo aproveché el desespero de Dengue para calmar el mío. El encierro me tenía enfermo, no me dejaban salir ni a la esquina. Entonces le dije a Dengue:

—Yo puedo hablar con ella, pero necesito un favor tuyo. Tengo que salir, ir adonde mis amigos, necesito salir de esta casa un rato, todos los días.

Él estaba tan agobiado con el encierro como yo, así que apenas salía Fernanda, me botaba en el asiento de atrás y me iba con Dengue a patrullar por Medellín. Fui a visitar a Henríquez, a Posada, a muchos otros, pero el único que me recibía con ganas era Pedro, el Dictador.

—¿Y no tenés una noviecita? —me preguntó Dengue, mirándome por el espejo retrovisor.

No tenía novia ni ganas de tenerla. Dengue me insinuó que si quería mujeres, él podía llevarme donde las mejores.

—Me imagino las ganas aguantadas que debés tener —me dijo.

Era verdad, pero la situación no estaba para putas. Y menos con las que se acostaba Dengue. Me conformé con seguir visitando a Pedro, que me recibía con un abrazo, y lo invitaba a que se subiera a la camioneta para dar vueltas por ahí. Comprábamos aguardiente y nos íbamos atrás bebiendo, chismoseando, viendo por las ventanillas cómo se iba desmoronando Medellín.

Dengue se las ingeniaba para averiguar dónde andaba Fernanda y llegar antes que ella. Nunca me pilló ni se enteró de que yo llegaba borracho. Me encerraba y ella lo veía como algo normal. Pobres chicos, decía, los está matando la depresión. Dengue me contó que Julio hacía lo mismo, pero a él sí lo dejaba en la casa de la novia. Hasta donde yo sabía, Julio no tenía novia, pero ni le pregunté ni me importó.

Unas semanas después, Dengue no quiso llevarme a ningún lado. Me dijo que no podía, sin darme explicaciones, aunque yo sabía qué le pasaba: estaba exigiendo mi parte del trato, mi mediación para que Fernanda lo reintegrara a la búsqueda de Libardo. Entonces lo intenté.

—Ma —le dije—, Dengue quiere mucho al papá y ha seguido averiguando cosas, y pues, yo estaba pensando…

Se quitó las gafas con las que estaba leyendo un documento, y con el solo gesto supe que no debería decir nada más. Ladeó la cabeza y me preguntó:

—¿Qué haces tú hablando con un bandido como Dengue?

—Él trabaja para nosotros.

—Sí, porque cuando tu papá vuelva Dengue tiene que estar aquí, pero si por mí fuera… —Volvió a la lectura y, sin mirarme, añadió—: Libardo tiene que encontrar todo como lo dejó.

—¿De verdad crees que va a volver?

—Claro que sí —dijo, metida otra vez en el documento.

Los días se volvieron más densos y lentos, cada hora que pasaba era más pegajosa que la otra. Sin darnos cuenta, el horario se fue alterando, pasábamos más tiempo despiertos en la noche y nos levantábamos tarde en la mañana. En las pocas horas que lograba dormir, soñaba con Libardo. Sueños raros, como lo son todos. Fernanda y Julio también soñaban con él, pero no compartíamos lo que soñábamos. Únicamente alguno decía, anoche soñé con él. Eso era todo. Con la realidad teníamos como para complicarla más con los enredos de un sueño. Fernanda, por cuenta propia, nos aumentó la dosis de Lexotan. De media pastilla diaria pasamos a una entera, que para que durmiéramos mejor, nos dijo. Ella, desde hacía tiempo, ya se había aumentado su dosis.

Dejamos de hablar entre nosotros. Fernanda se la pasaba encerrada en el estudio de Libardo, mirando papeles con sus «abogados». Yo estudiaba a ratos, veía televisión, aunque lo que más hacía era mirar para el techo. Ya tarde en la noche cruzábamos algunas frases, Julio y yo intentábamos que Fernanda nos pusiera al tanto de lo que pasaba. Ella respondía lo mismo de siempre, todo va a salir bien, chicos, con la ayuda de Dios. En otras palabras, Fernanda estaba esperando un milagro, y nos lo corroboró la tarde en que llegó con un hombre muy diferente a los otros. Este era pequeñito y feo. Nos lo presentó y dijo:

—Sigan en sus cosas. El señor Iván va a estar por ahí, trabajando solo.

Había ido tanta gente extraña que no me pareció raro que uno nuevo estuviera rondando por ahí, hasta cuando vimos que el señor Iván blandía una antorcha que botaba humo negro, sonaba una campana con la otra mano y recitaba oraciones en algún dialecto. Asfixiados por el humo, criadas, escoltas, mi hermano y yo salimos al jardín a tomar aire. Julio me susurró, la mamá está loca, y ella nos ordenó a todos:

—Vuelvan a entrar que el señor Iván necesita estar solo en el jardín.

Lo vimos caminar meciendo un péndulo, hasta que se quedó quieto y se agachó. Comenzó a cavar con una pala, arrodillado en el pasto. Al rato le hizo una seña a Fernanda para que se acercara. Le mostró algo y ella se llevó las manos a la boca. Julio y yo salimos para ver lo que el señor Iván había encontrado: un entierro, un envuelto diminuto lleno de monedas viejas y de pelos. Le pregunté si esos pelos eran de Libardo. Probablemente, me dijo. ¿Y esas monedas qué son?, le preguntó Julio. Alguien les quiere hacer mucho daño, dijo el señor Iván. Ya nos lo hicieron, dije, y Fernanda me miró furiosa. Luego ella le preguntó:

—¿Y ahora qué?

—Ahora quemamos esto para que don Libardo vuelva pronto —dijo él, empuñando el paquetico.

La casa se impregnó de un olor empalagoso y los techos quedaron tiznados por el humo de la antorcha. Durante días siguieron saltando pavesas de todos los rincones. Sin embargo, hay que reconocer que el humo santo y la quema del embrujo dieron resultado, aunque mucho más tarde de lo prometido. Libardo apareció, aunque muerto, y doce años después de que nos visitara el tal señor Iván.

47

Ya salgo, grita Fernanda desde el cuarto, y Julio y yo la esperamos en la sala, atestada de cajas sin desempacar. De la casa de antes se trajo un sofá de dos puestos y el sillón que había en el estudio de Libardo. Además hay un televisor, un teléfono y el computador portátil por donde hablaba conmigo, y un desorden de cosas que parece que no hubieran encontrado su lugar. Justo al lado puso un comedor pequeño. Oímos pasos de tacones y Julio y yo nos miramos. Fernanda aparece con un vestido azul, muy ceñido, y con zapatos de tacón alto.

—¿Dónde está? —nos pregunta, sobresaltada—. No se lo habrán dejado a su abuela.

—Está en el carro —le responde Julio.

—Ah, bueno —dice Fernanda y se sienta junto a mí en el sofá—. ¿Qué van a hacer con él?

—Toca buscarle algo —dice Julio—. Ahora está en una bolsa.

Fernanda toma aire profundo, como evitando el llanto. Está maquillada, tiene rímel en las pestañas y se ventila los ojos con la mano.

—¿Y cómo está? —pregunta ella, dudosa—. ¿Lo vieron?

—Sí —le digo.

—No está completo —dice Julio.

—Dios mío —exclama Fernanda y no puede contener las lágrimas.

—Si te tranquiliza, no había marcas de violencia en lo que nos entregaron —le dice Julio.

—No me cuentes más —le pide Fernanda. Se limpia los párpados y se mira los dedos para ver si quedaron untados de pestañina. Nos dice—: No he podido organizar la misa. El padre Diego no me contesta, pero ya le dejé un mensaje.

—Yo me voy esta noche —dice Julio.

Fernanda levanta la voz:

—Tú no te vas para ningún lado hasta que lo despidamos como se merece.

—El papá no iba a misa —le reclama Julio.

—Pero era muy devoto —dice Fernanda.

—¿De quién? —pregunta Julio—. ¿O de qué? Porque en lo único que creía era en la plata.

—Paren ya —les digo.

Se quedan en silencio como niños regañados. Fernanda se levanta, esculca en una caja de cartón y toma un paquete de cigarrillos.

—¿Ya desayunaron? —nos pregunta.

Asentimos. Ella dice que de todas maneras va a hacer café y sale taconeando hacia la cocina. Julio me susurra, ya lleva cuatro años en este apartamento y todavía tiene estas cajas cerradas. ¿Y qué tienen?, le pregunto. Cosas de ella, dice él, cosas de la casa. ¿Necesitará ayuda?, pregunto. Ayuda tiene, dice Julio, hay una señora que viene tres veces a la semana y yo también me he ofrecido. Es más, añade, en la finca tiene otra tanda de cajas . Tal vez ahora que yo estoy aquí…, digo. Fernanda tararea una canción desde la cocina, una canción romántica ochentera. ¿Qué hace todo el día?, le pregunto a Julio. Jum, exclama y levanta los hombros. Lo único que sé es que se la pasa pidiéndome plata, añade Julio. ¿Y le das? Lo que se pueda, dice, le doy una cantidad fija cada mes, pero dizque no le alcanza.

—¿Están hablando de mí? —nos pregunta Fernanda. No sentimos sus pasos, aparece ahí como un gato.

—Le estaba diciendo a Julio que en estos días puedo ayudarte a desempacar estas cajas.

—Gracias, corazón —me dice—, pero el problema no es desempacarlas, sino dónde acomodar lo que hay ahí.

¿Ya viste el tamaño de los armarios? La cocina ni siquiera tiene despensa.

—Entonces, ¿por qué no vendes todo esto? —le pregunta Julio—. ¿Para qué tenerlo guardado?

—Mi amor, ahí hay cosas que ya no se consiguen —le dice Fernanda y nos pregunta—: ¿Quién va a tomar café?

Ni siquiera espera la respuesta. Gira y sale, como cuando desfilaba en las pasarelas, la señorita Medellín 1973.

Tantos años, tanto tiempo, para que todo siga igual. O peor. Una reina de belleza que envejece, un hermano que se refugia en una finca que ha convertido en su pequeño reino, una ciudad que repite su historia, un país inviable que marcha hacia atrás, un planeta de odio y guerras. Un padre muerto que se resiste a morir, un imbécil que se enamora de una desconocida en un avión. Dan ganas de vomitar, de no existir.

Pero huele a café y el aroma me reconcilia. A fin de cuentas, no estaba tan mal en Londres. Tenía a Maggie y todavía tengo un trabajo que me espera. Un apartamento pequeño en un barrio digno, el bus pasa cerca, el mercado no está tan lejos, puedo caminar hasta Finsbury Park y los domingos en la tarde puedo seguir yendo a ver cine en el Everyman de Hampstead. Puedo volverme a enamorar de una inglesa, de una rusa, una india o una serbia. Si Maggie me quiso, otra también puede quererme. Lo que necesito ahora es dormir. Que Fernanda se tome su café y programe la misa, que Julio reniegue y se vaya, o que se quede y durmamos juntos como a veces lo hacíamos de niños, que Medellín se pudra, que a Colombia se la termine de devorar el odio, que el mundo reviente. Fernanda se ríe a carcajadas, sola en la cocina. ¿Sola? Yo me voy a dormir porque llevo despierto más horas de las que cualquiera puede aguantar.

—¿Vamos? —me pregunta Julio.

—¿Para dónde?

—Pues a buscarle algo al papá.

—¿Y uno adónde va? ¿Qué le busca?

Julio se encoge de hombros. Fernanda suelta otra carcajada y él se desespera y se pone de pie.

—Vámonos de aquí.

Voy a la cocina para despedirme de Fernanda y la encuentro de espaldas, hablando por teléfono. Con la punta de un pie se soba la pantorrilla. Loco, le dice a alguien. Se ríe y le repite, loco.

—Ma.

Se da vuelta, me mira, abre una alacena y saca tres pocillos. Aquí está Larry, le dice a la persona con la que habla, tengo que colgar.

—Acaba de subir —me dice, refiriéndose al café.

Ese aroma.

—¿Qué hacemos con el papá? —le pregunto. Ella sirve café—. Yo no voy a tomar —le digo—. Voy a acostarme un rato.

—¿Y Julio?

—Él ya se va. ¿Qué se te ocurre para guardar al papá?

—A Libardo hay que darle cristiana sepultura.

—¿Enterrarlo?

Por la mente se me pasa decirle que Libardo pasó doce años enterrado.

—En ese estado no se entierra a nadie —le digo—. Más bien se desentierra y se lleva a otra parte. A un osario, no sé, a cualquier otro lado.

—Pero él no tuvo cristiana sepultura —se lamenta, y a mí comienza a enervarme que siga diciendo «cristiana sepultura», como si me hablara un cura.

—Lo más práctico es cremarlo —le digo.

—¿Lo más práctico? ¿Estás hablando de tu papá? —me pregunta con un tono indignado, luego habla fuerte—: ¡Julio! ¿Vas a tomar café?

Julio entra y Fernanda le comenta:

—Este dice que lo más práctico es cremar a Libardo.

—Ma —intento decir algo.

—A mí me da lo mismo —dice Julio—. Pero para cremarlo toca esperar porque falta un documento de la Fiscalía.

Fernanda le extiende un café pero Julio lo rechaza. Me lo ofrece a mí y le digo que no. Pero ese aroma. Se lo recibo y me llevo la taza a la nariz.

—Libardo no ha podido descansar como Dios manda —dice Fernanda—. Se merece que le demos cristiana sepultura.

—No digas más así, por favor —le pido.

—¿Que no diga qué?

—Di que hay que enterrarlo, y punto.

—¿Pero acaso no me estás diciendo que hay que cremarlo?

Este aroma que perfuma mi cansancio. Este sueño que no me deja estar parado. Una mamá que le dice loco a alguien y se ríe. La Fiscalía que no nos deja cremar todavía a Libardo. Un hermano exasperado. Un sorbo de café que me calienta la boca, que lisonjea en mi lengua y desordena mis neuronas. El olor a pólvora que entra por la ventana, las montañas como telón de fondo. Si pudiera morirme ahora, me moriría.

—Eso pueden decidirlo después —nos dice Julio—. Yo voy a comprarle algo antes de irme. ¿Nos vamos? —me pregunta.

Apenas llevo la taza por la mitad. Todavía no recupero las fuerzas para pararme. Todavía hay algunos con aliento para seguir quemando pólvora. Julio mira a Fernanda y ella le dice, categórica:

—Yo no puedo, tengo una cita.

—¿Para dónde vas? —le pregunto.

—Tengo un almuerzo.

¿Para quién se maquilló y se puso tacones? ¿Quién la hace reír? ¿Por qué sigue reverenciando a Libardo?

—Y voy a ir hasta la parroquia del padre Diego —añade.

—¿Vamos, Chiqui? —me dice Julio.

Si me acuesto, no sé si volveré a verlo. Se irá para la finca y yo no sé si iré a visitarlo. Si quiero pasar un rato más con mi hermano, no tengo de otra que acompañarlo.

—Me termino el café —le digo.

—Voy al baño —dice Fernanda.

—Te espero abajo —me dice Julio.

Me quedo solo con este aroma y este sabor que me recuerdan lo que nunca debía haber sido: un ser humano. Y las montañas, afuera, me revalidan el lugar donde nunca debía haber nacido. Respiro el aire azufrado de la ciudad adonde nunca debí haber vuelto. Pienso en el padre que, por dignidad, nunca debió haber tenido hijos, y en un país que debería ser borrado del mapa. Una especie fallida sobre la Tierra. Un adormecimiento. Un cansancio.

Me echo en la boca el resto de café, queda el ripio donde las videntes leen el futuro. El mío, por lo pronto, será buscarle un empaque a los huesos de Libardo.

Dejo la taza en el lavaplatos junto a otros trastos sucios. Fernanda dejó el celular en el mesón. Esta curiosidad que no solo mató al gato. Lo levanto para buscar en la pantalla el registro de la última llamada. Dice «Pedro».

Esta confusión, este espasmo.

48

El frío de la cordillera chocó contra el aire caliente y húmedo que se levantaba del mar, y el avión comenzó a temblar. Era el anuncio de la llegada al Nuevo Mundo. Lo que se veía por las ventanillas ya no era azul sino verde y café. Las montañas, las selvas, los llanos, los bosques tropicales, las texturas de un continente en gestación. Y un cielo repleto de nubes con formas de monstruos y demonios para que los viajeros entendieran, de una vez por todas, que estaban llegando a un territorio maldito.

Charlie no había subido la persiana. Un rato antes, cuando pudo mover las piernas, se acurrucó en el asiento y así quedó, esperando a que Larry volviera. Había perdido el impulso de ir a buscarlo. Se quedó dormida hasta que la despertó el anuncio de abrochar los cinturones de seguridad. Se moría de la sed. De todos modos miró hacia atrás, al fondo del avión, por si acaso lo veía. En la madeja de su resaca intentó encontrar la explicación a la escapada de Larry.

¿Dije algo que no debía?…

No recordaba todo lo que habían hablado, ni cada detalle de lo que hizo, y aparte de haber vuelto a beber no tenía ningún otro remordimiento. Sin embargo, antes fue siempre así, se despertaba con la idea de que nada había pasado, cuando en realidad había pasado de todo.

Apretó el botón para llamar a un auxiliar de vuelo. Charlie pidió un vaso de agua con mucho hielo. Una punzada en la boca del estómago le recordó que no había comido nada. Los tragos que se tomaba ahora le producían náuseas y todo junto le revolvió la tristeza por su padre muerto. Lloró mientras se bebía el agua helada.

El avión seguía sacudiéndose pasito, sin provocar sobresaltos en los pasajeros. Por la prisa con la que se movían los auxiliares, Charlie presintió que ya no faltaba mucho para aterrizar.

Le entregaron el formulario para presentar en inmigración y ella aprovechó para pedir más agua. Con los pies arrastró hacia ella el bolso que estaba en el suelo. Buscó un bolígrafo entre el desorden y una pastilla para el dolor de cabeza. No encontró nada. Miró el formulario y le pareció que preguntaba demasiadas cosas. Tampoco había espacio para sus cuatro nombres. Nunca hay espacio para mí, le dijo una vez a un psiquiatra, ni siquiera quepo en los formularios, mi nombre completo no cabe en una tarjeta de crédito. No soy una, soy cuatro, le dijo a ese psiquiatra, todavía borracha y eructando ron.

Le pidió prestado un bolígrafo al hombre que estaba en el otro asiento. Él le pasó uno barato, con el logotipo de un hotel.

¿Y el Montblanc con el que usted llenó el formulario?

Ella le agradeció con una sonrisa. A pesar de que escribió sus nombres y apellidos con letra pequeñita, se salió de las casillas.

Me salí de casillas…

A todas las preguntas respondió que no, firmó y se detuvo cuando iba a escribir la fecha. ¿Qué día es hoy?, le preguntó a su vecino, y él le respondió, 30 de noviembre. Mientras la anotaba, Charlie entendió que hasta el último día de su vida iba a recordar esa fecha.

49

Hay fechas que por alguna razón son redondas y las usamos para hacer inventarios en las historias. Hace una semana, dicen, o hace un mes, o tres, o seis. Sirven tanto para inventariar tristezas como alegrías, sin embargo, predomina el gusto por llevarles la cuenta a las desgracias. A las ausencias, sobre todo. Fernanda, la más dramática de nosotros tres, era la que medía el tiempo de la desaparición de Libardo. Hace una semana, decía, un mes ya, hace tres meses se lo llevaron.

Julio y yo quedábamos en silencio, calculando la gravedad de lo dicho por Fernanda, esperando a que pasara el dolor, que no pasaba, dándole tiempo al tiempo para seguir con nuestras vidas. Aunque los días transcurrían, unos rápido y otros lento, solo una inquietud permanecía intacta más allá de preguntarnos qué había pasado con Libardo, y era no saber qué haríamos, qué pasaría con nosotros. Volvimos a considerar la posibilidad de irnos, pero a los tres nos parecía una traición. Todavía pesaba la esperanza de que estuviera vivo. Aunque quedarnos significaba seguir encerrados en la casa, asustados, presionados por las amenazas y las exigencias de dinero. Peor aún, quedar a la merced de los exabruptos de Fernanda, que estaba convencida de que con plata era posible recuperar a Libardo, mientras que también se la gastaba a chorros cuando iba al casino para «despejar su mente».

Cada vez nos compartía menos sus decisiones y en cambio se las confiaba más a los hombres con los que se reunía, los supuestos abogados, los consejeros espirituales, la gente importante que, según ella, la estaba ayudando.

Revisó cada papel que encontró en el estudio de Libardo, y en lugar de aclarar la situación, cada hallazgo la confundía más. ¿Alguna vez oyeron hablar al papá de una tierra en Montelíbano? Hay un tal Roberto Mahecha que le debe trescientos mil dólares al papá. ¿Quién será Míster X? ¿López Benedetti será el mismo que fue ministro? Chicos, ¿ustedes sabían que el dizque tan importante, serio y honesto, don Luis Gustavo, no me acuerdo del apellido, el presidente de Colautos, hizo negocios con Libardo? No, ma, no sabíamos nada de eso, el papá no nos hablaba mucho de sus cosas. Por lo menos yo no me enteré, o no quise saber, preferí ignorar el mundo de Libardo.

—A mí solo me importan las fincas —le dijo Julio y le pidió—: No las vas a comprometer, no las negocies, ahí está nuestro futuro.

Julio estaba cada vez más convencido de que apenas nos graduáramos del bachillerato, se dedicaría a administrar las fincas, a pesar de la insistencia de Fernanda para que fuera a la universidad. Él le dijo, no voy a perder el tiempo aprendiendo lo que ya sé. Ella le alegó, si no estudias vas a ser un peón más. Discutían con mucha frecuencia y no llegaban a nada.

Seis meses después de la desaparición de Libardo comencé a organizar fiestas en la casa. Al comienzo fueron reuniones discretas, los viernes por la noche, en las que Pedro el Dictador llegaba con un par de amigos, ninguno del colegio, sino amigos de la calle que tenía Pedro. Nos tomábamos una o dos botellas de aguardiente, veíamos videos de música, hablábamos duro, me desahogaba con ellos. Después empezaron a llevar mujeres, sus amigas, grillas que se emborrachaban parejo con nosotros. Bailábamos, seguíamos viendo videos, a ellas las tocábamos, nos calentaban, pero nada de nada. Algunas noches nos acompañaba Julio, aunque casi siempre se escapaba a visitar a su novia misteriosa. Fernanda fue comprensiva al comienzo, se aguantó la bulla y la música, sin embargo, cuando vio a las amigas, me dijo:

—Esas niñas no deberían venir a esta casa.

—¿Por qué?

—No es sino verlas.

—¿Qué pasa?

—Mira, Pedro es bienvenido las veces que quieras, pero dile que a ellas no las traiga.

—Yo soy el que las invito —le dije.

—Pues no las traigas.

—Si no las quieres ver aquí, déjame salir.

—No.

—Entonces las voy a seguir trayendo.

—Tampoco.

—Es mi casa —la desafié.

—Y la mía también —dijo—, y la de Julio y la de tu papá. Así que esta casa la respetas.

—¿Quién respeta la casa de un mafioso?

Fernanda sacó la mano y me pegó una cachetada que me hizo tambalear. Señaló la puerta del cuarto y me dijo:

—Lárgate, culicagado desagradecido.

Ese fin de semana no invité a nadie. Le dije a Pedro que me había enfermado y me encerré a beber solo, a maldecir y a llorar. A la medianoche salí decidido a reprocharle a Fernanda mi infelicidad, pero no la encontré. Julio tampoco estaba. Solo habían quedado las dos criadas, cuatro perros bravos y seis guardaespaldas. Vomité el aguardiente que me había tomado y al otro día me desperté tirado en el piso, enroscado junto al inodoro.

Fernanda no me habló en toda la semana y Julio me reclamó por lo que yo había dicho. Me sacó la piedra, me excusé. Se te fue la mano, dijo Julio. A ella se le fue la mano, le dije y le mostré el colorado que todavía tenía en la cara. Ojo con lo que dices, Chiqui, me advirtió Julio.

El viernes siguiente los volví a invitar a todos, a ellos y a ellas. Le di plata a Pedro para que compraran aguardiente, no quería que Fernanda me echara en cara que el trago que tomábamos era de la casa. Sin embargo, ella no volvió a hablarme de mis fiestas, ni de las amigas ni de las borracheras. Supongo que, como ella salía por las noches, no se sentía con el derecho de hacerme reclamos.

En otra parranda conocí a Julieth y esa misma noche me acosté con ella. A cierta hora apagábamos las luces, con el resplandor de los videos podíamos servirnos las copas, y aprovechando la penumbra le metí la mano a Julieth, que ya estaba húmeda como una ostra. Ella fue la que me propuso que nos fuéramos para el cuarto. Subí con ella sin verificar si Julio o Fernanda estaban en la casa. No me importaba lo que ellos pudieran pensar.

Julieth y yo nos comimos con hambre. Yo traía una abstinencia de meses y ella era ganosa por naturaleza. Pedro me contó después que desde abajo se oyeron mis bramidos, aun con la música sonando a todo volumen. No me quedó ni con qué pegar una estampilla, le dije y le di las gracias a él, en lugar de dárselas a Julieth.

Otro viernes de esos, cuando ya nos habíamos tomado una botella entera, Pedro arrojó sobre la mesa de centro un billete de un dólar, doblado en pliegues, y me miró, esperando mi reacción. Los otros aplaudieron, incluida Julieth. Yo sonreí, para complacerlos.

—Estamos metiendo perico —me dijo Pedro.

Seguí sonriendo.

—¿Querés? —me preguntó.

Uno de ellos desenvolvió el billete hasta que apareció el polvo blanco. El tipo lo tocó y luego se chupó el dedo. Se botó hacia atrás y cayó al piso fingiendo un ataque de emoción. Todos se rieron y Pedro sacó la cédula de su billetera. En el video que veíamos, dos señores jamonudos bailaban y cantaban *Macarena, Macarena, Macarena*.

—¿Querés, parce?

Miré a Julieth y ella me devolvió una mirada cargada de ganas de todo. Pedro le puso bajo la nariz la esquina de la cédula, con una pizca de perico. Julieth inhaló. Me pareció que se le iban a explotar los labios, que estaba a punto de venirse. Antes de llegar a mí, todos esnifaron. Hasta que tuve a Pedro al frente, escarbando el billete con la punta de su cédula. Bajo mi nariz estaba mi historia, la de Libardo, la caja de Pandora de este país, la fuerza que movía al mundo. En cada partícula de ese polvo había una guerra, pero quién era yo para hacer juicios. ¿Una víctima? ¿El victimario? ¿Un estandarte de la moral, o la manzana podrida? Todos estaban pendientes de si me metía ese pase. ¿El hijo de un mafioso no mete droga?

—Dale, mi bro —me dijo Pedro.

Yo le respondí, me respondí yo mismo:

—Me vale una verga.

50

—¿Tú crees que la mamá tiene novio? —le pregunto a Julio.

—No tengo ni puta idea —responde.

—¿No te importa?

—Qué ganaría con que me importara. Igual ella hace lo que le da la gana.

—Todavía está bonita —le digo—. No me extrañaría que estuviera con alguien.

—Vos hablás más con ella que yo, sabés de ella muchas más cosas.

—Yo creo que hay alguien que la conoce más que nosotros dos.

—¿Quién?

—Pedro.

Julio hace una mueca que no descifro.

—¿Qué estamos haciendo acá? —le pregunto.

—¿Adónde más podríamos ir? —me responde.

Es la primera vez en mi vida que entro a una funeraria, y espero que sea la última, al menos con vida.

—Piyamas de madera para el sueño eterno —comenta Julio frente al despliegue de ataúdes, con diferentes decorados y colores.

Un vendedor con traje negro y corbata se ofrece a ayudarnos. Habla en voz baja y en tono afligido, como si él fuera el deudo.

—Necesitamos algo para mi papá —dice Julio.

—Mis condolencias —dice el vendedor.

—Es un caso especial —le explica Julio.

—Claro —susurra el hombre—. No hay problema. Vengan les muestro.

Huele un poco a flores y otro poco a madera. Hay música celestial de fondo, un coro de ángeles se encarga de ambientar la funeraria.

—Mejor mire a mi papá —le dice Julio y levanta la bolsa roja hasta los ojos del vendedor, que carraspea incómodo.

—Ya —dice—. Mejor vamos a mi escritorio.

A cada uno nos entrega su tarjeta de presentación. El vendedor es asesor, dice en la tarjeta. Nos ofrece café y llama a Marinita, una señora que le está pasando un trapo a un ataúd.

—Supongo que su señor padre ha pasado por un proceso de exhumación.

No le respondemos.

—En ese caso —continúa—, es más procedente usar una urna que un cofre.

—¿Cabrá en una urna? —le pregunto.

—Puedo ofrecerles el servicio de cremación —dice el asesor.

—Mi papá tiene un asunto pendiente con la Fiscalía —le explica Julio—. Todavía no podemos cremarlo.

—Ya —dice el asesor, y la empleada deja frente a nosotros las tazas de café—. Tráigame otro a mí, Marinita —dice el hombre.

—No está completo —le dice Julio—, y me parece que hay… —duda, luego se decide—: Hay partes muy largas.

—Claro —dice el asesor—, por eso le ofrecía el servicio de cremación, que viene con un plan que incluye la urna.

—Mi abuela quiere quedarse con él —le digo.

—En ese caso, definitivamente lo más apropiado es un restario.

Extiende sobre el escritorio un catálogo con fotografías de cajas de madera.

—Estos son especiales para guardar restos. Los tenemos desde setenta centímetros hasta un metro de longitud —explica—, y también los fabricamos de acuerdo a necesidades especiales.

Hay cajas hechas en varios tipos de madera, sencillas o decoradas, y dice que podemos pegarles la inscripción que queramos.

—¿Como un epitafio? —le pregunto.

Julio me mira extrañado y me pregunta:

—¿Eso qué es?

—Lo que se escribe en las tumbas —le digo.

—Pero si él no va para ninguna tumba.

El asesor nos interrumpe:

—Tal vez uno de setenta centímetros sea suficiente para que su señora abuela lo pueda conservar.

Nos muestra las fotografías de las cajas más pequeñas.

—Igual los fabricamos bajo pedido especial —insiste.

—A Mima le puede gustar una de estas —le digo a Julio.

El asesor sorbe su café. Julio y yo volvemos a mirar las fotos desde el principio. El vendedor nos dice que nos tomemos el tiempo que necesitemos, que luego nos mostrará los planes funerarios para estos casos.

—¿Qué casos? —le pregunto.

¿Será que sospecha en qué circunstancias murió el muerto? ¿Hay servicios especiales para enterrar a los narcos?

—Ofrecemos ceremonias para la última morada —agrega—. Ese es el caso de su señor padre.

—Esta —dice Julio y pone el dedo sobre una de las cajas. Me mira buscando mi aprobación.

—Ese es muy sobrio —dice el asesor—. El espacio adecuado para el ser más querido. Tiene un diseño tradicional y atemporal.

—¿Te gusta? —me pregunta Julio.

—Sí —le respondo—. Terminemos esto de una vez.

—Lo tenemos disponible —dice el asesor.

—¿Y cuánto vale? —pregunta Julio.

—Ese es de los grandes, vale doscientos mil, y lo pueden pagar con alguno de nuestros planes de financiación —dice el asesor.

Julio prefiere pagar en efectivo, sin cuotas y sin intereses y, sobre todo, convencido como yo de que es mejor liquidar este asunto ahora y no tener que recordar otra deuda de Libardo, mes a mes.

—¿Qué hacemos, Chiqui? —me pregunta Julio.

Se refiere a qué hacemos en ese instante con los restos. ¿Meterlos de una vez en la caja? ¿Cargarlos en la bolsa hasta encontrar el momento y el lugar adecuados para traspasarlos?

—¿Ustedes no prestan ese servicio? —le pregunto al asesor, y le aclaro—: Sin cremación, por supuesto.

—¿Se refiere a…? —Mece las manos de la bolsa a la caja y viceversa—. Claro que sí —dice—. Tenemos un plan muy especial en el que nuestros tanatopractores preparan con afecto y profesionalismo a su ser…

—¿Plan? —lo interrumpe Julio—. ¿Es un costo adicional?

—Trescientos veinte mil, que también pueden cancelar con las facilidades de pago que les ofrecemos.

—Vámonos ya, Chiqui —me dice Julio. Agarra la bolsa y se levanta. Me hace una seña para que yo me encargue de la caja.

Ya en el carro me comenta que si Libardo hubiera sabido lo que cuesta morirse, no se habría muerto. Con lo que cuidaba la platica, dice. Él no decidió morirse, le aclaro. Yo sé, dice Julio, pero si hubiera sabido lo que vale, a lo mejor habría dejado algunas instrucciones.

La caja va atrás, en el piso y la bolsa va sobre el asiento. Julio se ve molesto. Yo me arriesgo y le digo:

—Necesito un favor.

—¿Qué cosa?

—Que me lleves por allí, a esta dirección.

Le muestro el papelito rosado que me entregó la abuela.

—¿Qué es eso? ¿Qué hay allá? —pregunta Julio.

¿Dónde están las palabras para decírselo sin que sea el fin del mundo? Ya estoy arrepentido de haberle pedido que me llevara. Pude haber ido por mi cuenta, sin comentárselo a nadie. Este cansancio tan berraco es el que me hace tomar malas decisiones.

—Allá vive Rosa Marcela —le digo.

—¿Esa quién es?

—La hermana de nosotros.

Julio menea la cabeza. No me mira. Se le tiemplan los músculos de la quijada. Yo intento suavizar la situación.

—¿Queda muy lejos de acá? ¿Te desvía mucho?

—¿Qué parte de todo esto no has entendido? —pregunta pausado.

—Es normal que quiera conocerla —le digo—. Ella no tiene la culpa. Como vos y como yo, ella no tiene nada que ver en esto.

—No te entiendo —dice Julio, siempre mirando al frente, conduciendo por conducir—. Si no tiene nada que ver en esto, ¿para qué la querés involucrar?

—Porque es media hermana de nosotros y quiero conocerla.

Julio intenta meter un cambio, pero no enclocha bien y la caja se traba, retumba y el carro corcovea.

—Mirá, Chiquito. El papá apareció. Ya no hay misterio, ya no hay más espera. Lo que viene es un proceso de sucesión. Si el Estado no nos quita lo que nos queda, lo que nos va a corresponder es muy poquito. Y ese poquito vos lo querés compartir con una culicagada que ni conocemos.

—Yo no lo miro en términos de plata sino en términos de afecto. Ella también es de la familia —le alego—. Muy de la familia.

—Pues el juez sí lo va a mirar en términos de plata. El afecto le importará una mierda.

Es como si Libardo estuviera vivo. Sigue generando discordia, no deja de meternos en problemas. Sigue reinando entre los que sobrevivimos y también entre los muertos.

—¿Queda muy lejos? —insisto.

—¿Muy lejos de dónde? —me pregunta—. De Nueva York sí queda muy lejos. De París también queda muy lejos. Hasta de la finca queda lejos.

Este incendio ya no se apaga, pero así haya sido por mi culpa, no voy a quemarme.

—Me puedo ir en un taxi —le digo.

Julio me mira y orilla el carro sin fijarse si alguien viene por la derecha.

—Dale —me dice—. Suerte con tus güevonadas.

—No tengo plata —le digo—. Plata colombiana. ¿Me podés cambiar unas libras?

Julio suelta una risa cargada de furia. Cambiar, repite, cambiar, susurra. Saca la billetera y me entrega dos billetes.

—¿Para dónde vas? —le pregunto.

—Ni puta idea —dice—. Pero sí sé para dónde vas vos. Vas para el despeñadero, Larry, y vas a arrastrar con la mamá y conmigo.

Un taco me enmudece. Un desaliento me obliga a esforzarme para abrir la puerta y bajarme. Es mi hermano y me duele. ¿Por qué hago lo que hago? ¿Podría seguir viviendo tranquilo si no lo hiciera?

51

Fernanda tiró al piso todo lo que había sobre el escritorio, carpetas, folios, libretas, la información completa que venía revisando desde hacía varias semanas, y extendió en la mesa limpia un plano de la casa.

—Aquí hay algo —nos dijo y puso el dedo sobre el área donde estaba trazado el jardín.

Yo andaba maravillado con el plano. Nunca había visto la casa en una dimensión diferente. Era como verla desde el aire pero en su intimidad. Los cuartos, la cocina, los baños con sus sanitarios, hasta platos y tacitas habían dibujado en el comedor. En el jardín había plantas verdes, el rectángulo de la piscina, asoleadoras, un parasol y varias equis hechas con lápiz, distintas al trazo del arquitecto. Según Fernanda, en esas equis estaba el misterio.

—El papá es desconfiado —dijo—. No guarda toda la plata en el banco, ni en la caja fuerte; y aquí, chicos, miren aquí. —Abrió un cuaderno de colegio, lleno de cifras, nombres, tachones, todo escrito a lápiz.

—¿Qué hay ahí, ma?

—Plata en efectivo. Plata que su papá ha recibido y que es mucha más de la que aparece consignada en los bancos.

—Se la habrá gastado —dijo Julio.

—No toda —dijo ella—. Estoy segura de que escondió una parte.

Ahí era donde entraba el jardín. Esas equis, marcadas por Libardo, según ella, serían escondites, puntos donde quizás él habría enterrado mucha plata. Miré a Julio para ver qué encontraba en su expresión.

La teoría de Fernanda no era del todo descabellada. Sabíamos que desde que murió Escobar sus fincas y sus casas habían sido invadidas por gente común y corriente que buscaba paredes falsas, túneles, huecos en la tierra donde esperaban encontrar millonarias sumas en efectivo. Hasta la cárcel que él mismo se mandó construir en Envigado estaba siendo saqueada y demolida, poco a poco, por los que esperaban encontrar alguna caleta.

—Nadie —enfatizó Fernanda—, absolutamente nadie se puede enterar de esto. —Y otra vez puso el dedo sobre las equis del plano.

Para que nadie sospechara, les dio un día de descanso a las empleadas del servicio, y como los escoltas se negaron a dejar la casa desprotegida, Fernanda les exigió quedarse afuera, en las camionetas, con la excusa de querer pasar un día en familia, sin intrusos.

Y esa noche, como si fuéramos guaqueros, nos armamos de palas, picas y linternas, y empezamos a cavar en los puntos aproximados que nos indicaban las marcas. Yo no creía que hubiera plata enterrada en el jardín, pero la situación era tan absurda que me encantaba. Cualquier cosa diferente que hiciéramos ya era todo un plan.

—Si el papá enterró algo aquí, debió ser hace mucho tiempo —dijo Julio y nos explicó—: No hay marcas en el pasto.

—Él era un mago para encaletar —dijo Fernanda, mientras paleaba con esfuerzo la tierra dura.

Julio era el que tenía experiencia en estas cosas. Cuando íbamos a las fincas se transformaba en todo un peón. Armaba potreros, tendía cercas, cavaba pozos, desayunaba con los trabajadores, se le olvidaba que era el hijo del patrón. Ahí, en el jardín, era el único al que le rendía el trabajo. Fernanda y yo a duras penas habíamos logrado quitar la capa de césped. Julio enterraba la pica con fuerza y precisión y sacaba tierra por cantidades.

—¿A qué profundidad estará? —pregunté.

—Si era solo para esconderla, no creo que esté muy enterrada —dijo Julio.

Fernanda soltó un grito de terror.

—¿Qué pasó? —preguntó Julio, corriendo hacia ella.

—Lombrices —dijo Fernanda.

Julio las apartó con la pala y le reclamó por el grito.

—Qué asco —dijo ella.

Julio le propuso que siguiera cavando en el hueco que él había comenzado, y él seguiría en el de ella.

—¿No sería mejor si primero rastreáramos con un detector de metales? —les pregunté.

—¿Vos creés que el papá escondió alcancías con monedas, güevón? —me respondió Julio.

Fernanda lo reprendió:

—¿Qué les he dicho de cómo tienen que tratarse?

—Yo no dije nada —me defendí.

—No importa —dijo ella—. Eso va para los dos.

Julio terminó excavando en los tres huecos. Fernanda hacía pausas para fumar, y a la media hora de haber empezado se sirvió una ginebra. Julio y yo nos quitamos la camisa, estábamos empapados de sudor y nada asomaba de la tierra.

—Tal vez no calculamos bien las marcas —dijo Fernanda.

Julio resopló.

—A lo mejor estamos corridos un metro más acá o más allá —dijo ella, desde una de las bancas del jardín.

—Así es muy complicado —dijo Julio.

—Todavía nos faltan dos puntos —dije.

—Mejor sigamos agrandando estos —propuso él.

—Miren —les dije—, estamos dando visaje.

Varias personas nos miraban desde un edificio vecino. Julio les gritó, ¿qué se les perdió, malparidos?, pero ellos ni se inmutaron y ahí siguieron. Voy a apagar la luz de la piscina, dijo Fernanda. Mañana todo el mundo va a saber que estamos buscando algo, dije. ¿Y qué?, dijo

Julio, el que se meta aquí se queda en uno de estos huecos, añadió.

Fernanda se puso a caminar alrededor de las excavaciones. Alumbraba el pasto con la linterna y con el pie apartaba hojas que habían caído de los árboles. No le preguntamos qué buscaba porque ni ella misma lo sabía. Cualquier pista, una cicatriz en el césped, un abultamiento en la superficie, una marca que Libardo hubiera dejado para desenterrar lo enterrado.

A las tres de la madrugada yo no sentía las manos. Fernanda, a duras penas, removía la tierra que Julio había aflojado. Él se veía firme, aunque de cuando en cuando se sobaba los brazos.

—Terminemos mañana —les propuse, y los tres nos miramos desencantados.

—No podemos dejar esto así, chicos —dijo Fernanda.

—¿Por qué?

—Pues mira nomás —dijo ella y señaló los arrumes de tierra, los huecos, todo el patio trasero hecho un desastre.

—¿Qué hacemos entonces? —le preguntó Julio.

Fernanda, cansada y temblorosa, prendió otro cigarrillo. No sé si era por el humo, pero me pareció que tenía los ojos encharcados. Si iba a llorar, no era para menos. Creímos que al quinto palazo nos íbamos a topar con una caneca repleta de dólares. Además, ¿para qué nos serviría esa plata, si existiera? ¿Qué ganaríamos con ser más ricos? ¿Nos devolverían a Libardo? Si Fernanda iba a llorar, el cigarrillo le disipó el llanto. Se apretó la nariz en el punto donde le nacían las cejas.

—¿Y si esas equis no son lo que estamos pensando? —les pregunté.

—Estoy segura de que aquí hay algo.

—Pues hoy no fue el día —dije y solté la pala junto al hueco. Cuando me puse la camisa me dolió todo el cuerpo.

—¿Qué les vamos a decir a los muchachos? —preguntó Fernanda—. ¿Y a las empleadas?

—Esta zona queda vetada para todos —advirtió Julio—. El que ponga un pie aquí, se gana un tiro. Y al que pregunte lo mandamos para la mierda.

Estaba oscuro, pero noté el pasmo de Fernanda por los comentarios de Julio. Parecía que fuera Libardo el que hablara. Me asusté y también me sentí tranquilo. Al menos alguien comenzaba a mostrar autoridad en toda esta historia. Y lo que me asustaba no era que Julio se expresara como Libardo, sino que fuera a correr con su misma suerte.

—¿Y por qué no les decimos la verdad? —propuse.

—¿Que hay caletas? —preguntó Fernanda.

—No —aclaré—. Que no hay nada.

—Pues yo voy a seguir buscando así esto quede convertido en un solo hueco —dijo ella.

—Vámonos a dormir —dijo Julio.

Antes de subir a los cuartos le echamos un vistazo al trabajo hecho, el trabajo perdido que había quedado en cada montículo de tierra y en cada agujero. Y la vimos a ella, vencida, extraviada, pegada de un cigarrillo como si fuera lo único que le quedara en este mundo.

52

Apenas los neumáticos del avión tocaron la pista, la magia de volar perdió su aire divino, mítico y desafiante, y se convirtió en el ejercicio mundano de rodar y rodar. Charlie sintió que se deshacía cuando las turbinas propulsaron en reversa para detenerse. Ese avión que tocaba tierra, también la obligaba a poner sus pies en el suelo donde recién había muerto su padre. Por enésima vez lloró hasta que se detuvieron por completo.

Miró de nuevo hacia atrás buscando a Larry, pero se encontró con una multitud de pie, antes de que siquiera anunciaran que ya estaba permitido pararse. Las únicas que permanecieron sentadas fueron las azafatas, de resto, todos abrían portaequipajes, recogían paquetes de debajo de los asientos, se hablaban de un pasillo a otro como si estuvieran en una plaza de mercado. Se desprendieron aromas propios del cansancio y del trasnocho, y en medio de esa barahúnda, Charlie guardaba la esperanza de encontrar a Larry para que la acompañara en el doloroso trance, tortuoso para cualquiera, de regresar a Colombia.

Prendió su celular y apareció un mensaje de Cristina, su hermana, en el que le decía que todo estaba arreglado para su llegada. Te va a estar esperando Salgado, de la oficina de Bogotá, él se encargará de todo, búscalo. Y no fue sino que terminara de leerlo cuando le sonó el teléfono, de un número que no tenía en el identificador, pero respondió porque sabía quién era.

—Salgado me acaba de llamar para avisarme que ya aterrizaste —le dijo Cristina—. ¿Cómo estuvo el vuelo?

—Ay, Cris —sollozó Charlie.

—Yo sé. Es horrible.

Charlie se ahogó en el llanto y Cristina le dijo, sal ya de ese avión, Salgado te tiene el tiquete para Medellín, te estamos esperando. ¿Y mamá?, le preguntó Charlie. No es capaz de hablarte ahora, le respondió Cristina, cuando estés con Salgado me marcas del teléfono de él. Ajá, le dijo Charlie, se limpió las lágrimas, se puso de pie, pero tuvo que sentarse de inmediato.

Voy a vomitar…

—Me siento mal, Cris.

—Tienes que salirte ya del avión —le dijo su hermana y colgó.

El malestar no era otra cosa que el rechazo del cuerpo a los tragos que se había tomado. Un secreto que, por ahora, tendría que volver a esconder.

Solo él lo sabe…

Intentó pararse otra vez, más despacio, se apoyó en el asiento y le pidió a otro pasajero que la ayudara con la maleta que tenía en el portaequipajes.

Los de primera clase iban saliendo y a los de atrás los tenía retenidos una auxiliar de vuelo. Charlie salió por inercia aunque echó un último vistazo hacia el fondo del avión.

Nada…

Apenas cientos de caras descompuestas. Puso un pie en su país y luego el otro. Tiró de su maleta y a los cinco pasos se le cruzó un hombre joven que le dijo:

—María Carlota, soy Rubén Salgado, subdirector de Recursos Humanos.

A ella se le notó la sorpresa.

—¿Cómo hizo para entrar hasta acá? —le preguntó.

—El canciller ha estado muy pendiente. Nos ha colaborado mucho.

Estaban atravesados en la mitad de la salida y los pasajeros los estrujaban al pasar. Salgado agarró la maleta y le dijo:

—Venga, por favor. Está con el tiempo justo para el vuelo a Medellín.

Avanzaron por el túnel, pero Charlie se frenó para mirar hacia atrás.

—¿Espera a alguien? —le preguntó Salgado.

—Sí —respondió ella, aunque luego corrigió—: No, a nadie.

Ella intentaba seguirle el paso a Salgado. Sacó del bolso las gafas de sol y se las puso.

—Lamento mucho la muerte de su papá —le dijo Salgado—. Trabajar para él ha sido una de las experiencias más enriquecedoras que he tenido. Era toda una eminencia. Le va a hacer falta a este país.

Charlie le agradeció con un chorrito de voz. Tenía que acostumbrarse. A partir de ese momento le iban a dar mil veces el sentido pésame. Volvió a mirar hacia atrás pero únicamente vio la estampida que también se dirigía a los controles de inmigración.

—Necesito que me entregue los talones del equipaje —le dijo Salgado.

—¿Qué? —preguntó Charlie, muy despistada.

—Los talones de las maletas. Seguramente no alcanzan a montarlas en su vuelo. Yo se las reclamo.

—Pero…

—Tranquila, yo se las llevo en el vuelo siguiente —le explicó Salgado y después ensombreció la voz—: Yo también voy para el funeral.

Le puso la mano en el hombro, suavemente, para invitarla a que caminara más rápido.

Charlie llegó ahogada a los controles. Salgado se disculpó con ella y le repitió que si no se apuraban, no lograría la conexión. Habló con un operario del aeropuerto, le mostró un papel y luego le dijo a Charlie que podían seguir por la fila exclusiva para diplomáticos. Salgado lo hizo todo. Le mostró el pasaporte al funcionario, respondió por ella las preguntas que le hicieron, explicó nuevamente la razón de haber entrado por esa fila, en fin.

Mientras tanto, Charlie miraba a cada pasajero que iba llegando a la espiral que crecía detrás de ella. Hasta que allá, muy al final, lo vio aparecer. Caminaba despacio y traía un morral en la espalda. Una emoción muy fuerte la atravesó de la cabeza a los pies. Sonrió. Levantó la mano, pero Larry no la vio. Él avanzaba, distraído, en la fila enorme que se había formado.

—Listo. Vamos —le dijo Salgado y arrancó de prisa arrastrando la maleta.

—Sí —le dijo Charlie.

Antes de salir, volvió a mirar a Larry. Él estaba quieto, con el pasaporte en la mano, y la miraba a ella, como se mira en una vitrina lo que no se puede comprar. Charlie volvió a levantar la mano, ahora más tímida, casi con miedo. Larry le respondió igual. La mano de él y la de ella apenas levantadas, inseguros, borrosos, como dos cómplices de un crimen.

53

Mi nueva hermana vive en un condominio cerrado en el que todas las casas son iguales, pequeñas y armadas en ladrillo a la vista. En la portería me retienen y el vigilante, como es costumbre en ellos, sospecha de mí. Le pregunto por ella y se queda pensativo. Tal vez debí dar el nombre de su mamá, Vanesa, porque es posible que mi hermana esté todavía en el colegio. De todas maneras, el vigilante levanta el citófono y espera. Pienso en Julio y en Fernanda, si ella sabe que estoy aquí, me mata. Él me estará odiando y seguro se lo contará. Soy hombre muerto, o al menos desterrado, ya me veo asilado en la casa de la abuela.

—¿Cuál es su nombre? —me pregunta el portero.

—Larry —le digo.

—Que aquí está Larry preguntando por la niña Rosa Marcela —le dice el portero a quien le respondió. Luego me pregunta—: ¿Larry qué?

Pues lo de siempre, la única manera como me puedo hacer conocer en esta tierra.

—Larry, el hijo de Libardo.

El portero repite lo que digo y pasan segundos eternos. Vuelvo a pensar en Fernanda y en Julio y en esto que ya me sabe a traición.

—La niña no ha llegado, pero que siga —me dice el portero.

Las fachadas son iguales, hasta las puertas son las mismas, lo único que cambia es el color de las cortinas y lo que se alcanza a ver adentro. ¿Qué pasó aquí, entonces? ¿Por qué una amante de Libardo vive en un barrio como este? ¿Y su hija? ¿La habrá considerado distinta a Julio y a mí? ¿Se habrán venido a menos, como nosotros? Ahí está, en todo caso, aquí estoy: frente a la casa número veintitrés.

El timbre resuena en todo el vecindario, en cada nervio de mi cuerpo, en las neuronas que enloquecen al sentir unos pasos que se acercan.

—Hola.

—¿Vanesa?

—Sí. ¿Larry?

—Sí, Larry, el hijo de Libardo.

—Siga, Larry. Bienvenido.

Sigo y lo primero que veo es a él. Su sonrisa de bandido, retorcida y maliciosa, la mirada chispeante del que goza con sus pecados.

—¿Usted no estaba por fuera? —me pregunta Vanesa.

—Llegué ayer.

—¿Quiere tomar algo?

—No, gracias.

Junto a la foto de Libardo hay fotos de la niña, en diferentes edades. Vanesa me hace una señal para que me siente, pero yo ando distraído con cada cosa que veo.

—¿Pasó algo? —pregunta nerviosa.

—Mi papá apareció.

—Sí. Doña Carmenza me lo contó.

Nos miramos callados, examinándonos con disimulo. Solo veo a una mujer joven, apenas unos años mayor que yo, atractiva, insegura, a la defensiva.

—Pensé que… —dice y se detiene.

—Es que apenas hace un rato —le digo— me enteré de la existencia de ella.

Con un movimiento de la cabeza le señalo uno de los portarretratos.

—Ah, Rosi —dice y sonríe.

—Yo no sabía —le digo.

—Nadie lo sabía. Solamente Libardo, pero como…

Lo que cuesta llamar las cosas por su nombre, sobre todo cuando nombran el dolor, la tragedia, la culpa.

Tampoco hago ningún esfuerzo por completar su frase. Asiento para que le quede claro que entiendo.

—Él no la conoció —dice Vanesa—. Solamente la vio en las ecografías y se puso a llorar cuando supo que era una niña.

—Siempre quiso una hija. Me consta.

Se le encharcan los ojos, se abraza a sí misma y me mira con vergüenza. Levanta los hombros y dice:

—Bueno, así es la vida.

Voy hacia las fotos y comparo a Rosa Marcela con Libardo. Tiene mucho de él, sobre todo en la sonrisa. También tiene de los dos, le comento a Vanesa.

—Tiene el carácter de él —dice y se ríe.

—¿Y eso es bueno o es malo? —le pregunto. Ella vuelve a reírse.

—A mí me gustaba como era él —dice—. Su abuela insiste en que son iguales en todo.

—¿Se ven mucho con ella?

—Antes nos visitaba más seguido. Ahora ella se mantiene muy enredada con don Alonso, pero es muy generosa con nosotras. Nos ayuda mucho.

Tiemblo de solo pensar que Julio y Fernanda se enteren de que la abuela les comparte la plata que le mandan.

—Le paga el colegio a Rosi. Es una santa —dice Vanesa.

—No me cuente —le digo, pero no me oye.

—Con lo que gano apenas me alcanza para los seguros y cosas de la casa. Ah, la casita sí es nuestra, él nos…

—No me cuente —la interrumpo—, no hace falta.

Cómo le explico que mi grosería es miedo. ¿No conoció ella las leyes de la mafia? Mientras menos sepas más vives. Vanesa me mira perpleja y yo me disculpo:

—Perdón, es que llevo dos días sin dormir.

—Me imagino —dice—. Para ustedes debe ser muy duro. Si lo es para mí.

—No —le digo—. No me tome a mal, pero ya no duele.

Un frío me cruza el pecho cuando veo a Libardo y a Vanesa juntos, abrazados, dándose un beso, mostrando en cada foto una historia de amor. Así, con ese mismo derroche de cariño, son las fotos que Fernanda tiene en el cuarto. No sé si serán de la misma época o si son de cuando Libardo se cansó. No me cuadran las dos mujeres. Siempre, hasta el último día, Libardo fue muy cariñoso con Fernanda. Del amor que le tuvo hasta el final también hay fotos que lo confirman.

—Siempre quise que ustedes conocieran a Rosa Marcela —dice Vanesa—. A fin de cuentas es... —Le hago otro gesto para que sepa que la entiendo. Si no se siente capaz de llamar las cosas por su nombre, que no lo haga—. Ella sabe de ustedes —me dice—, porque doña Carmenza le echa cuentos. Yo hubiera querido, pero doña Fernanda... Usted ya sabe, Larry.

—Yo sé —le digo—, y creo que me va a capar cuando sepa que estuve aquí.

Vanesa baja la mirada. Me acerco y le digo:

—¿Puedo pedirle un favor?

—Claro.

—Me estoy muriendo de sueño. ¿Será que me puedo recostar un rato? Puede ser aquí mismo, en el sofá.

Se pone de pie, sonríe acuciosa y me dice:

—No, por favor, aquí no. Venga y descansa en el cuarto de Rosi. Ella está por llegar del colegio, pero yo le digo que no lo moleste.

La sigo hasta el segundo piso y entro al cuarto de Rosa Marcela, un mundo desconocido. Una casa de muñecas, un aroma a jardín, la vida dentro de un arcoíris.

—Recuéstese —me pide Vanesa—. Le voy a traer una cobija.

—No, no hace falta.

—Claro que sí, a este cuarto no le entra el sol, es más bien frío.

Sale y me deja rodeado de miradas que no parpadean y de sonrisas fijas. Un zoológico de peluches, una lluvia de corazones en el reino de los unicornios.

—Aquí está —dice Vanesa y me entrega una manta—. ¿Le cierro la cortina?

—Así está bien. Gracias.

—¿Seguro?

—Seguro. Solo voy a descansar un momentico, para aguantar hasta la noche.

—Tampoco lo habrá dejado dormir la pólvora —dice.

—Tampoco.

—Voy a estar por aquí —me dice y cierra la puerta con delicadeza, como si ya me hubiera quedado dormido.

Me quito los zapatos, recuesto la cabeza en la almohada, me arropo, me doy vuelta y me encuentro con los ojos de un gorila rosado. Me sonríe y le sonrío. Le estiro la mano y nos abrazamos. Debe ser una hembra, pienso, cuando huelo su perfume almizclado.

54

El patio quedó como un campo recién bombardeado. Fernanda bloqueó los accesos con llave y lo convirtió en una zona prohibida. La amenaza para quien entrara no era la expulsión sino la muerte. Se lo advirtió a toda la servidumbre reunida. Ni siquiera el jardinero podía pasar. Para acabar de ajustar, Julio se paró junto a ella, con una pistola de Libardo en la mano, y dijo:

—Y al que no le guste esta regla, se va.

Julio y Fernanda le acababan de poner precio a nuestras vidas, que bien podrían no valer nada porque, hasta el momento, nada había aparecido en el jardín.

—Nos va a matar nuestra propia gente —les dije—. Les va a ganar la ambición por lo que pueda estar ahí enterrado.

Los escoltas y las empleadas miraban de lejos los morros de tierra y los agujeros que Fernanda y Julio seguían cavando, ahora a plena luz del día.

—O los vecinos —les recalqué.

A veces les ayudaba a cavar, no por gusto sino para no aguantarme la mirada furiosa de Fernanda. O un insulto como el que me soltó cuando le propuse, ma, ¿no crees que sería bueno decirles a los escoltas que les vamos a dar algo de lo que encontremos? Ella me respondió con otra pregunta, ¿de dónde habrás salido vos tan güevón, Larry? Es para que no nos maten, ma. Me miró mal y se fue, aunque mi miedo le caló, porque supe que había ido a una notaría para dejar una declaración extra juicio en la que decía que si algo nos pasaba, los culpables eran ellos, y dejó la lista de todos los que trabajaban con nosotros, con sus datos y direcciones. Y volvió a reunirlos para informarles lo que había hecho.

—Ahora nos van a tener que cuidar más que antes —les dijo.

Cavamos un par de semanas más. Ya no nos limitábamos a las equis marcadas en el plano, sino que rompíamos donde creíamos que podría haber algo. No quedó nada verde en el patio y hasta la piscina quedó hecha un tierrero. El mármol reluciente se perdió en el fondo y en los bordes. El motor y los filtros se atascaron, el agua turbia se llenó de burbujas y de ranas. Fernanda lloraba después de cada jornada y Julio hacía lo posible por tranquilizarla.

—No es el fin del mundo, ma. Todavía tenemos plata para mucho rato. Además, si el papá regresa...

Cualquier comentario sobre el regreso de Libardo siempre quedaba en punta. Reducido a un gesto. A un suspiro, a levantar los hombros.

—Necesitamos efectivo —alegaba Fernanda—. Es nuestro único seguro. Nos pueden embargar las cuentas, expropiarnos, ahora andan con el cuento de no sé qué extinción de dominio.

Olíamos a tierra, nosotros y toda la casa, a lo mismo que olían el jardinero y los peones de las fincas. Nos salieron ampollas en las manos, pero Fernanda no permitió que nadie nos ayudara.

Ellos, los que decían tener a Libardo, habían dejado de llamar y el silencio tenía a Fernanda al borde del desespero. Hasta que respondió una llamada de un tipo que se llamaba Eloy, que le preguntó, sin saludar, si las excavaciones en el jardín eran por lo que ellos se estaban imaginando. Fernanda no le respondió sino que averiguó por el otro, por Rómulo, y dijo que no hablaría con nadie distinto a él. Colgó iracunda y se fue a interrogar a los empleados. Cada uno juró que no había filtrado la búsqueda de las caletas. De todas maneras, Fernanda despidió a varios.

De los siete escoltas solo dejó tres y conservó las dos empleadas.

El último día que cavamos oímos un grito estremecedor de Fernanda. Pensamos que finalmente había encontrado algo. Corrimos hacia ella y la encontramos retorciéndose del dolor dentro del hueco. Se había caído, se golpeó contra la pala y le sangraba la frente. Y lloraba, por supuesto. La llevamos a urgencias a pesar de que se opuso, y por suerte la herida no era grave ni profunda. Se la limpiaron y protegieron, aunque los médicos ignoraban que la verdadera herida la tenía en el alma y en su orgullo.

Cuando llegamos a la casa, fui contundente:

—No más güevonadas con eso de las caletas. Ahí no hay nada, más bien pensemos qué vamos a hacer. Ya hace seis meses se llevaron al papá y nosotros seguimos en las mismas.

—¿Y qué más hacemos? —me preguntó Fernanda—. Lo hemos buscado, yo he tratado de negociar, les he dado plata, no me ha importado darles lo que han pedido con tal de que nos lo devuelvan, yo sé que Libardo es capaz de empezar de cero, lo importante es que esté vivo, pero ya no sé ni qué pensar.

Lloró desconsolada y se le aumentó la hinchazón de la frente. Se cubrió la cara con las manos, tenía las uñas negras de tierra como si hubiera excavado con ellas. Julio y yo nos miramos descompuestos, él también tenía tierra en la cara, en el cuello, y así de puerco estaría yo, así de desconcertado. De pronto, lo vi todo con claridad: no estábamos cavando para encontrar alguna caleta que Libardo hubiera escondido. Excavábamos para desenterrarlo, para tenerlo con nosotros vivo o muerto. Desafiábamos a Dios, a la vida, al tiempo, desesperadamente, en la forma de lo que para el mundo y para nosotros era Libardo: el dinero. Buscábamos lo que fuera para matar la culpa de no hacer nada por él, de quedarnos quietos. Lo pensé pero no lo dije, como tampoco me atreví a proponerles que teníamos

275

que seguir con nuestras vidas, retomar nuestras historias en el punto que las habíamos dejado justo antes de que se lo llevaran.

Un mes después, me fui a pasar un fin de semana a la finca de Pedro, y a mi regreso, el domingo en la tarde, vi que habían tapado los huecos del jardín y limpiado la piscina. Sentí un respiro al ver la casa como antes. Aunque no había pasto, sabía que la hierba volvería a crecer.

Otro día volvió a llamar Eloy y le preguntó a Fernanda por qué habíamos dejado de excavar. Esta vez ella le siguió el juego y le dijo que ya habíamos encontrado lo que buscábamos. ¿Ah, sí?, exclamó Eloy, ¿y como cuánto encontraron? Lo suficiente para que suelten a Libardo y nos dejen tranquilos, le respondió Fernanda y colgó. Nos llamó a su cuarto y nos dijo:

—He estado pensando.

Nos miramos, con miedo de lo que venía.

—No me miren así —nos dijo—, más bien piensen que todavía hay una salida que no hemos considerado.

—Que es… —dijo Julio.

—La correcta —completó Fernanda—. La justicia, la policía, la Fiscalía.

—Pero si ellos ya saben —dije.

—Sí, pero no los hemos involucrado —dijo—. Llegó la hora de invitarlos.

Fernanda nunca dejaba de sorprendernos y con su propuesta tuvimos que quedarnos callados, no era un despropósito como otras de sus decisiones, pero al menos yo tenía que rumiarlo un poco más. Solo le dije:

—Lo único claro es que ellos saben todo lo que hacemos. Nos están vigilando desde alguno de esos edificios. —Señalé al frente y les propuse—: Tenemos que cambiarnos de casa.

—Por ahora no —enfatizó Fernanda—. Qué tal que lo suelten o se les escape, ¿adónde va a llegar? ¿Cómo va a encontrarnos?

—Puede ir adonde Mima, y ella le daría razón de nosotros —dije.

Fernanda soltó una carcajada destemplada. Qué tal, exclamó, de Guatemala pa' Guatepeor. Se encerró en el baño y seguimos oyendo su ja, ja, ja, falso, sarcástico y ponzoñoso. Cuando reaccionaba así, yo quedaba con la sensación de estar frente a una de esas ruletas en las que ella perdía su tiempo y nuestro dinero.

55

La banda expulsaba maletas al carrusel de equipajes y los pasajeros, apeñuscados, retiraban las que les correspondían. Muchos regresaban una maleta luego de verificar que no les pertenecía, y así, sacando la poca fuerza que les quedaba, solo querían dejar el aeropuerto cuanto antes y dar por terminado el viaje. Larry le dio varias vueltas al carrusel, no buscando su equipaje sino a Charlie, entre el gentío. Caminaba despacio, deteniéndose en los rostros cansados de los viajeros, en los gestos angustiados de los que trataban de amontonar maletas y bultos en un carrito. Larry la buscaba abstraído, como si no la quisiera encontrar. También miraba las maletas que giraban para imaginar cuál podría ser de ella. Las duras, las más grandes, las que exhiben la marca, podría ser cualquiera, o ninguna, porque si no veía a Charlie, su maleta tampoco estaría en el carrusel.

No quiero que me vea buscándola…

Quería y no quería encontrarla. Todavía le quedaba la posibilidad de que coincidieran, de nuevo, en el vuelo a Medellín. En realidad, lo único que Larry quería en ese momento era saber qué quería.

No volver. No encontrarla. Encontrarla y no volver…

Se sentó frente al carrusel en una hilera de sillas. Puso el morral entre las piernas y echó la cabeza hacia atrás. Tomó aire y lo sintió tan pesado como el del avión. Pasaron pilotos, azafatas que se reían como si no hubieran estado embutidas demasiadas horas dentro de un avión. Pasajeros de otros vuelos que charlaban animados como si no hubieran caído en cuenta de lo que significaba regresar. Pasó gente, llegó gente, se fue otra gente, y Charlie nunca apareció. En cada parpadeo Larry sentía que se iba a quedar dormido. Tenía una hora para hacer la conexión a Medellín. Una hora para volver. Su estómago rugió, se le movieron las tripas, lo acosó el monstruo en los intestinos.

No puede ser. Aquí no, por favor…

Buscó el letrero de los baños. El monstruo pujó. Charlie también podría estar en el baño, estaría llorando, lavándose la cara, cambiándose de ropa, guardaría la vestimenta colorida y se pondría algo negro, tal vez por eso no la ubicaba. El monstruo se zarandeó con fuerza.

Maldita sea…

Se terció el morral y caminó apurado hasta los baños.

La mierda no obedece…

El baño olía mal. Estaba lleno de viajeros que también andaban en aprietos con su digestión. Larry se encerró en un cubículo sucio, por suerte había papel higiénico. Lo demás fue rutina.

Lo que hasta a la reina Isabel le toca hacer…

56

Eran tan grandes y tan negros los ojos que me miraban que creí que eran parte del sueño y me alegré. Por fin estoy dormido, me dije en el mismo sueño, pero al siguiente parpadeo me di cuenta de que era ella, la niña de las fotos, la hija de Libardo, mi hermana.

—Hola —le digo y ella corre a esconderse detrás de un sillón. La cara le queda oculta pero se le asoman las piernas. Lleva uniforme de colegio y un par de tenis sucios. Yo sigo abrazado a la gorila de peluche—. Rosa Marcela —la llamo y ella no responde. Intenta esconder las piernas aunque no tiene espacio para acomodarse. Imito un par de gruñidos y me preparo para mover la gorila, por si ella se asoma.

—Rosi —la llama su mamá, desde otro lado de la casa.

—Rosi —la llamo yo en voz baja y le pregunto—: ¿Cómo se llama este animalito?

—Grosera.

—¿Qué dices?

—Se llama Grosera —responde, sin asomar la cabeza.

—¿Y por qué le pusiste así?

Suelta una risita juguetona. Tal vez se burla de mi pregunta tonta. Me incorporo sin saber cuánto habré dormido. O si acaso he dormido. Miro la cara sonriente del peluche y le digo a Rosa Marcela:

—Pues este animalito ha sido muy amable conmigo.

—Es una niña —me aclara.

—Sí. Ya lo sabía —le digo.

Vanesa se asoma a la puerta y menea la cabeza.

—¿Lo despertó? —me pregunta—. ¿Dónde está? Le advertí que no molestara.

Le señalo el sillón donde se esconde. Rosa Marcela intenta ocultar las piernas.

—Sal ya de ahí, muchachita —le dice Vanesa en un tono fuerte. Se excusa conmigo—: No sé en qué momento se me escapó.

Rosa Marcela se asoma despacio, mira a su mamá y me mira a mí con cara de culpa. Recuerdo el dicho: más parecida que hijo negado. Es Libardo en versión niña, embellecida por la ternura.

—Tranquila —le digo a Vanesa—, no estaba dormido.

—Pero no lo dejó descansar y me desobedeció —dice ella y le hace un gesto a Rosa Marcela para que se levante—. ¿Por qué no me hiciste caso? —le pregunta.

—Quería conocerlo —dice Rosa Marcela.

—De verdad, Vanesa, no hay problema —le digo, a pesar de que hubiera querido dormir hasta el otro día.

—Vamos —le dice a ella y la agarra de la mano—. Siga descansando, Larry —me dice—, le prometo que no lo vuelve a molestar.

—No —le digo—. Quiero hablar con ella.

—¿Seguro? —me pregunta Vanesa.

—Seguro —le digo.

Rosa Marcela sale corriendo. Mientras me pongo los zapatos, le comento a Vanesa, es igual a él, más que Julio y que yo. Vanesa sonríe y asiente. No dice nada.

—¿Le habla de él a ella?

—Sí, mucho. Y últimamente anda preguntando muchas cosas.

—¿Ella sabe todo?

—¿Qué es todo? —me pregunta.

—Bueno, pues lo que pasó. —Me quedo callado un momento, luego le digo—: Y lo que él era.

—Para qué voy a decírselo. Si fuéramos ricas, o si lleváramos una vida de esas —dice—. Ahora no lo va a entender y mucho menos más adelante.

—Sí. Discúlpeme —le digo.

—Yo entiendo —me dice—. Ustedes habrán pasado por eso, pero es que a ustedes sí les tocó otra vida. Rosi me pregunta qué le pasó a su papá, y yo le digo que se perdió y no pudo volver. —Se atraganta, parpadea rápido—. Ella me dice que lo va a buscar hasta que lo encuentre.

Ahora el atragantado soy yo. Tambaleo apenas me paro de la cama. Sigo con los pies hinchados, me aprietan los zapatos. Vanesa me dice:

—Rosi se va a tomar su algo. ¿Nos acompaña?

En la cocina, en una mesa pequeña está Rosa Marcela comiéndose una arepa con queso. Baja la cara cuando me ve. Vanesa me pide que me siente, me pregunta qué quiero tomar mientras le sirve chocolate caliente a Rosa Marcela.

—Quiero lo mismo —le digo.

—¿Chocolate?

—Sí, y arepa.

Vanesa me sonríe. Tiene una expresión inocente, casi ingenua. Imposible no compararla con Fernanda. Vanesa es mucho más joven, por eso sus gestos tan frescos, sin embargo, no puedo evitar ver a Fernanda en el otro extremo.

—¿Por qué te acostaste en mi cama? —me pregunta Rosa Marcela.

—Rosi —le recrimina la mamá.

—Porque me dijeron que era la mejor cama de esta casa —le digo.

—¿Quién te lo dijo? —me pregunta, mirando a Vanesa.

—Grosera, tu gorila —le respondo.

—Mentiras —me dice—. Ni siquiera sabías cómo se llamaba.

—Pero me lo dijo —le explico.

Me mira, no muy convencida de lo que le he dicho. Sorbe su chocolate y le queda un bigote sobre el labio. Ahora sí que se parece más a Libardo.

—¿Tú no tienes casa? —me pregunta.

—Ya, Rosi —le dice Vanesa—. No preguntes más bobadas y come.

—Tú me dijiste que él no tenía dónde dormir y que por eso se acostó en mi cama —le reclama Rosa Marcela.

—Es verdad —le digo—. Ahora no tengo casa.

Abre los ojos como el pocillo que tiene en las manos. Vanesa me mira dudosa, no sabe si estoy bromeando o si digo la verdad.

—¿Vas a vivir con nosotras? —me pregunta Rosa Marcela.

—Límpiate la boca —le pide su mamá.

—No —le digo—, pero quería conocerte. ¿Tú sabes quién soy yo?

Asiente y vuelve a beber chocolate. Luego me pregunta:

—¿Tú conociste a mi papá?

—Sí, mucho.

—¿Y cómo era?

—Se parecía mucho a ti —le digo—, aunque tú eres más linda.

Rosa Marcela se sonroja y se refugia en la taza. Algún día le diré que no se perdió de tanto al no haberlo conocido, aunque sé que siempre hace falta un padre. Hasta cuando Libardo estaba vivo yo sentía que me faltaba.

Vanesa me sirve el chocolate. Le tiemblan las manos cuando lo deja sobre la mesa.

—Puedes acostarte en mi cama —me dice Rosa Marcela—. Te la presto.

Libardo se hubiera embrutecido con esta niña. Tal vez ella lo habría salvado. Nos habría salvado a todos con esos ojos grandes y negros, por donde chispea toda la ternura de este puto mundo.

—Gracias, Rosi —le digo—, pero tengo que irme dentro de un ratico.

La mirada se le ensombrece, y aun así todos cabemos en ella. ¿Es la fuerza de la sangre la que hace que desde ya nos queramos? Pero ¿por qué Julio no quiere saber de ella?

Vanesa deja frente a mí una arepa humeante, bañada en mantequilla y cubierta con lonjas de queso blanco.

—Casi se me quema por estar pendiente de las impertinencias de esta muchachita —me dice.

—Se ve deliciosa —le digo.

Vanesa arrima un taburete y se sienta junto a nosotros. Le mando un mordisco a la arepa y las dos me miran, esperando un comentario. Hago un ruido de placer, de exquisitez, aunque por dentro tengo el alma rota. Esa arepa me sabe a hogar, a familia, a cariño, me sabe a vida.

—Está rica —les comento, y las dos sonríen—. Pero está muy caliente, me quemé —les digo, solo para justificar mis ojos llorosos.

57

Fernanda estaba decidida a hacer su apuesta más grande, no en un casino sino en el campo de guerra, apostando la vida de Libardo y hasta la suya propia. No sabemos cómo entró en contacto con un fiscal regional, un tipo llamado Jorge Cubides, pero se reunió con él y le planteó lo siguiente, mitad verdad, mitad mentira: que Libardo pensaba someterse a la justicia a cambio de beneficios por delación, pero sus enemigos, los Pepes, sabían de estas intenciones y por eso lo secuestraron. Ella ahora no contaba con el poder ni con los recursos para enfrentarlos y rescatar a Libardo. Que acudía a la Fiscalía porque eran los únicos que en ese momento podrían enfrentarse a los Pepes, que también eran enemigos de la Fiscalía. Puso a Cubides al tanto de lo que ella había avanzado en las últimas conversaciones con quienes, supuestamente, tenían a Libardo. Ofreció entregarle documentos, facturas, cartas, todo lo que había encontrado en el estudio de Libardo.

Según Fernanda, en este juego a dos bandas ganaba la Fiscalía porque tendría a Libardo y les daría un golpe a los Pepes. Y ganábamos nosotros recuperando a nuestro papá.

—Y si el papá no quiere delatar a nadie —dije—, ¿cómo vas a quedar tú con la Fiscalía?

—Pues si no quiere, que se pudra en la cárcel —dijo—, pero al menos estará vivo.

—¿Y si los Pepes no lo tienen? —le preguntó Julio.

—Pues los descartamos, y punto —respondió.

Julio se quedó pensativo, hasta que dijo:

—Me parece que es mucho rollo para no lograr tanto.

—Eso solo lo vamos a saber cuando se monte el operativo —dijo ella.

Pensé en la reacción de Libardo. Saldría de un secuestro derechito para la cárcel. No era el mejor escenario, pero nos tendría cerca, su vida no estaría en peligro, y si en realidad podía negociar su condena, tal vez en pocos años quedaría libre. Eso por un lado, porque por el otro, el silencio de estos meses me aturdía con la idea de que Libardo ya estaba muerto.

—Ma, hay muchas cosas que no entiendo —le dijo Julio—. Si no les vas a entregar nada, ¿cómo esperas que nos devuelvan al papá? ¿Les das una maleta llena de basura y ellos lo sueltan?

—¿Qué es lo que no entienden? —preguntó—. Les voy a entregar la plata que piden, pero no la de nosotros.

—¿De dónde la vas a sacar?

—Me voy a tomar la molestia de explicarles —dijo—, pero sírvanme un trago mientras voy al baño.

Julio me dijo que se lo iba a servir fuerte para que soltara la lengua, y yo le recordé lo peligrosa que era Fernanda cuando se ponía de lengüisuelta. Con el trago en la mano, Fernanda se sentó a explicarnos, ya no en rol de madre sino de bandida.

—Los amigos de Libardo van a poner la plata, los que andan sueltos y los que están presos. El trato con el fiscal es que Libardo va a hablar, pero él no va a sapear a los que nos ayuden.

—¿Y cómo estás tan segura de que ellos nos van a dar la plata? —preguntó Julio.

—Primero, porque son sus amigos, segundo porque es en calidad de préstamo. Jorge me dice que ellos recuperan el dinero.

—¿Jorge es el fiscal? —pregunté.

No me respondió.

—Cada uno tendrá que dar apenas como cincuenta mil palos, y eso es como quitarle un pelo a un gato —dijo.

Sonrió y se saboreó el trago.

—No sé —dije—. Estás tomando decisiones por el papá. No sabemos qué pensaría él de esto.

—Obvio que las estoy tomando —dijo—. ¿No ven que él no está?

Ese mismo día llegó a la casa un séquito del CTI para instalar un sistema de grabación de llamadas que, a la hora de la verdad, parecía igual a la grabadora que ya teníamos conectada al teléfono. Esto es distinto, me alegó Fernanda, ahora ellos pueden oír las grabaciones desde allá, dijo, refiriéndose a la Fiscalía. ¿Van a escuchar todas las llamadas?, le pregunté, escandalizado. Pues de eso se trata, dijo ella. ¿Las tuyas, las mías, las de Julio, todas?, volví a preguntar. Ay, Larry, se quejó, deja el estrés.

Cambiamos una locura por otra. Ya no era el brujo que desenterraba entierros, ni nosotros cavando como unos condenados día y noche en el jardín, ni la tensión de medir fuerzas con los que llamaban. Ahora la locura tenía nombre propio, Jorge Cubides, y era grave, muy grave, porque Fernanda nos hablaba de sus planes con una sonrisa de oreja a oreja.

58

Larry barrió con la mirada la sala de espera del vuelo para Medellín y ahí tampoco estaba ella. Tanto que hablaron y no previeron encontrarse de nuevo.

Ni el número de teléfono, ni su correo electrónico, nada que me sirva para localizarla...

Se sentó a esperar la llamada para abordar y a pensar. No veía nada claro. Charlie se habría ido en otro vuelo, o se iría después, a fin de cuentas, cuál era el afán para llegar a ver a alguien muerto. O andaría por ahí perdida en otra terminal del aeropuerto, confundida entre la gente, suplicando por una cara conocida.

Buscándome...

O en la sala VIP, como le correspondería, y podría aparecer más tarde para subir al avión, protegida por unas gafas oscuras, como un ente que no sabe lo que hace, dejándose llevar, simplemente.

Sobre la puerta de abordaje decía «Medellín» en una pantalla. Larry sintió que la vida se le iba entre el sueño y la resaca. Un manojo de emociones raras que no podía definir ni se atrevía a llamarlas por su verdadero nombre: miedo. Tomaba aire profundo y lo soltaba despacio, como le enseñaron en las terapias que había hecho para poder aguantar la vida. Inhalar y exhalar hasta que el alma le volviera al cuerpo.

A pesar de todo, estuvo atento a la llegada de cada pasajero a la sala.

Que vuelva a llorar en mi hombro, que bebamos más ginebra, que otra turbulencia nos haga engancharnos de nuevo, que aparezca y no aparezca, que se esfume, que todo haya sido un delirio...

Al mostrador llegó la operaria de Avianca, organizó papeles, prendió el micrófono, carraspeó y anunció con estridencia, buenos días, damas y caballeros.

Se armó una fila frente a la puerta, todos con ganas de subir al avión, menos Larry, que seguía sentado, abrazado a su morral y con la esperanza de que Charlie surgiera como una aparición.

Que llegue y no llegue, que no salga este avión, que se cierre el cielo, que se acabe el mundo, que mis piernas obedezcan y pueda caminar...

La fila avanzó lentamente.

Ya sé lo que quiero, se dijo Larry.

Y aunque lo hizo sin querer, se puso de pie.

59

Primero de diciembre. En dos días se cumplirá un aniversario más del comienzo de este enredo, de la historia que empezó con un hombre muerto sobre un tejado. De la caída de un imperio construido con fichas de dominó, donde la primera tumbó a la segunda, y la segunda a la tercera, hasta que la hilera de fichas barrió con nosotros, Libardo, Fernanda, Julio, yo: piezas del dominó siniestro que jugó Escobar.

—Señor, cuénteme una cosa, ¿esto ha cambiado? —le pregunto al taxista que me lleva hasta el apartamento de Fernanda.

—¿En qué sentido, amigo? —me pregunta, a través del espejo retrovisor.

—Pues comparado con la época de Escobar —le digo, como si yo no supiera nada.

—Pues qué te digo —me dice y se queda pensando.

En el radio suena la música de diciembre, la misma que ha sonado toda la vida, sonsonetes que bailaron los abuelos, mis papás, y que sonarán en todas las emisoras hasta los primeros días de enero, hasta que se nos revienten los tímpanos, hasta la última borrachera de esta Navidad.

—A ver, amigo —dice el taxista—, hablar de cambios en esta ciudad, de cambios que uno vea, o como que la gente diga qué es lo que ha cambiado, pues hablar de esas cosas, amigo, cómo te dijera…

Aunque él no encuentre las palabras para decirlo, cambios sí ha habido. Basta hacer un inventario de lo que veo por la ventanilla. Donde antes hubo un árbol ahora hay un edificio, y hay cafés, tiendas de ropa fina, restaurantes, gimnasios, clínicas, farmacias, hoteles, bares, hay maromeros en los semáforos, todavía se puede ver algún racimo de mangos entre un muro y otro, y hasta a un hombre que se acerca al taxi para ofrecerme en venta un mico tití. El taxista le pregunta, ¿y para qué va a querer un mico aquí el amigo? Pues para el lujo, le responde el hombre, justo cuando el semáforo se pone en verde y arrancamos. Tal vez el taxista no se atreve a responderme porque sabe a lo que me refiero. No a lo que veo sino, precisamente, a lo que no se ve: lo lúgubre, lo prohibido, lo sórdido.

—Pues, amigo —me dice—. Para serte sincero, porque qué se gana uno con tapar el sol con un dedo, si casi todo está a la vista, o si no se ve, pues todo el mundo lo sabe, porque en esta ciudad no hay secretos, o si los hay duran muy poquito, ¿sí me entiendes?

Claro que lo entiendo. Así hemos visto las cosas siempre, desde el «todo depende» para justificar nuestras miserias y nuestros crímenes. Solo así pudimos sobrevivir y escapar de eso que estoy tratando de averiguar con el taxista: lo de antes.

—Es que si uno se pone la mano en el corazón —dice y se lleva la suya al pecho—, para hablar en plata blanca, para que no nos digamos mentiras, amigo, porque aunque tenemos fama de frenteros, aquí nos han faltado güevas para llamar al pan, pan y al vino, vino. Y una sociedad, cualquiera que sea, si no es capaz de hacerse un examen de autocrítica —recalca—, es una sociedad fallida, sí señor.

—¿Puede bajarle un poco al radio? —le pido.

—Pero cómo, amigo —me reclama y canta—: *Llegó diciembre con su alegría, mes de parranda y animación*. —Se ríe y me pregunta—: ¿Por allá para donde vas hay una cancha de fútbol con tribunas?

—Sí señor —le digo.

—Es que me parece que no hace mucho dejé a alguien por allá, y había una canchita muy bien tenida, hasta con iluminación para jugar de noche. Bueno, amigo, como te iba diciendo…

Algunos lugares se revuelcan en la memoria, una casa que todavía no han demolido, la panadería de toda la vida, la farmacia donde nos ponían las inyecciones, el solar donde antes jugábamos fútbol y que ahora es una cancha con luces y tribuna, sitios que, vaya uno a saber por qué, aún siguen ahí.

—A lo que me refiero, amigo, es a esa falta de carácter ciudadano que te expliqué al principio, y que seguramente has notado cuando uno comenta que esto va mal y entonces le reclaman a uno, ¿mal?, y alegan, aquí todo está bien, aquí no ha pasado nada. De esos hay miles, amigo, qué digo miles, hay millones, millones, porque no solamente los vas a encontrar aquí en Medellín, sino en todo este hijueputa país —dice.

Su jeringonza me alborota el sueño, me voy perdiendo en el sopor de la tarde, me voy yendo.

—Ya casi llegamos, es aquí nomás.

Abro los ojos y le pregunto:

—Pero bueno, en qué quedamos, esto ha cambiado, ¿sí o no?

Se queda pensando, me mira otra vez por el retrovisor, sonríe y me dice:

—Pues qué te dijera.

Desde abajo veo a Fernanda, recostada junto a la ventana de su apartamento, mirando hacia fuera.

—¿Cuánto le debo, señor? —le pregunto.

Mira el taxímetro, masculla una suma y me dice:

—Siete mil pesitos apenas, amigo.

Fernanda me ve bajar del taxi y se aparta rápidamente de la ventana. Tal vez ya sabe de dónde vengo y se prepara para el ataque. Y yo, el hijo traidor, llego sin ninguna defensa, solo con la emoción de saber que tengo una hermana tierna y primorosa.

60

Larry fue el último en abordar. Ya no llevaba a Charlie colgada de su hombro y no volaría sobre el mar sino sobre las montañas y valles que separan a Bogotá de Medellín. La ansiedad le crecía a medida que pasaba el tiempo y las distancias se iban acortando.

En la cabina de primera clase había doce sillas que ya estaban ocupadas. En ninguna estaba Charlie. Caminó hasta el fondo mirando la nomenclatura de los asientos y mirando a los pasajeros con la esperanza de encontrarla, con la tranquilidad de no verla mientras avanzaba.

Llegó a la 24A, la silla asignada junto a la ventanilla. No está, se dijo con tristeza. No está, repitió con alivio. La cara de Charlie se le comenzaba a desvanecer en una bruma, como sucede al comienzo de un encantamiento.

¿Y si no la reconocí? ¿Si a ella le pasara lo mismo y ahora vamos como dos extraños en un avión?...

Anunciaron que iban a cerrar la puerta. Los tripulantes caminaban de una punta a otra preparándolos para el despegue. Habló el piloto, su vecina se echó una bendición, habló una azafata y un niño lloró a todo pulmón. Larry se puso los audífonos pero no sabía qué música quería escuchar, cuál sería la apropiada para ese momento, si ni siquiera sabía cuál era el momento por el que estaba pasando.

El avión levantó vuelo y atravesó las nubes a una velocidad que desafiaba la razón. Larry miró el cielo blanco y el caos de la ciudad que se empequeñecía. Luego echó hacia atrás el asiento, lo poco que reclinó. Pensó en dormir esos treinta minutos, que no serían suficientes para recuperar las horas que llevaba despierto, pero se desconectaría de lugares y de nombres: Medellín, Fernanda, Julio, Pedro, El Poblado, Charlie. Sobre todo de ella. Cerró los ojos y dejó que la música sonara al azar. Cualquier cosa que lo aislara también de los motores del avión.

Cuando sintió que comenzaba a flotar en el asiento, llevado por el sueño, la auxiliar de vuelo le ofreció jugo en caja, agua o café. Aunque la odió, le recibió un vaso de agua. Miró afuera el colchón de nubes grises y blancas, y arriba un manto claro que no dejaba ver el cielo. Cerró los ojos otra vez, mezclados con la música escuchó los nombres que no lo dejaban dormir: Fernanda, Medellín, Pedro, Libardo, Julio, Charlie. El de ella por encima de todos.

De pronto, sintió que se caía y saltó. Se agarró de los apoyabrazos. Creyó que habían entrado en un vacío o que se trataba de una caída de las que se sienten en el duermevela. Pero el sobresalto no era otra cosa que el llamado de la tierra. Abajo, ya muy cerca, estaba la cordillera. Larry pegó la cara a la ventanilla. Las montañas, abismales y dramáticas, le anunciaron lo inevitable.

61

La primera vez que el fiscal Jorge Cubides fue a la casa, pensé que se trataba de otro amigo de Libardo. Estaba vestido con una sudadera y me pareció muy joven, muy musculoso para ser fiscal. Preguntó por Fernanda cuando le abrí la puerta, muy sonriente él, muy seguro de sí mismo. Cuando la saludó, le dijo:

—Discúlpame por presentarme así, estoy todo sudado, salía del gimnasio y como queda cerca, pues aproveché.

Ella lo invitó a pasar y le ofreció jugo y fruta picada. En medio de lo que hablaron pude entender que a él le interesaba nuestro caso porque lo podría favorecer en un ascenso que estaba buscando. Apuntaba alto Jorge Cubides: quería ser vicefiscal general de la nación.

—El tal Eloy los está llamando de teléfonos públicos, ubicados en diferentes sitios de la ciudad —añadió—. Sin embargo, no hemos podido verificar que pertenezca a los Pepes.

—Nadie más puede tenerlo —dijo Fernanda.

—Pero tenemos que confirmarlo para poder dar el siguiente paso. Me dijiste que antes habías hablado con otro hombre —dijo Cubides.

—Sí, Rómulo —respondió Fernanda, y él anotó el nombre en una libreta.

—Dos cosas —dijo él—. Primero, tienes que averiguar con ellos qué pasó con Rómulo, sería ideal que retomaras el diálogo con él. Segundo, tienes que insistir en que te manden una prueba de vida de Libardo.

—No hay llamada en que no se las pida —dijo ella.

—Y en cuanto al dinero que están exigiendo —dijo el fiscal—, ¿puedes conseguir esa suma o no?

—En eso estamos —dijo Fernanda.

En eso andaba ella. Concertaba citas con los socios de Libardo, visitaba a los que estaban presos, muy tarde en la noche se encontraba con los que huían o hablaba con esposas o testaferros. Salía siempre arregladísima, aunque se comía las uñas.

Cuando Eloy volvió a llamar, Fernanda le dijo, ya tengo la plata, la tengo aquí conmigo, pero no le puedo entregar nada sin una prueba de vida. Eloy se quedó callado un rato, ella le preguntó si seguía ahí y él le respondió que lo iba a consultar. Fernanda nos hizo una señal de victoria. Antes de colgar, le dijo, Eloy, Eloy, no cuelgue, necesito preguntarle algo. Dígame, doña Fernanda. ¿Qué pasó con Rómulo?, preguntó ella. ¿Rómulo?, repitió Eloy y otra vez se quedó callado. ¿Eloy?, preguntó Fernanda. Señora, dijo él, a Rómulo lo mataron.

Fernanda se reunió con Cubides y celebraron que, por primera vez, los supuestos captores hubieran aceptado considerar la entrega de una prueba. El fiscal consideró que no podían dar por cierta la información sobre alias Rómulo. A lo mejor Eloy miente y ni siquiera lo conoce, dijo.

La que mentía era la vida, confabulada con los mentirosos o con las circunstancias propicias para que el engaño resultara redondo. En la madrugada de otro día timbró el teléfono. Fernanda respondió casi dormida y al otro lado de la línea oyó un susurro que le decía, Fernanda, mi amor, soy yo. Quedó sentada, con el corazón a punto de estallarle. ¿Libardo?, preguntó. Oyó que el susurro le preguntó, ¿cómo están los niños? Ella le dijo, habla más fuerte que no te oigo bien. No puedo, dijo el susurro. ¿Dónde estás?, le preguntó Fernanda. Con los que me tienen, no puedo hablar más, dime cómo están los niños. Habla más fuerte, insistió Fernanda. Tengo que colgar, dijo el susurro, dales lo que están pidiendo, estoy desesperado. Háblame más duro, casi no te oigo, le suplicó Fernanda, enojada, pero luego habló Eloy y le dijo, ahí tiene la prueba, señora, nosotros ya cumplimos, la llamo luego para programar la entrega de la mercancía. Colgó y Fernanda quedó gritándole a la bocina, ¡no cuelgue, Eloy, necesito hablar con él, solo un segundo, Eloy, por favor! Julio y yo entramos al cuarto, alertados por los gritos, y la encontramos abrazada al teléfono y llorando angustiada.

Amanecimos sentados en la cama, haciendo conjeturas y obligándola a recordar cada palabra de la conversación.

—Pero ¿era o no era él? —insistí.

—Yo qué voy a saber —dijo Fernanda—. A veces sí y a veces no. Cuando oigan la grabación, ustedes sabrán.

—¿Pero cómo no vas a reconocer al papá?

—Hace mucho no lo oigo, y ya les dije que apenas se le oía la voz.

—A lo mejor hablaron así para que no lo reconocieras —dijo Julio.

—Puede ser —dijo ella—, pero también hay que entender que lleva meses encerrado, sin hablar con nadie, quién sabe en qué estado andará. A cualquiera hasta se le olvida hablar.

Una y otra vez le hicimos las mismas preguntas y ella nos dio las mismas repuestas. Solo nos quedaba esperar un rato hasta ponernos en contacto con el fiscal Cubides y revisar la grabación de la llamada.

Fuera Libardo o no, yo estaba muerto de miedo de oír esa voz.

62

Fernanda sigue con el vestido azul que tenía en la mañana, aunque ya no lleva tacones sino pantuflas. Por la sonrisa con la que me recibe supongo que todavía no sabe nada, o finge para descargarme su ira en el momento oportuno. Busco a Julio con la mirada y no lo encuentro. Ella me pregunta si ya almorcé. Le respondo que sí y no me pregunta dónde.

—¿Y tú? —le pregunto.

—Sí, también —me dice—. Tuve un almuerzo de negocios.

—¿Qué negocios?

—Todavía ninguno —me aclara—, pero quiero hacer algo. Estoy jarta de depender de Julio.

Me ofrece café y le digo que no quiero. ¿Qué negocios podría hacer Fernanda? Prefiero no provocarla con mis preguntas, al menos hasta descartar que sabe de mi visita a Rosa Marcela.

—¿Y Julio? —le pregunto—. ¿No ha venido por acá?

—Vino y se fue. Salió furioso. Se llevó al papá.

—¿Qué pasó?

—Pues que yo no voy a permitir que Libardo se quede con tu abuela. Además me pareció horroroso ese jarrón que ustedes escogieron. Y no me digas nada que no pienso repetir esa discusión contigo. Pero el papá se merecía algo más lujoso. Se dejaron influenciar de esa señora.

—Ella no tuvo nada que ver —le digo.

—Ya sé, ya me lo dijo Julio y no voy a volver a discutirlo contigo. —Prende un cigarrillo y me dice—: Todos dependemos de Julio, de lo que le dé la gana darnos. Cada mes me toca humillarme para pedirle un poco más. Y mira tú, podrías haber terminado la carrera, pero no, Julio te dijo que no alcanzaba para tanto, pero eso sí, él anda viviendo allá como todo un pachá.

—¿Para dónde se fue?

—Pues para la finca.

—¿Y el papá?

—No me pones atención, Larry. Se lo llevó, que lo va a enterrar allá y que tú estabas de acuerdo, me dijo.

Entonces Julio no me acusó con Fernanda, pero me usó para resolver el destino de Libardo. Se fue sin despedirse, sin dejar que le contara qué había pasado con nuestra hermana, cómo había sido nuestro encuentro, qué pienso de ella.

—¿Y no va a volver? —le pregunto a Fernanda.

Ella levanta los hombros y le da una calada larga al cigarrillo.

—En el fondo me parece una buena idea —dice—. Libardo adoraba sus fincas, eran su vida, está bien que descanse en la única que nos quedó. Además Julio es tan Libardo… Es mejor que estén cerca.

La conozco. Su satisfacción es solamente por haberle ganado este *round* a la abuela. Habría botado a Libardo por una alcantarilla con tal de no dejárselo. A mí me duele que mi hermano se haya ido. No habrá misa ni funeral. Ya no tengo nada que hacer en esta ciudad.

—Tú y yo deberíamos pensar en montar algo, seríamos buenos socios y no dependeríamos de tu hermano —me dice mientras aplasta el cigarrillo en un cenicero.

—Yo me voy a ir, ma.

—¿Para dónde?

—Pues para Londres. Allá tengo un trabajo, un apartamento, allá tengo mi vida.

—Lo único que tienes allá es un sueldo —me dice.

—Pues aquí ni siquiera tengo eso —le digo.

—Porque no te da la gana, porque te conformas con nada. Nos quitaron todo y tú no has movido ni un dedo para intentar recuperar algo.

—Recuperar ¿qué?

—Muchos de los que mataron a tu papá también están muertos, o inactivos. Ya ha pasado mucho tiempo, Larry, podríamos hacer algo, los tres juntos podríamos empezar de nuevo. Tú y Julio llevan la sangre de Libardo, y yo pasé más de media vida junto a él.

—¿Empezar?

—Reconstruir, Larry, levantar lo que derrumbaron. Tú eres inteligente, Julio es ambicioso, todavía hay amigos que podrían ayudarnos…

—¿Los amigos mafiosos? —la interrumpo.

Fernanda se lleva una mano a la frente y toma aire despacio. Saca los pies de las pantuflas y los sube sobre el asiento. Mete los dedos entre el pelo para peinarlo hacia atrás. Un mechón se devuelve y le cubre media cara.

—Ellos ya están en otras cosas —dice en un tono más pausado—. Nosotros también podríamos.

—Ma, todo lo del papá era ilícito, incluidos sus amigos, no entiendo qué es lo que quieres reconstruir.

—Volver a ser como antes —insiste—. Dejar esta pocilga. La otra casa todavía existe, está abandonada, pero ahí sigue. Con unos buenos abogados se podría recuperar.

—¿Cuánta plata botaste ya en abogados? —le pregunto.

—Pues gracias a los abogados no perdimos la finca donde está Julio y pude conseguir este apartamento.

—Hace medio minuto lo llamaste pocilga.

Me reta con la mirada, con el cuerpo, con el tono que alza para decirme:

—Sí, Larry, porque nos merecemos vivir en un sitio mejor, en otro barrio, con otro estatus. No te educamos para que fueras poquito.

La cabeza me hierve y veo borroso. ¿A qué horas se armó este lío con este tema tan inútil? Esta discusión habría tenido sentido hace doce años, ¿pero ahora? Miro las cajas sin desempacar, los cuadros arrumados, la montaña de cortinas que no ha querido colgar. Tengo la impresión de que ni siquiera barre. Me nublo y le digo:

—Creo que la pocilga es tu propia vida.

Fernanda agarra el cenicero y me lo lanza con rabia. Sale para su cuarto, se encierra dando un portazo y suelta un alarido de bestia herida. Yo me sacudo las cenizas y las colillas. El golpe fue duro. El mío y el de ella. Lo único que se me ocurre en medio de este enredo es darme un baño.

63

Al pie de las escaleras eléctricas, a mano derecha, quedaba la última oportunidad de Larry para encontrarla. Si ella hubiera salido en un vuelo anterior y todavía estuviera donde se reciben las maletas, si aún estuviera afuera con sus familiares llorando con ellos la muerte de su padre, si alcanzara a pedirle un número de teléfono, si esto o si lo otro, así llegó hasta las escaleras, pero no usó las eléctricas sino que bajó por las del costado. Con sus propios pies.

Que esté y no esté. Que se haya ido, que apenas haya llegado.

Bajó con la mirada puesta en el carrusel, la sala ya estaba llena de gente y al otro lado del vidrio, los que esperaban. Tenía miedo de ver a su mamá más vieja, se había hecho una idea de ella a través de Skype, pero cómo sería tenerla a centímetros, tocarla, escudriñarla de arriba abajo. Hay gente que se acuesta joven y se levanta vieja.

Fernanda. Charlie. Que no hayan llegado a recogerme, que todavía no hayan venido a recogerla. Que esté Fernanda para que me salve, que no haya nadie, que me dejen solo…

Más allá había otro carrusel que se movía vacío. Larry miraba a la gente adentro y a los que esperaban afuera, detrás del vidrio. En este lado no estaba Charlie y en el otro no estaba Fernanda. Una alarma anunció la salida de las maletas. Los pasajeros se amontonaron como si fueran a repartir comida o plata. Larry se quedó quieto, buscando lo que no iba a encontrar, ni adentro ni afuera.

La gente empezó a salir con los carritos repletos de equipaje. Parecían carritos chocones. Poco a poco el carrusel quedó solo, girando solamente con la maleta de Larry. La tomó y la arrastró a pesar de la ruedita chueca. Cruzó las vidrieras que separaban a los de adentro y los de afuera. Miró despistado a su alrededor. Había euforia, llanto, risas y abrazos. Le ofrecieron servicio de taxi, de bus hasta Medellín, hoteles y pensiones, pero nadie le ofreció un abrazo. Definitivamente Charlie no estaba. Tal vez nunca estuvo. Se despidió de ella: hasta nunca, *my dear*.

Tampoco vio a Fernanda, ni a Julio ni a los abuelos. La única opción que le quedaba era esperar porque no sabía adónde ir si quisiera tomar un taxi. De pronto oyó un grito, una voz conocida:

—¡Ya te vas a poner a llorar, marica!

Se dio vuelta y lo vio. Ahí estaba con la misma sonrisa de malandro, un poco más gordo y con menos pelo, su amigo de siempre, Pedro el Dictador, que lo abrazó con fuerza y le dio palmadas bruscas en la espalda.

—¡Qué más, mijo! —lo saludó Pedro.

—¿Y Fernanda? —preguntó Larry.

—Gracias por saludar —le dijo Pedro—. Le pedí que no viniera porque te iba a dar más alegría verme a mí.

—No jodás —le dijo Larry, medio en broma, medio en serio, y lo abrazó.

—A ver te ayudo con eso —le dijo Pedro y le arrebató la maleta.

Caminaron hacia el parqueadero. Larry echó un último vistazo hacia atrás. Pedro le preguntó:

—¿Estás esperando a alguien?

—No —le dijo Larry—. Vamos.

64

Para verificar si la voz de la grabación era la de Libardo, había que cotejarla con otra en la que él hablara, nos explicó Jorge Cubides.

—Puede ser un video en el que él diga algo.

—¿Video? —preguntó Fernanda.

—O un casete, cualquier cosa donde lo podamos oír —agregó el fiscal.

—No sé si haya algo que sirva —dijo Fernanda y nos miró a Julio y a mí.

Recordé que cuando éramos niños Libardo tenía una cámara de video y nos había grabado muchas veces, pero nunca volví a ver esas películas.

—¿Te acuerdas, ma, de los videos que el papá nos hacía cuando estábamos chiquitos?

—Pues sí —dijo Fernanda—, pero ni idea de dónde podrán estar.

—Búsquenlos —dijo el fiscal—, y salimos de la duda.

—¿Nos puede dar una copia de la grabación? —le preguntó Julio—. Queremos volver a oírla para estar más seguros.

Regresamos a la casa y la orden de Fernanda para todos, incluidos los escoltas y las empleadas, era buscar hasta en el último rincón cualquier tipo de casete.

Primero aparecieron los estuches con la música que escuchaba Libardo, llenos de casetes originales, pero también había recopilaciones mandadas a grabar por él. Uno de los muchachos se encargó, ahí mismo, de oírlos todos y separar los que pudieran contener algo distinto a canciones. Así, entre fragmentos de tangos, boleros y vallenatos, esculcamos cada cajón, cualquier guardadero donde creyéramos que pudieran estar olvidados los videos que había hecho Libardo.

Un par de días después, en medio de la búsqueda, sonó el teléfono. Era Eloy, que no había vuelto a llamar desde la noche en que ella, supuestamente, había hablado con Libardo.

—¿Y ahora qué se les perdió? —preguntó Eloy—. ¿Qué andan buscando?

Fernanda palideció mientras, al fondo, se escuchaban las carcajadas de Eloy. Ella reaccionó y corrió a la ventana para cerrar las cortinas.

—Nada que le importe —le dijo Fernanda.

—Puede que no me importe, pero sí es importante —dijo Eloy—. Hace mucho no los veía tan ocupados.

—¿Nos está viendo? —le preguntó Fernanda.

—Ay, señora —dijo Eloy—, ¿de cuándo acá usted y yo tenemos secretos?

—Déjenos tranquilos —le reclamó ella—, estoy tratando de juntar la plata.

—¿Pero no me había dicho que ya la tenía?

—Todavía no. Llámeme en tres días —le dijo ella.

Fernanda quedó muda por unos minutos, hasta que se levantó furiosa y, a los gritos, llamó a los empleados, les preguntó, uno a uno, quién era el sapo, quién era el traidor, para cortarle la lengua, para picarlo. Yo la interrumpí, ¿qué pasó, ma?, ¿qué te dijo ese tipo? Pero ella seguía vociferando, acompañada de Julio que preguntaba, ¿quién es el hijueputa que nos vendió, que vendió a mi papá? Yo le juro, señora, intentó decir uno. ¿Cuál es el malparido infiltrado? Usted nos conoce desde hace mucho, intentó decir la de la cocina. Yo insistí, ¿qué pasó, ma? Y ella me respondió, también con un grito, que Eloy sabe que andamos buscando algo, uno de estos está sapeando todo, y los encaró, a lo mejor no es uno solo sino que son todos juntos, ahora mismo se me largan si no quieren que llame a la

Fiscalía para que se los lleven por torcidos, por cómplices, por malparidos, dijo.

Quedó temblando, recostada contra la pared mientras que los empleados, tan descompuestos como ella, salieron en fila, las dos mujeres llorando y los escoltas cabizbajos.

—Sírveme un trago, Julio —le pidió Fernanda.

—Cuéntanos todo, ma —le dije y la llevé hasta el salón, se dejó caer en una poltrona y me dijo:

—Saben que estamos buscando algo importante.

Julio llegó con un vaso lleno y ella ni preguntó qué era. Se echó dos tragos grandes y suspiró. Nos dio más detalles de la llamada, de lo poco que recordaba, porque el miedo de saber que nos vigilaban la dejó sin aliento.

Mi hermano fue hasta el ventanal, miró las decenas de edificios que rodeaban la casa y, con un par de tirones, volvió a cerrar las cortinas.

—Estoy segura de que alguno de los empleados nos está traicionando —dijo Fernanda.

—Todos llevan años con nosotros —le dije—, están desde mucho antes de que se llevaran al papá. Yo creo que más bien nos están espiando desde afuera.

—Yo estoy con la mamá, Larry —dijo Julio—. Aquí adentro hay un sapo.

—Pero Eloy no te mencionó los casetes —dije—. ¿O sí?

Fernanda volvió a beber, hizo un gesto de trago amargo, recostó la cabeza y cerró los ojos.

—¿Te los mencionó, ma?

—No me acuerdo. Creo que no, pero no estoy segura.

—Si la información hubiera salido de acá, él sabría qué estamos buscando.

—De todas maneras —dijo Fernanda, todavía con los ojos cerrados—, lo mejor es despedirlos a todos. Que se larguen. Ya no confío en nadie.

Quedamos los tres solos en la casona. Fernanda se comprometió a buscar un nuevo personal pero, mientras tanto, cada uno cocinaba lo que quería o pedía la comida a domicilio. La ropa sucia se fue acumulando y también la mugre y la dejadez. A mí me gustaba esa situación. Por primera vez, desde que tenía memoria, estaba sin escoltas, sin gente extraña que invadiera nuestros espacios. En las noches me acostaba en la cama revuelta, tal como la había dejado por la mañana. Apenas encendíamos las luces necesarias, por seguridad, y desde afuera la casa parecía deshabitada. Las cortinas permanecieron cerradas todo el tiempo, por supuesto.

Una mañana, Fernanda nos despertó a los gritos. ¡Vengan, muchachos, despierten, miren lo que encontré! Entró al cuarto de cada uno con una caja de zapatos llena de casetes de video. Nos pidió que bajáramos de inmediato, nos afanó tanto que Julio y yo llegamos como estábamos, en calzoncillos, descalzos, con los ojos abultados por dormir hasta las once de la mañana.

—¿Dónde podemos ver esto? —preguntó Fernanda.

—¿Qué formato son? —le pregunté.

—¿Qué?

—Déjame ver.

Eran casetes para Betamax. El sistema que había en la sala era VHS.

—Necesitamos un Betamax —dijo Julio.

—Aquí hay uno —dijo Fernanda.

—Ese no sirve.

—Claro que sirve —dijo ella—. El domingo ustedes vieron una película.

—Ese es DVD. Ahí no funcionan esos casetes —le expliqué.

Fernanda maldijo. Se quejó de no entender nada de lo que estábamos hablando.

—Yo sé dónde hay uno —dijo Julio y salió para el cuarto de los escoltas. Ellos tenían un Betamax viejo donde veían películas porno.

Empezamos a conectarlo al televisor mientras Fernanda miraba cada casete con la ilusión de encontrar una pista, una marca, alguna fecha escrita. En el primero que pusimos aparecieron las imágenes de unos potreros, tomadas desde un carro. Se oía el ruido del motor, del viento, pero nunca se oyó la voz de Libardo. Julio dijo que esos eran los antiguos establos de El Rosal.

En otro casete aparecía Libardo jugando fútbol con unos amigos. Fernanda reconoció a varios. Ahí está Benito, mírenlo, el de camiseta roja. Era Benito más joven, y Libardo también se veía rejuvenecido. Jugaba, empujaba, se reía, hacía bromas con sus amigos. Fernanda empezó a llorar y yo también tuve ganas, pero me las aguanté. El de azul es Genaro Robles, dijo Fernanda, ya está muerto, añadió. Y mencionó a otros que yo ya tenía borrados en la memoria. Todos muertos, todos asesinados. Julio le dijo, cállate que no dejas oír nada. Pero no había nada que oír. La persona que grabó el video se había parado junto a un parlante y lo único que se escuchaba era la música de parranda para amenizar el partido. Después otro jugador entró a la cancha y todos lo aplaudieron. Nos miramos pasmados cuando reconocimos, con atuendo de futbolista, a Pablo Escobar.

El tercer casete mostraba un cumpleaños de Julio. Supusimos que Libardo era el que grababa la fiesta porque aparecían muchos conocidos menos él. Ahí estaban los abuelos, otra vez Benito, Fernanda, yo, más niños, más amigos y una cantidad de guardaespaldas. ¿Cuántos estarías cumpliendo?, dijo Fernanda, creo que once o doce, calculó mientras se limpiaba las lágrimas. Doce, dije apenas apareció la torta con las doce velitas que conté rápidamente. Había bulla, sonaba música, se escuchaban voces, pero ninguna era la de Libardo.

En otro casete se veía el mar, la playa llena de turistas, barcos a lo lejos, como si estuvieran grabando desde el cuarto alto de un hotel.

—¿Dónde será eso? —se preguntó Fernanda y dijo—: No se me hace conocido.

—El mar es muy azul —dije—. Puede ser San Andrés.

—Ah, sí —comentó Fernanda—. Fuimos varias veces, hasta con ustedes, pero no me acuerdo de que él hubiera filmado.

—Cállense —dijo Julio—. El papá está hablando.

Pusimos atención pero no hablaba sino que se reía a carcajadas. Inclinó la cámara y vimos la baranda de un balcón y unas toallas puestas sobre las sillas. Luego la cámara dio un giro brusco y enfocó, sobre la cama, a una jovencita en pelota que intentaba cubrirse con una sábana, también a las carcajadas. Ella dijo, no, Libardo, no seas necio, no me filmes así, necio. Él se acercó con la cámara y ella gritó más, mirándolo con picardía. Él tiró de la sábana y ella quedó desnuda, acurrucada, los dos partidos de la risa.

Cuando volteé a mirar a Fernanda, ella estaba con medio cuerpo afuera de la poltrona, en la cara le habían aparecido parches rojos, morados, blancos y verdes. Apretaba la mandíbula y temblaba de la ira.

—Es la puta esa —gruñó.

Me levanté de un salto para apagar el reproductor, pero ella me detuvo con un alarido.

—¡Déjalo! Déjame ver a ese par de hijueputas.

—¿Para qué, ma? ¿Para qué te vas a mortificar? —le alegué—. Tenemos que concentrarnos en lo que estamos buscando.

—Esa es la moza, la puta de Vanesa —dijo Fernanda. Se puso de pie y apretó los puños.

—Voy a quitar eso ya mismo —le dijo Julio, pero antes de levantarse, ya Fernanda había agarrado un caballo de bronce que había sobre la mesa de centro y se lo había lanzado al televisor. Le dio golpes a la pantalla sin importarle las chispas, el humo ni los fragmentos de vidrio que se le clavaron en la mano. Sin dejar de golpear, dijo:

—Ojalá te maten, malparido, maricón hijueputa, ojalá te piquen, no voy a mover un dedo para que te suelten, y a vos, gran puta, tetona de mierda, te voy a matar yo con mis propias manos.

Le soltó un último golpe al televisor y cayó al piso, desmayada.

65

Sentado en el piso de la ducha, con el agua caliente cayéndome sobre la cabeza, desfilan las imágenes de lo que han sido estas horas sin dormir y sin sosiego. Medellín convertido en un destello, el olor y el ruido de la pólvora, la bulla de los borrachos y el sonsonete de las canciones que no dicen nada y lo dicen todo, dicen lo poco que somos, en lo que nos hemos convertido: en un reguetón monótono y vacío, misógino y violento, un culto a la nada. Un día, una noche, un amanecer que empato con este otro día que ya casi se vuelve noche otra vez. Fernanda, Pedro el Dictador, la Murciélaga, Julieth, la marihuana, el aguardiente, el perico, Julio, los huesos de Libardo, los abuelos, Vanesa, Rosa Marcela y entre todos los rostros, el de ella, Charlie dormida, llorando, bebiendo, su pelo en mi hombro, nuestras manos entrelazadas, su cara triste que cada minuto que pasa se me hace más difusa.

El agua empieza a enfriarse y se me han arrugado los dedos. El baño está lleno de vapor, el espejo, empañado, y me pusieron una toalla de esas que no secan. Afuera suenan las carcajadas de Fernanda. ¿Seguirá en el teléfono con Julio? Él llamó de la finca para contarnos que había decidido enterrar a Libardo junto a un guayacán, en la tierra que limita con la quebrada de abajo. Sé cuál es porque Libardo se embobaba mirándolo cuando estaba florecido.

Sobre la cama sigue mi maleta con la ropa revuelta, como si llevara días aquí. Fernanda sigue riéndose duro y la acompaña la carcajada de un hombre. Ella y quien sea el otro susurran. Los dos vuelven a reírse. Yo esa risa la conozco.

Salgo del cuarto y trato de ubicarlos. Las risas ahogadas y las frases a medias vienen de la cocina. Yo esa voz la conozco. Ahí están, muy pegados y apoyados en el mesón, Fernanda y Pedro. Apenas me ven, se paralizan, sobre todo él. Ella trata de contener la risa, como una niña que oculta algo. Pero no pueden taparlo. Fernanda tiene la nariz blanca, Pedro sostiene un cuchillo que carga en la punta la pizca de coca que iba a esnifar justo cuando aparecí.

—Malparido —le digo.

—Larry —dice Fernanda, pero aparte de mi nombre no tiene más para decir.

Me abalanzo sobre Pedro, lo embisto. Los dos caemos al piso. Fernanda reacciona con un grito, aunque en vez de intervenir, intenta juntar el perico que se salió de la bolsa y quedó regado en el piso. Pedro y yo rodamos, él es más fuerte, siempre lo ha sido, y logra someterme.

—Déjame explicarte.

Le suelto todos los insultos que puedo. Pedro es más fuerte, pero yo tengo más rabia. Me zarandeo y lo lanzo hacia un costado. Vuelvo a atacarlo, Fernanda me entierra las uñas en el cuello y me pide que lo suelte. Le doy un puñetazo a él en la cara y salgo corriendo. No huyo de él sino del momento. Y de la verdad.

Frente al ascensor me doy cuenta de que estoy descalzo. Vuelvo al apartamento y me pego del timbre. Pedro me abre.

—Déjame y te explico —dice—. La historia es muy larga.

Le sangra la nariz, lo empujo y cae al piso, entro a mi cuarto, agarro los zapatos, salgo y cierro de un portazo.

Afuera ya están encendidas las luces de la calle. ¿Y yo para dónde agarro? Tan grande que es el mundo y solo tengo un lugar adonde ir: la casa de los abuelos. También tengo una hermana, pero ¿me atrevería? Cuando me estoy poniendo los zapatos, oigo que me llaman:

—¡Larry! ¡Larry!

Me doy vuelta y la veo. Es Julieth llamándome desde el carro de Pedro. Me hace señas para que me acerque. Inga está dormida junto a ella y la Murciélaga está llorando.

—¿Para dónde vas? —me pregunta Julieth. Nota mi descompostura y pregunta—: ¿Qué te pasó, Larry?

—¿Qué están haciendo acá?

—Te estamos esperando a ti y a Pedro —dice—. Subió a buscarte.

—No me hablen de ese hijueputa —digo.

—¿Qué pasó? —pregunta Julieth, sorprendida.

Las tres llevan la misma ropa de ayer, apestan a trago, perdieron el encanto, Inga babea, la Murciélaga tiene los ojos abultados y Julieth, la mirada perdida.

—¿Qué le pasa a ella? —pregunto y señalo a la Murciélaga.

—Está triste.

—¿Por qué?

—Por todo.

—¿Las llaves del carro están pegadas? —pregunto.

—Sí —dice Julieth—, Pedro ya viene.

Me subo adelante y enciendo el motor. Hace años que no manejo, pero eso no se olvida.

—¿Qué haces? —me pregunta Julieth.

No le respondo y arranco.

—¿Para dónde vas? ¿Y Pedro? —insiste Julieth.

Cualquier calle me sirve de escape, por instinto busco las lomas que me llevan hacia arriba. Una botella rueda bajo mis pies y queda atrapada entre los pedales. En lugar de frenar, acelero. Las mujeres gritan.

—¿Qué haces, Larry?

Logro destrabar la botella con un pie. La Murciélaga vuelve a llorar y Julieth le suplica que no piense más en eso. La botella todavía tiene aguardiente, la aprieto entre los muslos, la destapo y me echo un chorro largo.

—¡El guaro! —exclama Julieth—. Se nos había perdido.

Me lo arrebata y bebe, luego se lo pasa a la Murciélaga y le dice:

—Toma y deja la lloriqueadera, por favor.

Prendo el radio y la Murciélaga lanza un grito:

—¡No! —Apaga el radio con un golpe y dice, fuera de sí—: No quiero música, no quiero trago, no quiero nada, no quiero vivir.

Sin darme cuenta me paso un semáforo en rojo y otro carro frena en seco, casi junto a mi puerta. Julieth grita y la Murciélaga ni se da cuenta. Inga rezonga, todavía dormida. Del otro carro me insultan, en otra época me habrían pegado un tiro. Julieth se echa hacia delante y, fingiendo una dignidad que no cuadra con su borrachera, me dice:

—No seas infantil, Larry, no te hagas el importante. Dime de una vez para dónde vamos.

Le quito la botella a la Murciélaga y me echo dos tragos más. Se me sacude el cuerpo como el de un perro recién levantado.

—Contéstame, Larry —chilla Julieth en mi oído.

—Para la puta mierda —le digo y aplasto el acelerador hasta el fondo.

66

Los días siguientes al hallazgo del video de Libardo con su amante, Fernanda se la pasó encerrada en el cuarto. Apenas salía para prepararse un café en las mañanas y, a mediodía, para servirse un trago. Ni siquiera le pasó al teléfono al fiscal Cubides. Tampoco quiso hablar con Eloy. Que lo maten, nos mandaba a decirle, aunque lo cambiábamos por, ella está ocupada ahora, por favor llámela después.

La casa estaba patas arriba. Por más que abriéramos las ventanas, olía mal, a restos de comida, a cigarrillo, a encierro y hasta a cable quemado, desde que Fernanda había destrozado el televisor. No sé cuántas semanas llevábamos sin cambiar las sábanas. Desesperado, llamé a la abuela para pedirle ayuda.

—Necesitamos a alguien que venga a limpiar, Mima.

—Ustedes lo que necesitan es atención y cuidado —me dijo—. Vénganse para acá. Yo puedo recibirlos a los dos.

Ella tenía razón. Estaríamos mejor en su casa, pero no podíamos dejar sola a Fernanda en esos momentos.

—Gracias, Mima, pero solo necesitamos alguien que nos ayude con el aseo y la cocina.

—¿Y qué pasó con todos?

—La mamá los echó. Hubo un lío y ya no confía en nadie.

—Pues yo tampoco confío en ella —dijo—. Aquí van a estar seguros y no les va a faltar nada. Eladio y Marcos siguen con nosotros, ellos pueden cuidarlos.

—Tal vez después —le dije—. Por ahora te agradecería si sabes de alguna empleada.

Mientras tanto, Julio y yo seguimos viendo los videos que quedaron pendientes. Confiábamos en que alguno tuviera la voz de Libardo. Sin embargo, lo que encontramos fueron apartes de su vida azarosa. Reuniones con políticos y empresarios reconocidos que, seguramente, había guardado como evidencia. Un grupo de hombres descargando cajas de una tractomula y luego subiéndolas a un avión. Tipos encadenados, confinados en un sótano, a los que con una motosierra les iban amputando las extremidades. Libardo y Pablo brindando con cerveza en un asado. Cosas así, algunas peores, otras insignificantes. Y una, en especial muy emotiva: un trío de músicos acompañaba a Libardo en una canción. Estaba borracho. Con una mano sobre el corazón y con los ojos encharcados, cantaba mirando a la cámara, *el miedo de vivir es el señor y dueño de muchos miedos más, voraces y pequeños*. Los músicos intentaban seguirlo pero Libardo estaba tan metido en la canción que parecía haber olvidado que había guitarras y gente a su alrededor. *Es tuyo y es tan mío que sangra en el latir, igual que un desafío, el miedo de vivir*, cantó Libardo, muy afligido.

Terminamos de ver todos los casetes y en ninguno estaba la voz de Libardo, y la canción no servía para hacer la prueba de cotejo. Quedamos, entonces, en el mismo punto, o más atrás, porque con la actitud de Fernanda, los intentos quedaron en el limbo. El fiscal Cubides se atrevió, incluso, a proponernos que Julio y yo retomáramos la negociación con los secuestradores. Tenía afán por mostrar resultados. Yo me negué por lo que siempre expuse: no estaba seguro de que la voz de la llamada fuera la de Libardo, y Fernanda le prohibió a Julio que se involucrara. Ella tuvo una conversación larga con el fiscal, pero no llegaron a ningún acuerdo.

Con la vida estancada, volví a invitar a Pedro y a sus amigos a mi casa, a beber, a rumbear, a acostarme con Julieth. Ya no me importaba si era viernes o sábado. El día que ellos quisieran, se armaba la juerga. Tampoco me importó si estaban Julio y Fernanda. Julio siguió saliendo para donde su novia, en taxi, aunque a veces nos acompañaba. A Fernanda la tenían sin cuidado mis fiestas, seguía bebiendo encerrada y sola.

Una noche de esas, Fernanda cruzó en piyama de la cocina a su cuarto y cuando pasó por el salón, Pedro la llamó. La invitó a unirse al grupo, se ofreció para prepararle un trago, otro más, porque ya venía bebida, y ella aceptó. Se veía contenta, contrario a como había estado en la tarde. Luego de que todos se presentaran, Fernanda preguntó en voz alta:

—¿Y cuál es la novia de Larry?

Julieth me miró achantada y bajó la cabeza.

—Ma —dije.

—A ver, ¿cuál es la afortunada? —insistió Fernanda.

—Ella —dijo Pedro y señaló a Julieth—. Pero el afortunado es él.

Fernanda le sonrió a Julieth, y ella le respondió tímidamente. A partir de ese instante Fernanda no dejó de mirarla con una curiosidad incómoda. A veces sonreía cuando se encontraba con la mirada de Julieth, pero yo sabía que esa sonrisa no tenía nada de amable.

A la hora, Fernanda ya había perdido lo poco que le quedaba de compostura. Tenía la camisa de la piyama abierta dos botones hacia abajo, no lograba acertar con el cigarrillo en el cenicero y trastabillaba cuando iba al baño.

—Larry, mi amor —dijo—, trae el televisor del estudio de tu papá.

Pensé que quería llenar el espacio donde antes estuvo el televisor destrozado.

—Mañana lo instalo, ma.

—Tráelo —me ordenó.

—Ma.

—Que lo traigas, Larry. Quiero que ellos vean algo.

—Yo te ayudo —me dijo Pedro, pero yo comencé a sospechar de lo que buscaba Fernanda.

—No —dije—. Ahora no vamos a ver nada.

—Yo te lo traigo, Fer —le dijo Pedro y le hizo una seña a otro para que lo acompañara.

—No vas a traer nada —le dije a Pedro.

—¿Por qué? —me desafió Fernanda—. Yo quiero la opinión de todos, y la de tu novia —agregó burlona. Se puso de pie y les dijo—: Les voy a mostrar a la moza de Libardo y quiero que me digan quién está mejor, si ella o yo.

Intentó hacer una pose, pero se fue para un lado.

—Les advierto —dijo—. Esa puta es mucho más joven que yo, aunque con todo y eso, no me llega a los jarretes. La quisiera ver cuando tenga mi edad.

—Ma, ya, suficiente.

—Déjalos que comparen. —Miró a Pedro y le dijo—: Trae ese aparato. —Y otra vez se dirigió a todos—: Yo fui reina de Medellín a la edad que ahora tiene esa zorra. —Miró a Julieth y le dijo—: Ya ves de dónde viene la buenamozura de Larry.

—Te callas o me voy —le advertí.

—Pues vete —dijo.

Me agarraron para que no me fuera, Julieth me susurró, no le pares bolas, está con tragos, pero nada me impidió encerrarme en el cuarto. Llamé a Julio para que volviera y me ayudara, pero no me respondió el celular. Me eché en la cama y puse el televisor a todo volumen.

Luego apareció Julieth y se acostó a mi lado.

—¿Qué estás viendo? —me preguntó.

—No sé. Cualquier cosa —dije—. ¿Les mostró el video?

—No lo ha podido encontrar —respondió Julieth—. Ahí sigue buscándolo.

—Discúlpala. Y discúlpame a mí también.

—¿Por qué a ti?

—Porque me quedé callado cuando ella preguntó cuál era mi novia.

—Pero si no somos novios.

—Sí, pero me porté como un güevón.

Julieth me besó en la boca y me dijo, tranquilo. Ahora no estoy para noviazgos, le dije. Tranquilo, repitió y me dio otro beso. Nos tocamos y nos quitamos la ropa. Más que excitado, yo estaba agradecido con Julieth.

67

—Si ves un aviso como aquel, que dice que lo mejor de esta tierra es su gente, puedes estar seguro de que estás llegando al mismo infierno —le dijo Pedro a Larry, ya montados en la 4x4.

—Entonces, ¿nada ha cambiado? —preguntó Larry.

—Todo y nada —le respondió Pedro. Se quedó mirándolo y le dijo—: Traés una cara...

Muy cerca del aeropuerto comenzaban las fondas. Ya no eran los ranchos improvisados que había cuando Larry se fue. Sin perder el concepto, ahora eran construcciones sólidas y atractivas, todo un montaje para la gastronomía típica. En una de ellas se detuvieron, se acomodaron en una mesa y Pedro pidió dos aguardientes dobles, para empezar.

—Pues ya estás acá —dijo Pedro—, ahora podés recuperar todo el tiempo perdido. Si te lo proponés, dentro de poquito podrás ser el Larry de antes.

Levantó la copa hacia Larry, para ofrecerle el brindis, pero no dijo nada, se la bogó callado, mirándolo con sus ojos de vencedor. El aguardiente le erizó los poros a Larry. Vio mil diablos y tosió ahogado.

—Se me había olvidado a lo que sabía —dijo.

—Tomar guaro no se olvida. Es como montar en bicicleta. ¿Allá no tomabas?

—Aprendí a tomar whisky —le dijo Larry—. Whisky barato.

—Pues te jodiste porque aquí los whiskies son caros —le dijo Pedro—. ¿Otro aguardiente?

Larry le respondió que no, pero Pedro pidió dos más.

—El último —le advirtió Larry.

Pedro le agarró la nuca con su mano ancha y callosa y le dijo:

—No todos los días vuelve un tipo como vos a este país de mierda. Hay que celebrarlo como le habría gustado a Libardo recibirte.

—Yo soy el que va a recibir a Libardo. Vino del más allá para que lo enterremos —dijo Larry.

—Sí, ya sé —dijo Pedro—. Tu mamá me contó. Tantos años de incertidumbre. Jodido, ¿no?

Larry agarró la copa que le acababan de llenar y con ella cerca de la boca dijo:

—Nunca me lo imaginé descansando en paz en una tumba, con una lápida o una cruz. Lo imaginé en el fondo de una laguna o arrastrado por un río, metido en un matorral o en una fosa común.

Bebió un sorbito y se quedó pensativo. Tanta gente que salió y no volvió, tantos que se llevaron a la brava para cobrarles algo, o los que fueron señalados por un dedo vengativo que decidía, este sí, este no, y aquel sí, y aquel, y aquel también.

—¿Hace cuánto que no te echas un polvo? —le preguntó Pedro.

Larry le respondió con un chasquido de lengua. Pedro se rio y le pegó una palmada fuerte en el muslo. Larry se quejó y le dio otro sorbo al aguardiente. Pedro volvió a darle otro manotazo y Larry le devolvió un puño en el hombro. Los dos se rieron.

—No me respondiste, bandido —le dijo Pedro—, pero tenés cara de estar enamorado.

Larry se quedó mirándolo fijamente a los ojos.

—¿Qué me estás mirando, maricón? —le preguntó Pedro.

Larry lo miró otro rato más, en silencio, hasta que le dijo:

—Tengo que contarte algo que me pasó en el avión.

68

Seguimos manejando sin rumbo fijo. Inga se despierta y dice que tiene hambre. Julieth le sugiere que no coma porque puede vomitar otra vez. Aquí la comida es muy fuerte, dice Inga, y Julieth le replica, no, mija, fuerte es todo lo que te has metido. A mí el aguardiente logró apaciguarme un poco, aunque no se me sale de la cabeza la imagen de Fernanda y Pedro metiendo perico. ¿Hace cuánto andarán en esas? ¿Pedro la metió en el vicio? Enfilo hacia el oriente, otra vez hacia Las Palmas. Allá queda el aeropuerto, y aunque no puedo largarme ahora, es lo que quisiera hacer.

La Murciélaga ya no llora, pero tampoco ha vuelto a hablar desde que dijo que quería morirse. Mira siempre al frente, como hipnotizada por las luces de los carros. ¿Dónde está Pedro?, pregunta Inga. Se quedó en la casa de Larry, responde Julieth. Esa no es mi casa, les aclaro. ¿Y por qué no está aquí?, pregunta Inga. Me parece que hay problemas, dice Julieth y me señala. ¿Entonces para dónde vamos?, pregunta Inga. Pues según este, para la puta mierda, responde Julieth. Oh, exclama Inga.

Me cuentan que el plan que tenían con Pedro el Dictador era ir a una fiesta que, por ser ya diciembre, había organizado un amigo de ellos que se llama Lázaro. Íbamos por ti y luego para allá, me dice Julieth. ¿Y no es muy temprano todavía?, pregunta Inga. No, responde, es que la fiesta empezó ayer. Son fiestas muy violentas, agrega. ¿En qué sentido?, le pregunto. En todos, me responde. Pensándolo bien, le digo, pero me quedo pensativo y no le digo nada más. Al rato le comento:

—Creo que prefiero irme a descansar.

—Te la pasaste todo el día descansando —dice Julieth.

—Si supieras —le digo.

—Entonces hay que ir por Pedro —dice Inga.

—Yo allá no vuelvo.

—¿Qué pasó? —pregunta Inga—. ¿Peleaste con tu mamá? No me di cuenta. Yo estaba dormido.

—Dormida —la corrige Julieth—. Eres mujer, Inga.

—¿Alguna de ustedes sabe dónde vive mi abuela? —les pregunto, y las tres me miran estupefactas.

Cuando fui con Julio donde los abuelos, no puse atención, cerré los ojos casi todo el trayecto. Solo pensaba en la bolsa que llevábamos en el asiento de atrás y en la reacción que tendrían los abuelos. No imaginé que necesitaría volver tan pronto y en estas circunstancias.

—¿Para qué buscas a tu abuela? —pregunta Inga.

—Para quedarme allá.

—Deja el drama, Larry —me dice Julieth.

—Vive en un condominio de casas blancas, muy pegadas —les digo.

Hasta la Murciélaga rompe su mutismo y se ríe con las otras a las carcajadas.

—Ah, ya —dice Julieth—. Muy fácil, dale derechito que yo sé dónde es.

La Murciélaga suelta un grito eufórico y luego me mira con lástima.

—Ay, Larry, tú sí eres una güeva completa —me dice.

—Mejor llévanos donde Lázaro —dice Julieth.

—Denme un trago —pide la Murciélaga y pregunta—: ¿Ya mandaron la dirección?

—Sí —responde Julieth—, pero no creo que Larry sepa llevarnos.

—Tengo hambre —dice Inga.

La Murciélaga se echa un trago, se sacude y tose.

—Ya me siento mucho mejor, chicos —nos dice—. No se imaginan lo mal que estuve.

—Te amo, Murci, te amo mal —le dice Julieth.

—Llévanos donde Lázaro y después te vas para donde quieras —me dice la Murciélaga.

—Ya sé —les digo—. Volvamos a la casa de mi mamá, y una de ustedes sube por mi billetera y por la dirección de mi abuela.

—Larry, ¿estás manejando sin pase? —me pregunta Julieth.

Dejé mi cabeza en el apartamento, y el control de mí mismo y la razón. O dejé todo en Londres cuando se me ocurrió la estupidez de volver. O todo se habrá quedado en el tiempo en que Libardo no existía ni vivo ni muerto. Estaré comenzando otra historia con gente diferente, porque ninguno es el mismo ahora, ni Julio, ni Fernanda, ni Pedro. Nadie.

—Salí con mucha rabia y dejé todo arriba —les digo.

—Yo necesito comer algo primera —dice Inga.

—Primero —le corrige Julieth.

—Pero me acabas de decir que soy mujer —le alega Inga.

Julieth resopla. Agarra la botella y le dice:

—Pues para comer sí eres como un hombre, Inga. —Mira el fondo de la botella y dice—: Esto se está acabando.

Busco desandar lo andado, pero no todas la vías tienen su equivalente en sentido contrario. Las calles serpentean, las que suben no necesariamente bajan, se bifurcan, se estrechan, vuelven a ampliarse.

—Ayúdenme a volver —les pido—. ¿Por qué no maneja una de ustedes?

—Yo estoy volando —dice la Murciélaga.

—Yo no conozco —dice Inga.

—Busquemos la autopista —dice Julieth.

—¿Por ahí llegamos? —le pregunto.

—Por ahí nos vamos para la fiesta de Lázaro.

La Murciélaga prende el radio y otra vez suena lo mismo, lo de siempre. Un ruido, un sonsonete, la repetición infinita de una sílaba, una voz fabricada en un estudio para hacernos creer que cantan. Se me ocurre un argumento convincente.

—Volvamos y recogemos a Pedro.

Todas aprueban. Yo no pienso cruzarme con él, solo recuperar la billetera y mi teléfono. Luego agarro un taxi y que estos se vayan para la mierda.

Una me dice que gire por aquí, la otra que por allá, que me devuelva, que siga derecho, hay lugares que reconozco, hay pólvora reventando en el cielo, la que sobró de ayer o la que se compró para hoy. La Murciélaga busca, desesperada, su celular en el bolso. Aló, dice y de inmediato me mira. Tiene que ser él, debe ser Pedro, pero las otras no me dejan oír con sus instrucciones, voltea por la próxima, por esta no era, sigue y luego te devuelves. Bajamos, subimos, atravesamos avenidas y calles. Esta no es la ciudad que yo conocía, éramos un pueblo grande sin Dios ni ley.

—Para —me dice la Murciélaga.

—Ya vamos a llegar —dice Julieth.

—No, para, Larry, allá no hay nadie —dice la Murciélaga—. Pedro ya no está allá.

Detengo el carro y le pregunto:

—¿Y Fernanda?

—Tampoco. Salieron juntos.

—¿Para dónde?

—Pedro llega a la fiesta de Lázaro.

—¿Con Fernanda?

—No sé.

—¿Qué te dijo? —le pregunto.

—Eso, lo que ya te dije.

—¿Nada más?

—Que lleváramos trago y cosas.

—¿Qué cosas?

—Cosas.

Esta noche no puede ser como la de ayer. Le bajo el volumen al radio para pensar mejor. Apoyo la frente contra el timón. No tengo a Julio, no tengo a Fernanda, ni a la abuela ni a Rosa Marcela. Ni a Charlie. No tengo papeles, ni plata, ni teléfono ni nada. Solo a tres mujeres que parecen escapadas de un manicomio.

—Dame el carro, Larry —me dice la Murciélaga.

—Tengo que ir por mis cosas —le digo.

—¿Y quién te va a abrir? ¿Tienes llaves del apartamento? No tengo llaves. No tengo nada.

—No —le digo.

—¿Y entonces? —me pregunta la Murciélaga.

—Larry, entrégale el carro —me dice Julieth—. No tienes pase y además estás borracho.

—Ella también —le digo.

—Sí, pero tiene pase —me aclara Julieth.

—Déjame manejar, Larry —insiste la Murciélaga.

Necesito pensar, encontrar opciones para salir de aquí. No he dormido, he bebido, he fumado marihuana, tengo *jet lag*, no sé qué hacer. La Murciélaga abre la puerta y se baja. Intercambiamos puestos.

—No vas a correr, Murci, que estás muy tostada —le dice Julieth.

La Murciélaga le responde con una carcajada y arranca.

—Más bien díganme por dónde cojo —dice.

—Para la fiesta —dice Inga—. Allá tendrán comida.

¿Qué podría pasar si nos para la policía? ¿Les bastará, como antes, con que me identifique como el hijo de Libardo?

—Abre la boca —me dice Julieth.

—¿Qué?

—Abre la boca, cabezón.

Julieth deposita una pastilla en mi lengua y me pasa la botella para que la resbale.

—¿Qué era eso? —pregunto después de tragar.

Julieth me da un beso en la boca y me dice:

—No preguntes pendejadas, terrícola.

69

Una mañana me desperté tarde y encontré a una señora barriendo la casa. Me sonrió y saludó muy amable. Dijo que se llamaba Lucila y que la había mandado doña Carmenza, mi abuela. ¿Cómo entró?, le pregunté, y me dijo que la puerta estaba abierta. Que de todas maneras había timbrado porque no se atrevía a entrar, y como no apareció nadie, pues comenzó a recoger el desorden. No encontré jabón para limpiar los baños, me dijo, y con un poquito que había para los platos, lavé toda la loza. Me asomé y la cocina brillaba, olía a limpio. Las ventanas del salón y del comedor estaban abiertas. El aire circulaba, el sol alumbraba los rincones. ¿Ya habló con mi mamá?, le pregunté. Usted es el primero que veo, me dijo, no hay mucho para ofrecerle de desayuno, ¿quiere tomar algo? ¿Hay Coca-Colas?, le pregunté, y ella dijo que iba a mirar. Antes de que se fuera, la llamé:

—Lucila, ¿usted se va a quedar?

Se abrazó a la escoba y levantó los hombros, miró alrededor como calculando el tamaño de la casa.

—Pues eso depende de la señora —dijo.

No sé si se refería a la abuela o a Fernanda. No se lo pregunté. Habría venido advertida de lo que le esperaba. Sabría quiénes éramos, lo que estaba pasando con Libardo. Necesitábamos tanto de su ayuda que lo mejor era no incomodarla con más preguntas y dejarla hacer su trabajo.

Cuando Fernanda despertó, ya Lucila andaba preparando el almuerzo. Como era de esperarse, armó un tierrero. Sobre mi cadáver, dijo Fernanda y añadió:

—Carmenza la mandó para que le contara todo lo que pasa acá.

335

—Yo fui el que le dije a la abuela que necesitábamos a alguien que nos ayudara —le alegué.

—Ella nunca ayuda, Larry, lo único que hace es complicar las cosas.

Le pedí que echara una mirada, que entrara a la cocina, que ya estaba lavando montones de ropa, y que por fin, después de muchos días, nos íbamos a comer un almuerzo casero.

—Y abrió las cortinas —comentó Fernanda—. Qué belleza.

Las cerró de nuevo y me preguntó, ¿qué quieres? ¿Que nos sigan fisgoneando? ¿Que además de llevarle chismes a Carmenza, los de afuera se enteren de lo que pasa aquí? Y volvió a repetir, sobre mi cadáver, Larry.

Después de mucho discutir con ella, llegamos a un acuerdo. Lucila se quedaría hasta que Fernanda le encontrara reemplazo. De todas maneras le advirtió a Lucila:

—Y nada de llevarle cuentos a esa señora. Lo que pasa aquí, se queda aquí, ¿entendió?

Lucila susurró un, sí señora, como si ya hubiera cometido alguna falta.

Otras de las advertencias fueron: no conteste nunca el teléfono, estamos en una situación complicada, todas las llamadas se graban; no entre al estudio del señor; no le abra la puerta a nadie sin consultarnos; no pregunte para dónde voy ni de dónde vengo, le dijo Fernanda, ah, y vamos a tenerla unos días en período de prueba. Lucila asintió de nuevo, apabullada por el tono incriminatorio de Fernanda.

Al menos ya podíamos dormir con sábanas limpias, en camas bien tendidas, comer bien y respirar la limpieza, a pesar de que a Lucila a duras penas le alcanzaba el tiempo para mantener en orden una casa tan grande. De alguna manera volvíamos a la normalidad, aunque no podía ser normal una vida de la que alguien había desaparecido.

Julio intentó animar a Fernanda para que siguiera con el plan que había trazado con el fiscal Cubides. Volvimos a discutir sobre la grabación con la voz de Libardo y seguimos en desacuerdo. Fernanda insistió en que no iba a mover un dedo por él.

—¿Por qué no hablas con la moza? —le propuso a Julio—. Que ella siga con el plan. Yo no quiero volver a verlo.

A Julio no le cabía en la cabeza que ella, por celos, permitiera que lo mataran. Mi argumento era que ellos, los que llamaban, no lo tenían, pero a veces me carcomía la duda. ¿Y si estuviera equivocado? ¿Si esta fuera la oportunidad para que lo liberaran? A pesar de que Fernanda nos había prohibido hablar con Eloy, en una llamada que Julio respondió, le dijo que seguíamos firmes, que Fernanda estaba enferma, pero que apenas se recuperara, estaríamos listos para resolver la situación.

Aunque lo inventó, tenía razón: Fernanda estaba enferma de celos, tanto que, varios días después, nos reunió y nos dijo:

—Voy a seguir adelante, pero solamente para que él me pueda firmar el divorcio.

No dije nada, no me opuse, no estaba dispuesto a cargar con la culpa en caso de que ellos tuvieran razón. También guardaba la esperanza de que si ellos estaban en lo cierto, cuando Fernanda viera a Libardo se conmovería. Si estaba celosa era porque todavía lo quería.

El más entusiasmado con la reactivación del plan fue el fiscal Cubides. Fernanda volvió a reunirse con él, pero ya no en la casa sino por fuera, casi siempre en el casino.

—Para nadie es un secreto que allá voy seguido —nos dijo—. A nadie le vamos a despertar sospechas.

Otro día empacó la ropa de Libardo en maletas y cajas. Recogió los documentos que tenía regados en el estudio, los arrumó como pudo y los guardó en otras cajas que marcó «Papeles Libardo». Cuando tuvo todo junto, nos dijo:

—Espero no verlo. Menos mal se va derecho a la cárcel. Cuando se encuentren con él, le entregan la carpeta que estamos preparando y que firme donde le corresponde.

Salía todas las noches. Se iba en taxi y casi siempre la traía de vuelta el fiscal. Una noche la oí reírse a carcajadas con el tal Eloy, como si fueran íntimos amigos.

—¿De qué te reías con ese tipo? —le reclamé.

—Me contó un chiste. ¿Te lo cuento?

—¿Te dejas echar chistes de esos malparidos?

Fernanda intentó contener un resto de risa y, como no se aguantó, dijo:

—Dizque una vez llegó un borracho a una casa de citas...

—¡No! —le grité—. ¿Qué te pasa?

—¿Qué te pasa a ti, Larry?

Luego cambió la actitud, como si se hubiera arrepentido, y me hizo una seña para que me sentara junto a ella, en la cama.

—Mañana tengo parcial de Cálculo —le dije.

—Ah, es eso.

—No, no es eso.

—¿Vas bien? —me preguntó.

Hacía tiempo que no me importaba el estudio. No me iba mal, pero no me interesaba. Los profesores también estaban aburridos de ir a la casa, no lo decían aunque se les notaba. Daban las clases solo por cumplir y fingían entusiasmo cuando Fernanda les pagaba.

—¿Me sirves algo? —me pidió.

—Estás bebiendo mucho, ma.

—Tú también —me desafió—. Te la pasas emparrandado con tus amigos. Y hasta te encierras con esa muchacha en el cuarto. ¿Crees que no me doy cuenta?

—Pues si te molesta, la próxima vez dejo abierto —le dije.

Se irguió, sacó otra vez las garras, levantó el mentón y me dijo:

—Todo esto se termina el sábado.

Me desarmó. La fecha, el día exacto para el supuesto regreso de Libardo, me sacó de la incredulidad, me lanzó al pasado, a las épocas en que Libardo se iba de viaje y yo, con insistencia, le preguntaba a ella, ¿cuándo llega el papá?, siempre con miedo de que no volviera nunca. Fernanda, sin misterio, me respondía, mañana, pasado mañana, el otro lunes.

—Este sábado vuelvo a ser una mujer soltera —dijo, como si hablara de una cita que tuviera en la peluquería o con su masajista, como si el sábado fuera a ir a una fiesta.

70

—Decime la verdad, Pedro, ¿por qué Fernanda no fue a recogerme al aeropuerto? —preguntó Larry.

Unas gotas de agua comenzaron a caer sobre el parabrisas, distorsionando lo que se veía al frente. Eran goterones dispersos que se desprendieron de una nube suelta, en medio de una tarde de esas con las que Medellín se lucía de vez en cuando.

—Te voy a decir lo que pasa —dijo Pedro—. Hoy Fernanda me ha llamado más de veinte veces. Está muy ansiosa. Las veinte veces me preguntó la hora de tu llegada y me dijo que no sabía cómo recibirte.

—¿Cómo así?

—Pues que ya no sabía qué te gustaba para comer, cómo dormías…

—¿Cómo así que cómo duermo? —lo interrumpió Larry.

—Me estoy limitando a contarte lo que ella me dijo. ¿Me vas a dejar terminar? —Larry asintió, regañado—. Lo que menos vas a entender —siguió Pedro— es lo que me pidió apenas le conté que ya habías aterrizado.

Miró a Larry por si mostraba algún reparo, un gesto, pero él seguía callado, esperando a que Pedro le siguiera contando.

—Me pidió, casi rogando, que no te llevara al apartamento, es decir, no apenas llegaras —dijo Pedro.

—¿Te dijo por qué?

—No, solo insistió mucho en que no podías llegar ahora, que la llamáramos más tarde.

—¿Y qué dijo de mí?

Pedro le echó una mirada por encima del hombro y dijo:

—Te estás portando como si fueras el novio y no el hijo.

—¿Eso dijo ella?

—No, eso lo digo yo —dijo Pedro y le subió volumen al radio.

Un tipo desafinado cantaba un reguetón que decía, *me pongo rojo y no me enojo aunque me encojo.* Pedro lo acompañó cantando, *mírame, mami, mírame el ojo, y ojo, ojo, ojo con eso, mami...*

En la carretera había un aviso que anunciaba una salida hacia la Cola del Zorro. Larry le bajó el volumen al radio y le dijo a Pedro:

—Por ahí fue donde empezaron a buscar a mi papá. Cada vez que llegaba el rumor de que habían encontrado otro muerto botado en la Cola del Zorro, alguien salía para ver si era él, incluso llegaban mucho antes que los de Medicina Legal, porque Fernanda decía que ella no iba a dejar manosear de nadie el cuerpo de mi papá, ni que lo abrieran ni lo metieran en una nevera.

Pedro miró a Larry, que pasaba saliva con dificultad, y luego asomó la cabeza por la ventanilla, miró hacia el cielo y dijo:

—Si se larga a llover, se jode todo.

—¿Qué es todo? —preguntó Larry.

—¿No sabés qué día es hoy? —preguntó Pedro.

—30 de noviembre.

—Más que eso, papá. Hoy es la Alborada.

—¿Y eso qué es?

—El día más hijueputa del año. Nadie duerme, ni siquiera los que se acuestan a dormir —dijo Pedro y sonrió con su sonrisa canalla, la misma que usaba para convertirse en rey del mundo.

Le subió otra vez a la radio. El del reguetón seguía vociferando, *que si te cojo me pongo rojo, ojo que me enojo, mami.* Y Pedro cantó por su cuenta, *si hoy llueve, me enojo, Larry, mi parcero, Larry, Larry.* Y siguió repitiendo, Larry, Larry, hasta que se ahogó de la risa.

Los neumáticos chillaban en cada curva y la camioneta serpenteaba entre los otros carros. Larry fijó la mirada en los edificios que había abajo, mucho más altos que los que recordaba, más juntos, enclavados caóticamente en la montaña. Lo distrajo un aviso, junto a una tienda, que decía «MINUTOS A $200».

—Entonces, ¿para dónde vamos? —preguntó Larry.

—A recoger a la Murciélaga.

—¿Esa quién es?

—Sarita Martínez. ¿No te acordás? Era del colegio. En el prom se enredó con Fernández, ¿te acordás de él? Ella le hizo unos chupones en el cuello hasta que le sacó sangre.

—Qué va.

—Te lo juro, yo mismo lo vi, le chorreaba sangre, el man andaba cagado de miedo porque además tenía novia. Bueno, al otro día terminaron, ya te imaginarás.

—¿Y por esa es por la que vamos? —preguntó Larry.

—Ajá —respondió Pedro—, pero tranquilo, ella también ha cambiado mucho. Y bueno, te tenemos una sorpresa.

—Odio las sorpresas —dijo Larry.

Más adelante había otro aviso similar al anterior: «MINUTOS A $200, A FIJOS Y A TODOS LOS OPERADORES».

—Creí que eran minutos de verdad —dijo Larry.

—¿Ah?

—Los que ofrecen en los avisos —le aclaró y cerró los ojos para pensar en la posibilidad de comprar minutos hechos de tiempo, de pasado y de futuro, minutos para guardar como recuerdos o para tirar a la basura y olvidarlos por completo. Minutos para tener a la mano en caso de necesidad, para usar en un momento urgente, para cuando ya nuestro último minuto esté por terminar, pensó Larry.

71

Con voz quejosa, la Murciélaga me pregunta, ¿por qué nunca sabes dónde estás, Larry?, has vomitado tres veces, hueles mal, ya nadie se te acerca y como me vieron entrar contigo, nadie se me acerca, me dice con la cabeza apoyada en mi hombro, echados en un sofá mientras el gentío salta, charla y baila. Por favor, Murci, por última vez, dime dónde estamos. Te odio, malparido, me dice. ¿Dónde estoy, Murci?, ¿de quién es esta casa?, ¿de quién es esta fiesta? De aquel vergón, dice y me señala a un tipo musculoso que se ríe duro. Pero la casa no es de él, me aclara, él solamente organiza estas fiestas criminales; *by the way*, Larry, tú no has pagado, estás aquí de pato. ¿Pagar por qué?, le pregunto. Pues por estar aquí, ¿o crees que esto es gratis?, esto le vale un billete a Lázaro. No tengo plata, le digo, solo libras esterlinas. Eso también sirve, me dice la Murciélaga, ¿dónde las tienes? En mi casa, en la billetera. Entonces me acuerdo de lo que estaba sintiendo antes de que Julieth me dijera, abre la boca, Larry. Le aclaro a la Murciélaga, pero esa ya no es mi casa, solo voy a ir a recoger mis cosas y me quedo con mis abuelos, ¿me acompañas?, le propongo. Ni loca, dice, de aquí no me muevo hasta que llegue Pedro. ¿Pedro viene para acá? Pues claro, dice ella, él es de los organizadores. Pedro es un hijueputa, le digo, y ella se separa de mí. Me advierte, vuelves a decir eso y te capo. ¿Tú sabes del rollo que tiene él con mi mamá?, le pregunto. Pues claro, responde, todo el mundo lo sabe. ¿Todo el mundo sabe que meten perico juntos?, le pregunto. Ah, no, eso no lo sabía, dice ella, yo solo sé que se la come, pero del cuento de las drogas no sé nada. ¿Pedro el Dictador se come a mi mamá?, le pregunto. ¿No sabías?, me pregunta ella y dice, pero si es tu mejor amigo. Precisamente por eso no sabía, le digo, porque es… era mi mejor amigo.

Voy al baño para vomitar. Según las cuentas de la Murciélaga, es la cuarta vez, aunque ahora no me sale nada, solo rugidos y contracciones. No se me quitan las ganas de botarlo todo, al contrario aumentan por la suciedad del baño, por los orines y la mierda rastrillada en el inodoro, los condones en el suelo, por la fetidez, por la verdad y la evidencia. Pedro se come a Fernanda, meten droga y quién sabe qué más cosas harán, el par de putos. De mí no queda nada en el espejo. La imagen lívida del hijo de Libardo, los ojos rojos que no vieron la traición del mejor amigo, las orejas por donde no entraron los quejidos de placer de Fernanda, la boca que besó a la madre, el gesto de un huérfano que suplica que lo salven.

Alguien más necesita el baño, alguien que tendrá el mismo afán de expulsarlo todo y tumba la puerta a golpes. Abro y una mujer me dice, en medio de un ataque de hipo, quédate si quieres, solamente voy a mear. Muy sonriente y contoneada se baja los calzones. Salgo y cierro la puerta, como corresponde.

La Murciélaga ya no está en el sofá. Ni siquiera entre la gente. Tampoco veo a Julieth ni a una sola cara conocida. Por ahí anda Lázaro, de un lado para otro, eufórico, corpulento, tan seguro de sí mismo que uno no sabe si envidiarlo o compadecerse. Un tipo se me acerca y me dice, te veo desubicado, hermano. Estoy buscando a unas amigas, le digo. Pues yo las traje, dice él. No, no, ellas vinieron conmigo. Ja, ja, se ríe, las mías son mejores, dice, mujeres al borde del éxtasis, vuelve a reírse, las mejores de la fiesta, Estrella, Tulipa y Dolfi, dice, la que escojas, mi hermano, también tengo a la más apetecida, a Smiley, cero angustia, cero depresión. Busco a la Murciélaga, le digo, ¿la has visto? Ni que fuera invisible, responde, subió por allá. Me señala unas escaleras llenas de gente que sube y baja.

Arriba está Lázaro sacando a las patadas, con sus botas de alpinista, a dos hombres de un cuarto. Se equivocaron de fiesta, maricones, les grita y los empuja, ellos están pálidos, confundidos, Lázaro les da más patadas en las piernas, cacorros de mierda, se me largan ya, y les escupe el «ya» a un centímetro de la cara.

Por fin veo a alguien conocido. Inga. Se me había olvidado que había venido con nosotros. Se me olvidó en qué momento llegué aquí. Inga, Inga, ¿has visto a la Murciélaga? La vi, la vi, dice, entró al cuarto de los prisioneros, el último al fondo, se pega a mi oreja y dice algo que no entiendo, tal vez me habla en sueco. No te entiendo, Inga. La boca le huele mal, como la mía. Inga me repite la misma retahíla. Sigo sin entenderle nada. Me estampa un beso y se va. Se devuelve y me pregunta: ¿es verdad que Pedro viene? No sé, le digo, espero que no. ¿Y has visto a Julieth? No la he visto, Inga, hay mucha gente. Por fin se va.

¿Cuál será, de todos estos, entonces, el cuarto de los prisioneros? ¿Y quiénes serán esos? ¿Una banda de rock? Ahí es, con seguridad, de donde entra y sale tanta gente. Ahí es, sí señor. Ah, un *performance*. En medio de todo, parece que la fiesta tiene su toque refinado. Los artistas están sentados en el piso, amordazados y atados de pies y manos. Frente a ellos, un grupo de gente los observa en silencio, y entre ellos está la Murciélaga. Las actrices lloran. Una hace de madre, la otra parece ser la hija y la tercera, la empleada del servicio. Me escurro entre los invitados para llegar hasta donde la Murciélaga. Murci, le digo, y ella me calla con una señal de silencio. No digas mi nombre, güevón, me susurra. Los actores gimen debajo de las mordazas. Junto a la que hace de madre hay una niña que llora desconsolada, el llanto le suena apagado y bota miedo por los ojos. La escena es conmovedora, con razón el público está tan absorto.

Un momento. ¿Qué hace una niña tan pequeña en un *performance*?

¿Qué está pasando?, ¿quiénes son esos?, le pregunto bajito a la Murciélaga. Ella me dice, son los dueños de la casa. ¿Son actores? Ella niega con la cabeza y me dice, es real, eso es lo emocionante. Un invitado, un tipo con cola de caballo, se acerca a la familia y le escupe al hombre mayor, el que hace de padre, o que no se hace sino que lo es. Se sacude iracundo, gruñe y se enrojece con el escupitajo en la frente. El público aplaude.

¿No es un show?, le pregunto a la Murciélaga. Es real, ya te dije, responde molesta, pero por más que me lo repita, no lo entiendo. Seis personas amarradas, ultrajadas, botadas como bultos en el piso. La niña me mira como si supiera que no entiendo nada. Sus ojos hinchados y lagrimosos me contagian el terror que expresan. Vámonos, Murci, le digo. Me calla de nuevo. ¿Qué buscan con un silencio que no existe? ¿Si la música hace temblar cada muro de la casa? Por favor, Murci, le digo y otros se unen a ella para callarme.

—¡Vámonos ya, vámonos, maldita sea! —grito.

La familia se sacude en el piso como lombrices de tierra, gimen en coro, aúllan y, aunque no se les entiende, es claro lo que suplican. Una mujer me reclama, los está poniendo nerviosos, váyase. Si eso es lo que estoy pidiendo, precisamente, pero no puedo moverme. Sácame de aquí, Murci, le digo, y ella, irritada al máximo, me empuja hacia fuera y, trastabillando, logro salir del cuarto.

Me saca a empellones de la casa y me suelta un sermón tan confuso como lo que he visto, como lo que siento. Ellos son la sociedad de consumo, dice, la fuerza materialista de este mundo, y tienen que pagar por eso, los observamos para que se sientan culpables, los obligamos a que nos miren mirándolos, les escupimos en sus cochinas caras por arrogantes. Para, le digo, no quiero oírte. Lázaro es un profeta, dice ella, si no fuera por estas fiestas, esa gente se quedaría sin castigo. Ya, cállate. Cállate tú y escucha, dice. Ya puedo moverme sin tanta dificultad. ¿Para dónde vas, Larry? ¿Dónde está el carro?, le pregunto, tengo que irme, ¿dónde lo parqueaste, Murci? Larry, me dice, aterriza, tú no sabes lo que está pasando en este planeta.

Entro a un jardín inmenso en el que la noche se traga las copas de los árboles y huele a esas flores que solo sueltan perfume cuando está oscuro. Y la violencia materialista de esa gente superficial, sigue diciendo la Murciélaga. Así era el jardín de mi casa, le digo, huele a lo mismo. No me estás poniendo atención, Larry. Ven, le digo, vamos más adentro. Tú lo que me quieres es comer, dice ella, eres como esos cerdos materialistas, me ves como a un objeto. Entonces quédate. No, espérame, Larry, no me dejes aquí sola. Tropezamos con una raíz enorme y caemos al suelo. Nos da risa. Así era, le digo. Así era ¿qué?, me pregunta, y yo le respondo: mi mundo.

Las estrellas se ven a través de las ramas. Seguimos tendidos en la hierba. La Murciélaga se trepa sobre mí, se acerca a mi cara y me da un beso en la boca. Nos vuelve la risa. En otro beso me pasa algo con su lengua, otra pastilla. No más, le digo, no puedo más. Trágatela, dice, y con su lengua empuja la mía. La pastilla me rueda por la garganta. Me besa el cuello, me lo chupa, pero no logro excitarme. No sé qué me pasa, Murci. Me muerde, se quita la camisa con un movimiento rápido y pone mis manos sobre sus tetas. Se frota sobre mi pelvis, sobre la verga que no responde. Gime, suspira, se queja, se ríe, abre los brazos, aletea. Esto no va a funcionar, le susurro, estoy muy pasado. Ella gime fuerte, se restriega sobre mí y me vuelve a chupar el cuello, me muerde. No, Murci, me duele. Se aferra a mi piel con los dientes. Ya, Murci. La enrollo con los brazos para dominarla. Su piel se siente rara. ¿Qué te está pasando, Murci? ¿Qué tienes en los brazos? Se detiene y me dice, alas. Suelta un gemido de orgasmo, se yergue, le muestra los dientes a la noche y al abrir los brazos surgen dos alas negras y vellosas, las agita con fuerza y levanta el vuelo hasta que se pierde en la oscuridad, la Murciélaga.

72

Todo fue confusión ese sábado, y miedo y vergüenza. Desde muy temprano Fernanda ya estaba volteando por la casa. Habló por teléfono y luego la oí conversando con Julio. Discutían sobre si ella debería llevar un arma. Julio decía que sí y ella le alegaba que eso fue lo primero que le advirtieron, además, voy con Jorge, le dijo. Cada vez que la oía decirle Jorge al fiscal regional, me daban retortijones. Julio insistía en que ella ni siquiera debería ir, que para eso estaban los del CTI. Si no me ven no hay entrega, aclaró Fernanda, además solo voy con Jorge, él me acompaña a título personal. Luego dijo que se iba a bañar y a arreglarse para irse.

En la cocina me encontré a Julio manipulando la pistola que Fernanda no quería llevarse. Lucila lo miraba de reojo mientras batía unos huevos.

—La mamá no se la quiere llevar —se quejó Julio.

—¿Y para qué le serviría? —le pregunté.

—Pues para defenderse.

—Ella tiene otras armas —dije—. Las sabrá usar.

—Esta es la única que sirve —dijo y apuntó con la pistola hacia la ventana. Lucila lo miró aterrorizada.

—No te preocupes que a ella no le interesa rescatar al papá —le dije—. Ella es del otro bando.

— No digás güevonadas.

—Si va es porque quiere vengarse. A ella no le importa que esté desaparecido, secuestrado o lo que sea. Todo lo que hace, lo está haciendo por celos.

Lucila nos sirvió los desayunos y nos preguntó si queríamos algo más. Nos dejó solos. Nadie puede estar tranquilo si hay alguien por ahí manoseando una pistola. Luego llegó Fernanda, con el pelo mojado y con un trago en la mano a las siete y media de la mañana.

—Guarda eso donde estaba —le dijo a Julio.

—¿Y si vienen? —preguntó él—. ¿Si se arma un mierdero y les da por buscarnos?

—Deja la película. No es la primera vez que les entrego plata.

—Pero ahora sí es la última —dijo Julio.

—¿Qué estás tomando, ma? —le pregunté.

Miró el vaso y lo dejó sobre el mesón.

—Estoy nerviosa —dijo.

—Al fin ¿qué? —le reclamó Julio—. ¿No dizque ya dominabas la situación?

—No es por ellos —respondió—, es por Libardo.

Miré a Julio con gesto de «te lo dije». Para todos podría ser el fin de un problema, para ella no era más que una escena conyugal. Sonó el timbre de la puerta.

—Debe ser Jorge —dijo.

Lucila se asomó y preguntó si abría.

—Sí, abra. Si es el fiscal, dígale que ya voy —le ordenó Fernanda. Miró a Julio y le dijo—: Lleva esa pistola al estudio del papá. —Me miró a mí y me pidió—: Tú ayúdame a sacar la maleta.

—¿No vas a desayunar siquiera? —le pregunté.

Volvió a coger el vaso, agarró la jarra con jugo de naranja y vació un poco en el trago. Bebió y me preguntó:

—¿Contento?

El teléfono timbró. Respondí apresurado por si eran ellos, pero era la abuela.

—¿Qué está pasando allá, mijo? —me preguntó.

—Hola, Mima.

Fernanda ya estaba saludando al fiscal. Yo no me sentía tranquilo para hablar.

—¿Qué está pasando, Larry? —insistió la abuela.

—¿Te puedo llamar en cinco minutos?

—Entonces sí está pasando algo —dijo.

Fernanda se acercó y me preguntó, ¿quién es? La abuela, respondí, y ella manoteó despectivamente. Me encontré con la mirada de Lucila, que bajó la cabeza y salió para los cuartos, achantada.

—Respóndeme, Larry —dijo la abuela.

—Te llamo en cinco minutos, Mima —le dije y colgué.

El fiscal se había hecho cargo de la maleta, sonreía como si en vez de salir para un operativo peligroso, saliera para su luna de miel. Fernanda estaba más agitada desde que él había llegado. Dijo que iba a entrar al baño por última vez. Julio y yo quedamos solos con el fiscal.

—¿Es una Jericho? —le preguntó a Julio.

—¿Qué?

—La pistola.

—Ah, no sé. Es de mi papá.

—Déjame ver —dijo el fiscal.

Julio se la entregó, aunque no muy convencido.

—Sí —dijo Cubides, luego de observar y acariciar la pistola—. Es una 941. No son muy comunes por estos lados.

Fernanda regresó y le dijo al fiscal:

—Bueno, vamos.

Él le devolvió la pistola a Julio y le dijo:

—No la saques de la casa.

Y Fernanda nos dijo:

—Nos vemos más tarde, chicos. Cualquier cosa, les aviso.

Me quedé esperando un beso, un abrazo, incluso una lágrima de Fernanda. Tal vez fue fría a propósito, cualquier gesto de esos que yo esperaba habría parecido muy dramático, muy definitivo. El fiscal salió arrastrando la maleta, como un piloto que se dirige tranquilo a su avión. Ni siquiera se volteó a mirarnos antes de cerrar la puerta de la casa.

—Pensé que se iba quedar con la pistola —me dijo Julio.

—Y yo pensé que nos iba a apuntar y se iba a escapar con la maleta —le dije.

El teléfono comenzó a timbrar otra vez. Lucila se asomó desde la puerta de la cocina y me dijo, Larry, lo solicita su abuela.

—¿Qué le digo a Mima? —le pregunté a Julio.

Encogió los hombros, pensó un momento y me dijo:

—Lo mejor será decirle la verdad.

—Pero si todavía no hay verdad —le dije.

—Pues entonces no le digas nada.

73

Pedro detuvo la camioneta frente a un edificio de apartamentos. ¿Aquí estás viviendo ahora?, le preguntó Larry, y él le respondió, no, aquí vive la Murciélaga, ya viene, me fascina rumbear con ella. ¿Es tu novia?, le preguntó Larry. No, esa mujer es muy loca. Nunca la llevaste a las fiestas de mi casa, le dijo Larry. Ah, es que en esa época era una santa, dijo Pedro y añadió, la que va a venir con ella es Julieth. ¿Julieth? Ajá. ¿Julieth, Julieth?, la que... Larry no terminó la frase y Pedro asintió con malicia. Larry volvió a preguntar, ¿Julieth?. Sí, güevón, Julieth, dijo Pedro, ¿o es que hay a otra Julieth que no sea la que los dos conocemos? No había dudas. Larry la vio salir del edificio acompañada de la Murciélaga. La verdad, dijo Larry, no reconozco a ninguna.

La última vez que vi a Julieth, los dos teníamos diecisiete años...

Pedro se bajó, les dio un beso y las abrazó. Armaron una pequeña algarabía. Larry no alcanzaba a entender lo que decían. Pedro lo llamó con la mano.

—Las reinas de la noche —dijo para anunciarlas.

—¿Sí te acordás de mí? —le preguntó la Murciélaga a Larry. Lo notó dudoso y le dijo—: Sarita, de tu colegio.

—Sí —dijo Larry—, ya Pedro me contó, pero es que...

—Yo sé —dijo ella—. A todos les pasa lo mismo.

Se acercó y le dio un beso en la mejilla. Larry miró a la otra, que le sonreía como quien mira, página por página, un álbum de recuerdos. Se había acostado con ella, se habían visto desnudos de pies a cabeza, se habían tocado y chupado, pero más allá de eso Larry nunca supo nada de ella. Si se sumara el tiempo, nunca hablaron más de media hora.

Ni siquiera me acuerdo de su voz, no sé cómo hablaba…

—Hola, Larry —le dijo Julieth. Dio unos pasos hacia adelante y lo besó. A él lo avergonzaban su olor, el mal aliento, las horas que llevaba con la misma ropa. Julieth le preguntó—: ¿Qué más? ¿Cómo has estado?

Era la misma Julieth, pero Larry la sintió como si fuera otra, como se percibía él mismo, como veía todo a su alrededor.

—Bueno, vámonos —les ordenó Pedro el Dictador.

La Murciélaga se subió adelante y Julieth atrás, junto a Larry.

Esto me huele a encerrona, Pedro es un experto en hacerlas…

Si no lo quería llevar adonde Fernanda y había traído a Julieth para removerle el pasado, era porque tenía algo perfectamente calculado.

—¿Y qué estás haciendo en Medellín, Larry? —le preguntó la Murciélaga.

—Es que encontraron a su papá —se adelantó Pedro.

—¡Qué emoción! ¡Por fin! —exclamó Julieth.

—Muerto —les aclaró Larry.

La Murciélaga le dio un golpe a Pedro y le reclamó:

—¿Por qué no nos advertiste, tarado?

—Tranquilas —les dijo Larry—. Es que es complicado.

—Qué pena —dijo Julieth.

—De ese tema no se habla más —ordenó Pedro—. Nos vamos de rumba.

—Pero… no entiendo —dijo Julieth.

La música volvió a apoderarse del carro. Les retumbaban los vidrios y los sesos.

—Vamos a parar primero en Kevin's y nos tomamos algo —dijo Pedro.

—Acordate que yo… —intentó decir Larry, pero Pedro lo interrumpió.

—Sí, sí, ya sé. No seás teta.

—¿Y hasta cuándo te quedas? —le preguntó Julieth.

—¿Oyeron? —les preguntó Pedro.

—¿Qué cosa?

—Ya empezó la pólvora.

—Unos diez días, solamente —le respondió Larry a Julieth.

—¿Oyeron, oyeron? —volvió a preguntar Pedro.

—Qué vamos a oír con el volumen de ese radio —le dijo Larry.

—Pero si estalló durísimo —dijo Pedro y le aclaró—: Además, esto no es un radio sino un componente.

—Necesito un trago ya —dijo la Murciélaga—. La pólvora me pone un poquito nerviosa.

Si hubiera sabido que iba a llegar en este día, no habría venido, no en la Alborada...

Volver a Medellín era como no haberse ido nunca, como si los años que pasó por fuera hubieran sido un sueño y, al despertar, la ciudad se hubiera tragado el tiempo. Pedro lo ratificó:

—En mi dictadura, todo el que regrese se quedará para siempre.

Nada nuevo para Larry. Siempre se sintió un desterrado en su propia ciudad. Ser hijo de Libardo lo había condenado, desde niño, a vivir exiliado en su propio país.

—¿Supieron del bebé que predice el futuro? —les preguntó la Murciélaga.

—Vos y tus brujerías —le reprochó Pedro.

—Pero si salió en el noticiero —se defendió ella.

—Yo oí la noticia —dijo Julieth—. Tiene dos meses.

—¿Y ya habla? —se burló Pedro.

—No solo habla sino que predice lo que va a pasar —explicó la Murciélaga—. Dizque un pariente llegó a visitarlo y se burló de él porque era muy feo, entonces dizque el bebé le dijo, te vas a morir mañana, hijueputa. Y dicho y hecho, al tipo lo atropelló un camión al otro día.

Pedro soltó una carcajada, también soltó el timón y casi se chocan contra un poste. Julieth y la Murciélaga gritaron al tiempo.

Un accidente en este momento puede ser mi salvación...

—Eso te pasa por burlarte —le advirtió la Murciélaga a Pedro.

—Ah, ¿también me voy a morir? —preguntó él.

—Claro que te vas a morir —dijo Larry—. Algún día.

—Mientras tanto, emborrachémonos —dijo Pedro.

Entraron al parqueadero de Kevin's. A pesar de que todavía era temprano, el bar estaba repleto.

—Este sitio es muy decadente —dijo la Murciélaga—. Aquí solo hay viejos y mafiosos.

—En Medellín ya no hay mafiosos —dijo Pedro.

—Cómo no —le respondió ella y se bajó del carro con cara de resignada.

Pedro entró saludando al vigilante, al portero, a varios meseros. Larry notó que el aviso de entrada tenía dos letras fundidas, la ka y la ve. Mientras les asignaban una mesa, Julieth le preguntó:

—¿Sigues viviendo en la misma casa?

—Vivo en Londres —le respondió Larry.

—Me refiero a tu casa acá.

—No. Ya no vivo allá.

—La música no está tan mal —dijo la Murciélaga.

—Voy a buscar un baño —dijo Larry.

Caminó entre el gentío, todos gesticulaban y manoteaban para hablar. Un mesero le señaló el baño y en el trayecto pasó frente a una puerta de vidrio oscuro, vigilada por un tipo fornido con un audífono en el oído. No se veía nada hacia dentro. Salía una música diferente a la del estadero. El fornido frunció la boca cuando vio a Larry intentando fisgonear.

—Este salón no está abierto al público —dijo el vigilante.

Alguien habló detrás de Larry:

358

—Permiso.

—Don Nelson —dijo el fornido.

Larry se dio vuelta y se topó con un hombre mayor, calvo y colorado. Se apartó para que pudiera pasar, pero el tipo se quedó mirándolo.

—¿Cómo te llamas? —le preguntó.

—Ya me iba —le dijo Larry—. Estaba buscando el baño.

—Es esa puerta de allá —señaló el fornido.

—Tienes que ser uno de los hijos de Libardo —le dijo el hombre, Nelson—. Tienes un aire a él.

Larry no supo cómo reaccionar. Libardo había dejado tantos enemigos en su paso por este mundo que no sabía cómo responderle a Nelson.

¿Y si alguno de esos enemigos hubiera esperado estos doce años para cobrar una cuenta pendiente? ¿Y si se les hubiera enconado el odio durante la espera? Podría responderle, no señor, no conozco a ningún Libardo, pero si nunca en vida negué a mi papá, menos voy a hacerlo ahora que está muerto…

—Sí señor —le dijo Larry.

—¿Cuál de todos? —le preguntó Nelson—. Son tres, ¿verdad?

—No señor, solo somos dos.

—Ve, qué raro, pensé que eran más.

Larry aún no se sentía a salvo, no sabía a qué bando pertenecía Nelson.

Aunque si fuera un enemigo de Libardo, ya lo habría estampado contra la puerta de vidrio…

—Yo conocí mucho a tu papá —le dijo Nelson.

Larry siguió en ascuas y le sonrió, nada más.

—Tuvimos algunos negocios juntos. Seguramente no te acuerdas porque eras muy chiquito. —Nelson le puso a Larry una mano sobre el hombro y añadió—: Adentro hay más amigos de tu papá.

Larry no sabía a qué amigos se refería. Los años en que estuvo fuera se la pasó pensando que Libardo solo había estado rodeado de odio y venganza, que aparte de la familia nadie más lo había querido.

—Supe que apareció —dijo Nelson—. ¿Van a hacer algún funeral?

—Todavía no he hablado de eso con mi mamá —dijo Larry—. Acabo de llegar de Londres.

—Ah, entonces tú eras el que se había ido. ¿Harry?

—Larry.

Nelson le dio dos palmaditas en la espalda y le dijo:

—Ven, acompáñame. A los muchachos les va a gustar verte.

Entraron a un mundo desconocido para Larry, lleno de un humo que penetraba hasta la garganta y hacía arder los ojos. Había poca gente, todos hombres, todos mayores, como Nelson. Uno de ellos, micrófono en mano, cantaba frente a una pantalla de karaoke. Desafinaba mientras leía la letra de la canción. Los otros observaban en silencio. Saludaron a Nelson con la mano, pero ninguno se atrevió a interrumpir al que cantaba. En las mesas había botellas de whisky y de ron, cigarrillos y tabacos encendidos.

¿A qué huele?...

Otro tipo le hizo señas a Nelson para que se sentara, y los dos ocuparon un par de poltronas en un extremo. El cantante cerró los ojos y se llevó la mano al pecho. Un mesero se acercó a Nelson y le habló al oído. ¿Qué vas a tomar, Larry?, le susurró Nelson. Nada, gracias, no puedo demorarme, mis amigos me están esperando. Un traguito, hombre, solo uno con nosotros, los amigos de tu papá. El mesero seguía ahí parado, esperando.

Este olor me recuerda algo...

Si vives en Londres, te gustará el whisky, le dijo Nelson. Sí señor, respondió Larry. Entonces que sea un whisky, dijo Nelson y le hizo una seña al mesero. El que cantaba seguía con los ojos cerrados. Las frases en la pantalla ya no coincidían con las que entonaba. Larry miró a los hombres que escuchaban casi admirados. Sobre las mesas había teléfonos y armas. Deseó que el whisky llegara pronto. Nelson seguía la música con la cabeza.

Ya sé a lo que huele…

Por fin llegó el whisky. Por fin se terminó la canción. Los hombres aplaudieron extasiados. Sin que nadie se lo preguntara, Larry dijo en voz alta y maravillado, como si hubiera descubierto algo grande:

—Huele a Libardo.

74

Su voz es la única que no quiero oír, pero si uno está perdido y escucha que lo llaman, no hay más opción que seguir esa voz, así sea la del mismo diablo.

—Larry, Larry, ¿qué estás haciendo por aquí? —me pregunta Pedro el Dictador desde su carro.

Apareció de la nada en este camino oscuro, no lo sentí llegar ni vi las luces de su camioneta. Me sigue, como lo ha hecho siempre desde niños, me mortifica, no me ha dejado descansar desde que llegué y, además, se come a Fernanda.

—Largate, malparido —le digo y sigo caminando hacia cualquier parte, adonde me lleve esta carretera. Él maneja a la velocidad que yo camino.

—Subite —me dice.

—Dejame tranquilo.

—Larry —me dice Julieth, que va al lado de Pedro—, esto por aquí es peligroso, súbete.

—Te llevo a tu casa —dice Pedro.

—No tengo casa —le digo.

—Dejá la lloriqueadera —me dice—. Más adelante hay un barrio maluco y te van a dejar hasta sin zapatos.

Pedro se adelanta un poco y me cierra el paso con la camioneta. Se baja, y antes de que yo pueda salir para otro lado me enfrenta:

—Te subís ya al carro, ¿me oíste?

—¿Qué más me vas a hacer? —le reclamo.

—No te he hecho nada —dice.

—¿Y lo de mi mamá?

—Eso es con ella, no con vos.

—Pero es mi mamá.

—Es una mujer muy sola, y vos te largaste para Londres y no te dio la gana de volver sino hasta ahora. Y tu hermano se la pasa metido en esa puta finca. Ella no los tiene a ustedes, Larry, ustedes no la han volteado a mirar.

Julieth asoma la cabeza por la ventanilla y nos dice:

—Chicos, súbanse al carro, este no es el lugar para que aclaren sus cosas.

—Vos la tenés metida en la droga —le digo a Pedro.

—Vea pues —dice él y mira a Julieth—. El hijo de un narco dizque indignado porque su mamá mete perico.

Me abalanzo sobre Pedro pero me enredo en mis propios pies y caigo al suelo. Julieth grita.

—Ya —nos dice—, dejen la maricada y vámonos de acá.

Pedro me agarra de la camisa y me ayuda a levantar. Apenas puedo sostenerme de pie. Abre la puerta de atrás y me empuja.

—No la he metido en nada —me dice—. Ella se metió solita en todo lo que hace, yo solamente la acompaño.

—¡Te la estás comiendo! —le grito.

—¿Y cuál es el problema? —me pregunta.

—Es mi mamá, malparido.

—¿Y?

—Y vos sos mi mejor amigo.

—No te entiendo —me dice—. ¿Tus celos son por ella o por mí?

Antes fueron los pies, ahora son las palabras las que se me enredan. Como no logro hablar, lloro. Pedro cierra la puerta con rabia. Arranca y, unos metros más adelante, busca un retorno.

Nadie habla, no hay música, solo se oye el ruido del motor. Tampoco nos cruzamos con otros carros, ni hay casas a los lados, ni edificios, solamente matorrales, botaderos de basura y de muertos.

—Para ya la lloradera, Larry —me dice Julieth.

—¿Para dónde vamos? —pregunto mientras moqueo.

—A tu casa —responde Pedro—. Vamos a dejarte.

—¿Donde mi mamá?

—Sí, a tu casa.

—Mejor déjenme donde mis abuelos —le pido.

No dice nada, va concentrado en la carretera. No se ve ni una luz, ni un ser humano, nada, como si Medellín no existiera.

—En esa fiesta —les digo, o intento decirles, porque la lengua me pesa—, en esa casa había gente secuestrada.

Ninguno de los dos dice nada, como si yo no fuera en ese carro. Julieth prende el radio. Ahí está Britney Spears. No puedo quejarme, pudo ser peor. Julieth tararea, parece que cantara en inglés, pero no es inglés ni español ni nada. Me parece tierna, Julieth.

—La Murciélaga salió volando —les digo.

Vuelven a mirarse y se ríen. Pedro se une al canto de Julieth, él sí pronuncia en inglés cada palabra de la canción.

Por fin, a lo lejos, titilan las luces de Medellín. O es el cansancio que me hace ver espejismos.

75

En el momento en que Fernanda y el fiscal salieron de la casa, nuestra historia dio un giro siniestro. O simplemente la imprudencia aceleró la marcha de lo que tenía que pasar: huir, salir del país con lo que nos cupiera en un par de maletas, escondernos Fernanda, Julio y yo como unas ratas de alcantarilla. O tal vez fue antes, en el mismo instante en que el fiscal regional, Jorge Cubides, se cruzó en la vida de Fernanda y ella, nuevamente, se dejó guiar por el hombre equivocado.

Era obvio que ese día no iba a ser como cualquier otro. Había fichas que no encajaban, gestos disonantes, explicaciones que no nos convencían, pero aun así dejamos que tomara fuerza la posibilidad de tener a Libardo de vuelta con nosotros. Quién no se alienta con el regreso de un padre desaparecido, con ver llegar a quien ya se daba por muerto. Quién no le da una última oportunidad a la esperanza cuando parecía que había poco por perder y mucho por ganar. Ese día, entonces, nos jugamos los miedos y las dudas y cedimos al sueño que nos vendieron.

Sin embargo, apenas salieron Fernanda y el fiscal con una maleta llena de plata, se enrareció el ambiente, y cuando le mentí a la abuela y le dije que no pasaba nada, que todo estaba bien, fui consciente de lo contrario, de que nada estaba bien y que las cosas podían empeorar.

Siempre es más fácil unir los puntos del pasado que los del presente, y ahora resulta sencillo ver las señales que no vimos aquella vez, incluso las más mundanas, como decir que la mañana, que había amanecido soleada, se tapó con nubarrones apenas se fueron Fernanda y el fiscal. O que la abuela, al final de la llamada, me contara que el abuelo había regresado de Saturno y en cinco segundos de lucidez le había dicho que quería despedirse de sus nietos. La abuela creyó que seguía igual de perdido o que había sentido que iba a morirse, pero luego, cuando pasaron las cosas, asociamos su comentario con nuestra salida urgente del país. Y así todo por el estilo. Puntos dispersos, perdidos en el presente, que solo logramos unir con el paso del tiempo. No en su totalidad porque no todo se aclaró. Quedaron preguntas que Fernanda nunca respondió, porque no quiso o no pudo, porque jamás aceptó la responsabilidad de su fracaso.

Julio y yo estuvimos pendientes del teléfono desde el momento en que ellos se fueron, a pesar de que sabíamos que antes de un par de horas no íbamos a tener noticias. La supuesta cita que tenían con Eloy se iba a dar al sur de Medellín, en un estadero que quedaba antes de llegar a La Estrella.

Para el mediodía, ya habría pasado hace rato la cita y tendrían que haber regresado. No fuimos capaces de almorzar y seguimos sentados junto al teléfono. Dieron las tres de la tarde y Fernanda seguía sin llamar. Julio y yo no teníamos otra opción que mirarnos callados. Ni modo de avisarle a la abuela. Aunque a eso de las cinco, le dije a Julio:

—Esto está muy raro. Voy a llamarla.

—A lo mejor les incumplieron —dijo él.

—Con mayor razón tendrían que haber llegado hace rato.

—No la llames todavía. Esperemos un poquito más.

Por mi cabeza pasaban desde las conjeturas más simples hasta las más sangrientas y fatales. Daba para pensar de todo. Seguramente a Julio le sucedía lo mismo, pero también habrá sentido pavor de mencionar lo que se imaginaba. Sería poner esas posibilidades en un plano muy real. Él llamó varias veces a su novia, pero hablaba corto con ella, no podíamos ocupar el teléfono, solo le conversaba cosas sin importancia, para distraer la espera.

A las siete pasadas timbró el teléfono. Julio contestó pero nadie habló. Sin embargo, me dijo que creía haber oído, a lo lejos, la risa de Fernanda.

—¿Risa o llanto? —le pregunté.

—Me parece que risa —dijo.

Lo peor es que era posible. Muchas veces cuando salía de noche, llamaba para avisar que se demoraría, o para darnos alguna instrucción, y en ocasiones le daba un ataque de risa que no la dejaba hablar, entonces esperaba o volvía a llamar al minuto.

—A lo mejor no era nadie —me dijo Julio—. Es decir —aclaró—, no era la llamada que estamos esperando.

Mucho más tarde llamó Eloy. Estaba muy alterado. Preguntó por Fernanda y Julio le dijo que no había llegado. Eloy se enfureció y dijo que íbamos a pagar caro la falta de seriedad, nos llamó tramposos y, antes de colgar, nos advirtió que nos preparáramos para recibir el cadáver de Libardo. Julio, desesperado, agarró una puerta a patadas. Yo lloré en silencio. Después llamé a la abuela. Julio no me lo impidió.

—Mima —le dije—, tenemos un problema grave.

La puse al tanto, se quedó callada un momento y luego dijo:

—Ustedes no pueden seguir ahí. Ya mando a Eladio para que los recoja.

Esperamos sentados en las escaleras del segundo piso, donde siempre nos sentábamos desde niños cuando estábamos solos, pendientes de la puerta de la casa. Ahí en los escalones nos encontraban Fernanda y Libardo cuando volvían tarde de sus fiestas. Ahí, mientras esperábamos a que llegara el guardaespaldas de la abuela, le comenté a Julio:

—Lo normal es que sean los hijos los que les den guerra a los padres y no al revés, como nos pasa a nosotros.

Apenas soltó un «jum» de esos que resumen las ironías de la vida. Luego dijo:

—Hablando de guerra…

Se fue al estudio de Libardo y regresó con la pistola que había sacado por la mañana. Volvió a sentarse a mi lado. Ahí seguimos en el mismo escalón, ya no los niños que aguardaban en piyama a que llegaran sus papás, sino dos jóvenes armados que ya no esperaban nada de ellos.

76

—¿Por aquí no quedaba mi casa? —le pregunto a Pedro.

—¿Cuál? ¿La de Fernanda?

—La mía, en la que vivíamos con Libardo, la casa de antes.

—Sí —dice Julieth, entusiasmada—, por aquí es, yo me acuerdo.

—¿Vamos? —les pregunto.

—Decidite —me dice Pedro—. Primero que para la casa de tu abuela, luego que para la casa vieja, ¿por qué no te vas para donde Fernanda y dejamos tanta volteadera?

—Primero a la casa y después adonde mi abuela —le digo.

Tal vez volver a mi casa me conecte de nuevo con esta tierra. Volver a los recuerdos buenos, a mis días de niño, de jardín y piscina.

—¿Y si hay alguien viviendo ahí? —pregunta Julieth.

—No —dice Pedro—. Está abandonada. La tienen en extinción de dominio.

—Ya ves —le digo a Julieth—. Lo dice alguien que tiene más autoridad en mi familia que yo.

—¿Vas a seguir? —me pregunta Pedro.

Dos cuadras más y aparece el búnker. Los recuerdos juntos me aprietan el corazón. El tiempo vivido en esa casa y también los años de ausencia. Los años felices, los que pasaron por pasar, las tardes muertas, las mañanas de alboroto, las noches y la zozobra, la ternura y la violencia. Todo me aprieta, me duele y me libera. Las luces del carro alumbran la fachada pintada con grafitis chambones y resquebrajada por las raíces y las ramas que se adueñaron de la casa.

—Quiero entrar —les digo.

—¿Por dónde? —pregunta Julieth.

—Pues por la puerta.

—¿Quedará trago adentro? —pregunta Pedro.

Me bajo y camino hacia la garita en la que siempre había un hombre armado hasta los dientes. Intento abrir, pero la entrada está asegurada. Entonces hago lo que haría cualquier persona que llega a una casa: tocar la puerta. Oigo pasos al otro lado del muro y el canturreo de una canción que se me hace conocida. *El miedo de vivir es el señor y dueño de muchos miedos más*, tararea una voz que también conozco.

—¿Quién es? —me preguntan desde el otro lado.

—Yo —respondo.

La voz sigue cantando, *voraces y pequeños en una angustia sorda que brota sin razón*. Oigo una llave peleándole al óxido de la cerradura. Se abre la puerta y aparece él, sonriente, con la mirada brillante, como seguramente vuelven todos los resucitados.

—Pa —le digo.

—Dame un abrazo, mijo.

Lo abrazo con la fuerza que guardé estos doce años para este momento. Huele a lo de siempre, un poco a trago, otro poco a cigarrillo, a su agua de Colonia, a pólvora, un poco a caballo, a tierra, a dinero, huele a Libardo, a fin de cuentas.

—Sigue —me dice.

—Está oscuro, casi no veo.

—No te preocupes. Yo te guío.

Me toma de la mano y me lleva por los recovecos del antejardín, invadido por la maleza.

—Imagínate que quieren vender la casa —me dice—, llevan años intentándolo y se van a desgastar mil años más, porque esta casa no se vende, no mientras yo la siga cuidando.

—¿Hace cuánto estás acá?

—Pues desde siempre, mijo. Y fíjate que no me han podido sacar ni muerto. —Suelta una carcajada que hace eco en los salones vacíos. Alcanza a entrar algo de luz de los otros edificios. Comienzo a temblar, no sé si es por la emoción o por miedo—. ¿Qué te pasa? —me pregunta.

—Es que no entiendo —le digo—. Esta mañana fuimos por ti, por tus…

—Restos —dice él, ya que no soy capaz de decirlo—. La razón no necesita restos, Larry. El corazón no necesita pruebas, y por eso estamos aquí tú y yo. —Palpa mis manos frías y dice—: Espérame, ya vengo.

Me acerco al ventanal que da al jardín y veo que ya está clareando. Un día nuevo que empieza, otro más que no duermo. El salón se llena con un resplandor, es él que regresa con una vela encendida. Viene canturreando la canción con la que me recibió, *el miedo de vivir es una valentía, queriéndose asumir en cada nuevo día*.

—Siempre le tuviste miedo a la oscuridad —me dice y pone la vela en la mitad del salón.

Afuera suenan las carcajadas de Pedro y Julieth, que han entrado al jardín y juguetean como niños chiquitos.

La vela me muestra con más claridad al hombre que por doce años solo vi en la memoria, que día a día iba diluyéndose y para impedir que desapareciera, me ponía a ver sus fotos. Parece cansado pero no deja de sonreírme. Mira al jardín y me dice:

—Ese Pedro. Sigue correteando, como lo hacía desde niño. Es un buen amigo.

—No —le digo—. Pedro me traicionó.

—No lo juzgues —me dice—, y menos por eso.

—¿Tú ya sabías?

Hace un gesto de «así es la vida».

Desde afuera, Pedro me llama para que me una a ellos. Él está sin camisa y Julieth está doblada de la risa, en el pasto. Pedro comienza a quitarse los pantalones y me grita:

—Larry, vení, metámonos a la piscina.

Intenta quitarle la camiseta a Julieth, que no se deja, a pesar del ataque de risa.

—No —dice Libardo—. Dile que no lo haga.

—¿Qué?

Pedro me llama de nuevo:

—Larry, como antes. El que se meta de último es un marica.

—No —dice Libardo.

Pedro, en calzoncillos, corre hacia la piscina, gritando frenético como cuando competía conmigo a ver quién se lanzaba primero al agua fría. Julieth grita emocionada pero no se atreve a seguirlo.

—Que no lo haga —dice Libardo.

—¿Por qué, pa?

Pedro sigue gritando hasta alcanzar el borde de la piscina, es el grito del triunfo, del que llegó primero. Salta con el impulso de su carrera, pero no se oye el impacto contra el agua sino un golpe sordo contra el piso.

El viento apaga la vela. Libardo se me va con un suspiro. Julieth sigue riéndose hasta que el silencio la obliga a llamar a Pedro, Pedro, Pedro, que no responde. Solo se oye una que otra pólvora a lo lejos. Salgo al jardín y le pido a Julieth que me acompañe. Se abraza a sí misma, tiritando de miedo o de presentimientos. Vemos a Pedro en el fondo de la piscina vacía, nadando en el chorro de sangre que le sale a borbotones de la cabeza.

77

Fernanda regresó dos días después de haber salido con el fiscal. Fueron días en los que vivimos un infierno, con más incertidumbre que cuando desapareció Libardo. No solo estábamos repitiendo la historia, sino que cabía la posibilidad de que también nos quedáramos sin Fernanda. La abuela, además, estaba molesta con nosotros por no haberla informado antes. Nos recalcó que Libardo era su hijo y ella tenía derecho a saber lo que planeaban Fernanda y el fiscal. Para colmo, Fernanda no nos buscó cuando regresó. Lucila la encontró dormida en su cuarto y nos llamó a la casa de la abuela.

—¿Y mi papá? —le pregunté a Lucila.

—Ella está sola, o eso me parece. Todavía no se ha despertado —respondió.

—Despiértela y pregúntele por él.

Mientras tanto, Julio y la abuela discutían junto a la puerta de la casa. Julio quería ir de inmediato a ver a Fernanda, y la abuela se lo prohibía con los argumentos de siempre: esa mujer está loca, ella es un peligro para ustedes, es una irresponsable, una adicta al juego, y otras evidencias que nos había repetido, muchas veces, a lo largo de la vida. Lucila volvió al teléfono y me dijo:

—Está encerrada y no me responde.

Colgué y me uní a la discusión de la abuela con Julio. Con mayor razón ahora teníamos que volver a la casa.

—¿Pero qué clase de mamá es esa que ni siquiera los llama después de ponerlos en semejante angustia? —dijo la abuela.

Julio amenazó con salir a buscar un taxi. Al vernos tan decididos, la abuela cedió, con la condición de que Eladio permaneciera con nosotros.

—No los desampare —le ordenó al guardaespaldas—. Y llámeme si hay noticias de mi hijo.

En el trayecto, en su mayoría silencioso, hablamos sobre las pocas posibilidades de encontrar a Libardo en la casa. Él habría sido el primero en darnos la noticia de su liberación. Y el reclamo de Eloy confirmaba el fracaso del plan.

Lucila nos estaba esperando afuera. Por la cara que tenía, las noticias no eran buenas.

—Está sola, en el jardín —nos dijo.

Entramos corriendo y desde el salón la vimos tendida en una asoleadora, todavía en piyama y fumando. Miraba al cielo mientras botaba el humo despacio. Al abrir el ventanal, el ruido la hizo voltear hacia nosotros. Julio avanzó primero, con el reclamo en la punta de la lengua.

—¿Qué pasó, ma?

Fernanda volvió a mirar hacia arriba y echó una calada larga. Estaba pálida, con la nariz roja y los párpados hinchados, tal vez de dormir, llorar o beber. No le respondió a Julio. Tosió como si se hubiera ahogado con un poco de humo. Él insistió:

—¿Qué pasó? ¿Dónde estabas? ¿Por qué no nos avisaste nada?

Fernanda asomó la lengua entre los labios, como si quisiera escupir una triza de tabaco. Los ojos se le encharcaron.

—No pasó nada, por eso no les avisé —dijo.

—¿Cómo así que nada? ¿Te viste con ellos? ¿Les entregaste la plata?

—Ya te dije, no pasó nada. No me vi con ellos. No les entregué la plata.

—¿Por qué?

—Ellos no lo tienen.

—¿Cómo lo sabes? —le pregunté.

—Lo averigüé.

—¿Cómo?

—Lo averigüé. No lo tienen. Así que quedamos como estábamos. Y he tenido unos días muy complicados, necesito que me dejen sola.

—¿Y la plata? —preguntó Julio.

—¿Eso es lo que te importa? —le respondió Fernanda.

—Claro que me importa porque no era de nosotros.

—Debería ser al contrario —dijo ella.

—Si sabías que ellos no lo tenían ¿por qué te demoraste tanto en volver? —le pregunté.

Se dio media vuelta para darnos la espalda y reiteró:

—Necesito estar sola, por favor. Váyanse.

Salí primero que Julio. Me encerré y lloré de la rabia. No solo habíamos vuelto a un punto muerto, sino que, peor aún, ella nos había metido en una situación de la que era imposible salir ilesos.

La abuela nos rogó que regresáramos con ella. Julio insistía en quedarse para ver si lograba que Fernanda contara algo, pero ella casi ni nos hablaba. Intentaba seguir con su vida, nos evadía cuando la confrontábamos, ni siquiera nos acompañaba en la mesa, comía poco y bebía mucho. Luego volvieron las llamadas, no solo las de Eloy, sino también de los amigos de Libardo que habían puesto plata para el rescate. A todos Fernanda les respondía a medias, como a nosotros. Hasta que los hechos hablaron por ella y nos enteramos, en un noticiero, de que el fiscal regional Jorge Cubides había aparecido muerto, asesinado.

Julio y yo perdimos el control. La abuela dijo que nos iba a sacar de la casa así le tocara hacerlo con policías. Los amigos de Libardo llamaban con más frecuencia. Investigadores de la Fiscalía fueron varias veces para hablar con Fernanda. Le imploramos que nos explicara qué había pasado, pero nos dijo, muy categórica, que ya la Fiscalía la había interrogado y no quería hablar más.

Sin embargo, las noticias hacían público lo que ella callaba. Mostraron a Cubides en un video del casino Palace, sentado a una mesa de juego junto a una mujer. En otro video, que emitieron días después, Cubides entraba en su carro a un motel acompañado por la misma mujer, a las cuatro y veintitrés de la madrugada. Siete horas después salieron juntos, y el fiscal le abrió a ella la puerta para que subiera al carro. Ella, por supuesto, era Fernanda, y esa fue la última imagen que se tuvo de Jorge Cubides, y la misma que nos condenó a huir del país sin saber, realmente, qué había pasado.

78

—¿En qué sala lo tendrán? —me pregunta Fernanda, agarrada de mi brazo.

Junto a la puerta de cada sala en la funeraria hay escrito un nombre. Cada quien se estremecerá al leer el que le corresponda acompañar. ¿Dirá «Pedro el Dictador» a la que vamos? ¿Único mandatario, por vías de hecho, de la república que solo él habitó y cuya constitución fue dictada bajo rigurosos parámetros machistas, clasistas, misóginos, racistas y otras particularidades más? ¿Dictador del único país del mundo donde no habría pobres ni feos? ¿O dirá: «Pedro, amante y camello de la ex-Señorita Medellín 1973»? Otra mano me agarra el brazo que tengo libre. Es Julieth.

—Estoy vuelta mierda —me dice.

—¿Dónde lo tienen?

—En la sala dos.

—Mala cosa —le digo—. Él habría querido la uno.

La presento con Fernanda. Yo me acuerdo de usted, señora, dice Julieth. Fernanda amaga una sonrisa. Estuve varias veces en su casa, le dice Julieth, y Fernanda le responde, ah, sí. En este momento no le importa recordar quién es Julieth. Además, Julieth tampoco ha dormido y estuvo rumbeando tres días seguidos. Está irreconocible, como yo.

—Estás muy elegante —me dice ella.

Miro el saco que llevo puesto y que me queda grande.

—Es del traje con el que se casó mi papá —le digo.

—Mejor no te lo abotones —sugiere Fernanda.

—¿Vas o vienes? —le pregunto a Julieth.

—No te entiendo —responde.

—¿Que si ya te vas o acabas de llegar?

—Fui al baño —dice.

—Acompáñame a verlo —le digo.

Pasamos frente a la sala número cuatro, la tres, y en la dos está mi amigo, en un ataúd que tampoco le habría gustado. Demasiado sobrio, muy poco apropiado para su estilo de vida. Otra vez me digo, esto no puede estar pasando. Tendría que acercarme, tocar la caja y decirle, abre ya, Pedro, deja la maricada y sal de ahí, ya te rendimos honores, dictador de mierda, ya te lloramos, no más bromas, cabrón. Julieth se sienta en un sofá, en medio de dos señoras mayores, y recuesta la cabeza en el espaldar. Fernanda me dice:

—Ven, vamos a saludar a Óscar y a Luz María. Pobres.

—La gente nos está mirando —le digo.

—¿Y qué pasa?

Pasa que tanto tiempo después, todavía soy el hijo de Libardo y ella, la viuda. Nos siguen mirando desde la inmaculada burbuja. El único que no me miró con ojos inquisidores está ahí, acostado en el ataúd, burlándose de nosotros. A Fernanda no le importa cómo la miren, se acerca a los papás de Pedro y los abraza. Yo apenas bajo la cabeza. Me da culpa. Yo llevé a Pedro a mi antigua casa, Libardo me pidió que no lo dejara saltar, vi desnudarse a Pedro, lo vi correr hacia la piscina y no hice nada. Nunca hago nada, ni siquiera en este instante en el que, muy quieto, miro fijamente mis pies y confirmo lo solo que he caminado en este mundo.

—Pedro no nos contó que habías vuelto —me dice el padre.

—Apenas llegué anteayer —le digo.

Doy algunos pasos hacia atrás y le echo otra mirada al ataúd, esperando que Pedro se levante. Soy yo el que debe irse. El olor de las flores me da náuseas.

Fuera de la sala y recostado en un muro, logro reponerme. Lo único que necesito es dormir, a lo mejor cuando despierte nada de esto habrá pasado.

De la sala uno despunta una letanía. La conozco y me espanto. Una voz fuerte recita, «No entres dócilmente en esa noche quieta, los hombres buenos que tras la última inquietud lloran por ese brillo». Suena como la voz gruesa del profesor Leeson declamando al final de la clase *Do not go gentle into that good night*.

No conozco el nombre que está escrito en la puerta. No sé quién podrá ser Antonio Rivero Conde, pero ¿por qué recitan el poema de Dylan Thomas?

Intento asomarme, pero no cabe un alma más. Debe ser muy importante el muerto. ¿Será otra broma esta casualidad? Intento abrirme paso. Permiso, permiso. Los perfumes de la gente se mezclan con el aroma empalagoso de las flores. Me vuelven a dar náuseas. Con permiso, repito en cada paso. ¿Por qué me miran así?, ¿porque soy el hijo de Libardo, el que por fin descansa debajo de un guayacán frondoso?

«No entres dócilmente en esa noche quieta», declama un hombre compungido mientras llego al centro de la sala. «Y tú, mi padre, en tu triste apogeo». Ahí está el padre en el ataúd que se merece. Sin adornos de mal gusto, con la sencillez de la verdadera elegancia. Y sentada junto a su familia está una hija cabizbaja, Charlie, la que di por perdida porque no se me ocurrió buscarla en el lugar donde debía.

La vida me vuelve al cuerpo. La seguridad de creer que esto sí está pasando.

—Charlie —la llamo en voz alta.

Todos me miran y el que recita se calla. Ella alza la cara y abre grandes los ojos, como reclamándome que no hubiera llegado antes. El verso vuelve a llenar la sala, «No entres dócilmente en esa noche quieta». Charlie se levanta y camina resuelta hacia mí.

Sobre el autor

Jorge Franco nació en Medellín, Colombia. Hizo estudios de dirección y realización de cine en The London Film School, en el Reino Unido y de Literatura en la Universidad Javeriana. Ha publicado el libro de cuentos *Maldito amor*, el relato infantil *La niña calva* y las novelas *Mala noche*, *Rosario Tijeras*, *Paraíso Travel*, *Melodrama*, *Santa suerte*, *El mundo de afuera* (Premio Alfaguara de Novela 2014) y *El cielo a tiros*. Sus obras han sido adaptadas con éxito al cine y a la televisión y traducidas a más de una docena de idiomas.